U0115966

中華文化思想叢書

魏晉南北朝隋唐五代
石刻用典研究

上冊

徐志學　著

目次

序：凝固的形式　動態地考察

一　白話與典故，常體與變體

　　明人馮夢龍《古今譚概·苦海部第七》，其中就有一部分是所謂「明白直陳」而一空「依傍」者。像〈高敖曹〉：「高敖曹嘗為雜詩三首。其一：冢子地握槊，星宿天圍棋，開壇甕張口，卷席床剝皮。其二：相送重相送，相送至橋頭，培堆兩眼淚，難按滿胸愁。其三：「桃生毛彈子，瓠長棒槌兒，牆欹壁凸肚，河凍水生皮。」像〈雪詩〉：「唐人有張打油作〈雪〉詩云：『江山一籠統，井上黑窟窿，黃狗身上白，白狗身上腫。』陸詩伯〈雪〉詩云：『大雪洋洋下，柴米都長價，板凳當柴燒，嚇得床兒怕。』」這位鄙俚可笑的「詩伯」卻偏偏以「不掉書袋」而自矜於「樸實無華」：「陸詩伯曾詠枇杷樹云：『一株枇杷樹，兩個大丫叉。』後韻未成，吳匏庵請續之，曰：『未結黃金果，先開白玉花。』陸搖首曰：『殊脂粉氣！』」像〈李廷彥〉：「李廷彥獻百韻詩於上官，中云：『舍弟江南沒，家兄塞北亡。』上官惻然，曰：『君家凶禍，一至於此！』廷彥曰：『實無此事，圖對偶親切耳。』」像〈重複詩〉：「雍熙中，一詩伯作〈宿山房即事〉詩曰：『一個孤僧獨自歸，關門閉戶掩柴扉，半夜三更子時分，杜鵑謝豹子歸啼。』」[1]

　　看來漢語尤其是詩性語言詩文評講究「有來歷」，也就是習慣所

---

[1]〔明〕馮夢龍編撰，欒保群點校：《古今譚概》（北京市：中華書局，2007年）。

謂「用典」。南北朝梁代劉勰《文心雕龍》第三十八篇〈事類〉：

> 事類者，蓋文章之外，據事以類義，援古以證今者也。夫經典
> 沉深，載籍浩瀚，實群言之奧區，而才思之神皋也。揚班以
> 下，莫不取資，任力耕耨，縱意漁獵，操刀能割，必裂膏腴。[2]

　　上世紀九〇年代初，我曾發表過關於「句樣」的文字，專題討論過「句樣」屬性：句樣的一個重要特徵就在於：任何一個句樣都具有表層結構和深層結構，句樣的表層結構是指作者創闢出來的新的言語形式，深層結構是指業已為新的言語形式所取代、並未在作者的上下文出現的那種日常語言的習慣性結構形式；前者用語言學的說法可以稱為「言語變體」，後者可以叫做「語言常體」。[3]。

　　唐宋文學的律詩、長短句和元代的散曲，相當部分都不外是分別在格律、詞牌和曲牌等匡格規定下的結構常態裏所進行的鑲嵌填寫。像宋人羅大經《鶴林玉露》乙編卷二提到的李太白〈去婦詞〉：「憶昔初嫁君，小姑才倚床。今日妾辭君，小姑如妾長。回頭語小姑，莫嫁如兄夫。」恃才不羈如青蓮居士，讀者到眼即辨，其祖述樂府民歌〈孔雀東南飛〉不啻葫蘆依樣，殆同書抄：「新婦初來時，小姑如我長。勤心養公姥，好自相扶將，初七及下九，嬉戲莫相忘。」不論怎樣奪胎換骨，依舊套語，一家眷屬。

　　明清之際的小說，讀者會發現其中的大量詩詞在套用前人的篇什，有不少簡直就是現成挪用。這類現象作者們有自己的解釋，像明

2　〔南朝梁〕劉勰撰，周振甫注：《文心雕龍注釋》（北京市：人民文學出版社，1981年）。

3　臧克和：〈《管錐編》句樣論〉，《學術月刊》1992年第10期（1992年）；臧克和：〈句樣札迻〉，《北方論叢》2001年第1期（2001年）。

人淩蒙初在〈拍案驚奇凡例〉中就專門列了這樣一條：「小說中詩詞等類，謂之蒜酪，強半出自新構。間有採用舊者，取一時切景而及之。」這位小說家講的算是夠坦白了，新構的成分僅占一半出頭。但這裏也有因襲舊套的原則，那就是要「切景」。換句現成的話來說，你取了舊有的酒瓶來，是因為有新酒要裝得下。這樣的創作，至少在作者看來是無可厚非的，淩氏本人就這樣明昭大號過：「亦小說家舊例，勿嫌剽竊。」華亭陳繼儒撰《太平清話》二卷，其「石林條」：「石林云：今世安得文章？只有減字換字法爾。」[4]在這裏，語言結構的「常體」與「變體」，即深層結構與表層結構的分析依然是適用的：

> 結構是一個由幾個成分構成的體系，改變其中的任何一個成分都必然要對其它成分產生影響，這個體系就是數學家們所說的不變式（invariant）；體系內部的轉變會產生一組同一形態的模式（即機械的互變形式或變體）。當然，所謂不變式是一種抽象的說法，它是說變形後仍能保持結構的完整，因此，我們只有通過各種變體才能認識結構。我們同意列維施特勞斯的觀點：詩在其本身包含了自己的諸種變體，這些變體在不同的語言層次上呈縱向的排列。[5]

---

4 所見版本為大字本，卷一封面標識為「官板」、「昌平叢書」字樣，卷二末注明「元治甲子春晚鱸校大島文」「慶應元年刊」，所蓋圖章為「東京松雲堂書店發售」；卷一「天下瀑布皆有聲」條，有眉批云：「京都魚山有無音瀑。」知該本為日人所版。現藏德國波恩大學漢學系圖書館，標點為札記者所加。

5 理法特（M・Riffaterre）：《描述的詩性結構》，轉引自〔美〕高友工等：《唐詩的魅力──詩語的結構主義批評》（上海市：上海古籍出版社，1989年），頁179。

二　隋唐石刻運用句樣及典故形式

　　石刻是套語淵藪、堆垛典故最為充分的語料，試看下面句式、片語及詞語單位用例。

1「××，禮也」及其變格

　　石刻墓誌序文一般都具有交代殯葬儀式關鍵段落，通常表述為「××，禮也」。例如：唐天寶十五年〈趙留四墓誌〉（《彙編》第37冊第7頁）：「即以度載二月乙酉朔十二日景申，遷厝於鄴郡西二十五里白鹿村東南二里祖墳塋域之內平原，禮也。」[6]唐開元十九年〈李景陽墓誌〉（《彙編》第23冊第44頁）：「遷葬於洛陽縣北邙之原，禮也。刊青礎永固玄堂，銘曰：倬含章，登造士。翩就列，班祝史。司尉罹，官以理。遘災妨生忽已喪，賢哲痛夫子。開元十九年歲次辛未二月庚辰朔十七日景申，葬於北邙原平陰鄉之禮也。」唐大和九年〈賈溫墓誌銘有序〉（《彙編》第40冊第231頁）：「至九年二月十五日，歸葬於本縣龍首原之塋，禮也。」唐開成三年〈王志用墓誌銘並序〉（《彙編》第40冊第239頁）：「以開成三年正月二十六日，葬於萬年縣青龍原，禮也。」這類格式，隋唐五代石刻語料庫可以查詢到大約一九二一條記錄。

　　其中「××，禮也」，功能與下列用例相當，或可轉換為下列結構：

　　唐開元十九年〈胡君妻楊無量壽墓誌〉（《彙編》第23冊第52頁）：「以開元十九年六月六日，薨於鼎邑殖業裏私第也，春秋六十有

6　北京圖書館金石組編：《北京圖書館藏中國歷代石刻拓本彙編》（鄭州市：中州古籍出版社，1988年）。簡稱《彙編》。

五。即以其年月十九日葬於洛陽縣清風鄉北邙山之原。二氏各男，絕漿泣血，卜遠申議，別建封塋，拜饗之儀，具得其禮。」得其禮，即合乎有關古禮。唐開元二十六年〈何府君墓誌銘並序〉（《彙編》第24冊第60頁）：「四月十一日，安厝北邙之原，從儉約也。」唐長慶三年〈李贍墓誌銘並序〉（《彙編》第40冊第222頁）：「即以長慶三年正月五日，歸葬於京兆府萬年縣義豐鄉灞陵原，合祔於蕭氏夫人之墓，從素意也。」唐咸通九年〈魏府君墓誌銘並序〉（《彙編》第40冊第296頁）：「以咸通九年正月十一日，安厝於京兆府長安縣龍首鄉田門村，祔先塋，式遵周之禮制也。」唐開元二十九年〈張守珍墓誌銘並序〉（《彙編》第24冊第132頁）：「以開元廿九年歲次辛巳二月癸丑朔廿日壬申返葬於東京邙山之陽，不忘本也。」唐開元二十九年〈趙瓊琰墓誌銘並序〉（《彙編》第24冊第138頁）：「即以廿九年春三月改卜遷祔。異啟塋域於梓澤西原，從古禮也。」唐天寶四年〈王元墓誌銘並序〉（《彙編》第25冊第74頁）：「粵天寶四載歲次乙酉二月己丑朔十四日壬寅，合窆於河南府河南縣平樂鄉邙山之北原，崇吉兆也。」唐天寶四年〈張泚墓誌銘並序〉（《彙編》第25冊第99頁）：「以天寶四載十一月十九日，舉先代奉寧神於平陰之南原，成遺志也。啟舅姑之雙殯，收絕嗣之兩喪。楊氏幽魂，合祔於公，從周禮也。」唐天寶九年〈李華墓誌銘並序〉（《彙編》第26冊第37頁）：「厥十二月朔有七日，葬於洛陽清風之南原，成遺志也。」唐大曆三年〈李公墓誌銘並序〉（《彙編》第27冊第72頁）：「夫人太原郡君溫氏，以大曆三年十一月廿日，同窆於洛陽之北原，從兆順也。」

對照可知，「××，禮也」，其中後半段隱括了動賓短語結構功能，即「禮也」，差不多與「合乎古禮」相當。這種格式，來源相當古老。出土楚簡，如《上海博物館藏戰國楚竹書（一）》「孔子詩論」部分：第二簡「訟坪惪也」，可句讀為「訟，坪惪也」；語義理解為

「《頌》就是辯德的」。第五簡「清廟王熹也」，可句讀為「〈清廟〉，頌王熹也」。第九簡「天保丌得錄蔑畺矣巺寡熹古也」，可句讀為「〈天保〉……，巺寡熹古也」；該簡的二句可釋讀為：「〈天保〉（其得福無疆），是由於具食精潔、合乎古禮。」[7]

可見這類有關古禮儀式結構來源之古。但大概到後來這類格式去古已遠，本意難曉，於是很多場合出現如下的「變體」：唐咸通三年〈唐故集州衙推狄玄愻墓誌並序〉（《彙編》第40冊第280頁）：「即以其年八月十日，葬於古城村白鹿原，之禮也。」這類「變體」格式，隋唐五代石刻語料庫可查詢到大約一四〇條記錄。其實，「變體」仍存古。如唐元和三年〈吳江墓誌〉（《彙編》第37冊第216頁）：「是遵遠卜，克用元和三年十一月七日，合祔於河陽縣太平鄉逯永村北大原，之禮也。」釋讀者或不句，作「合祔於河陽縣太平鄉逯永村北大原之禮也」，或以為刻寫之誤，恐有失於簡單。「之禮也」，或即判斷陳述句標誌，之、指代，其功能猶《書》之「時」、《莊》之「之二蟲」之類。然則，結構中「禮也」，作陳述判斷，尤須作片語解會。

2 「大啟××」結構

唐上元二年〈虢莊王李鳳墓誌銘並序〉（《彙編》第40冊第50頁）：「建作牧，雖高前典；析珪胙土，未允舊章。宜崇寵命，大啟邦國。可改封號王，食邑如故。」「皇帝若曰：於戲，諮爾鳳。岐嶷幼彰，器識方茂。大啟藩服，朝典攸宜。是用命爾為虢王，食邑一萬戶。受茲黑土，苴以白茅，往欽哉。」

其「大啟××」結構，早見於周代器物銘文〈逨盤〉等。[8]

7　臧克和：〈上博楚竹書中的「詩論」文獻及範型〉，《學術研究》2003年第9期（2003年）。

8　臧克和：〈金文雜考〉，《古文字研究》第25輯（北京：中華書局，2004年）。

3 唐代「哀感……」匡格，隋唐語用分歧已生

　　高昌章和十六年〈高昌王造像碑〉(《彙編》第10冊第187-188頁，碑在新疆吐魯番)，該記殘缺，磨滅難辨。但據所存字跡，不唯文字可觀，亦所以補史闕。如「天人悲慕，哀感山河」、「動與理會」、「風韻高奇，機鑒穎悟」、「笞不忘其恩，刖足猶感其惠」、「靈覺恢廓，非有非無。□□□□，亦實亦虛。形無定方，往來豈劬？言非常韻，隨時□□」等等。

　　「哀感山河」為片語短語結構，即化用六朝所謂「哀感」匡格。如《晉書》卷五十九「故掾劉祐獨送之，步持喪車，悲號斷絕，哀感路人」，卷六十四「拜受流涕，哀感左右」，卷八十八「乃撫柩長號，哀感行路，聞者莫不垂涕」，卷一百一「七歲遭母憂，擗踴號叫，哀感旁鄰，宗族部落，咸共歎賞」；《梁書》卷四十七「時天寒，曇淨身，衣單布，廬於瘞所，晝夜哭泣不絕聲，哀感行路，未及期而卒」；《文選注》卷四十繁欽〈與魏文帝箋一首〉「而此孤子遺聲抑揚，不可勝窮，優遊轉化，余弄未盡。暨其清激悲吟，雜以怨慕，詠北狄之遐徵，奏胡馬之長思，淒入肝脾，哀感頑豔。是時日在西隅，涼風拂衽，背山臨溪，流泉東逝，同坐仰歎，觀者俯聽，莫不泫泣殞涕，悲懷慷慨」；《周書》卷四十六「與禽獸雜處，哀感遠近」；《水經注》卷二十六「故〈琴操〉云：殖死，妻援琴作歌曰：樂莫樂兮新相知，悲莫悲兮生別離。哀感皇天。城為之墮」；《大唐西域記》卷八「聞而歎曰：慧日已隱，唯餘佛樹，今復摧殘，生靈何睹。舉身投地，哀感動物，以數千牛搆乳而漑，經夜樹生，其高丈餘」。《文選注》「哀感頑豔」，宜作互文解會，謂哀感所及，無論愚智賢佳不肖者。參見《管錐編》第四冊「繁欽」條。

　　然而，像唐乾封元年〈張君妻梁氏墓誌〉(《彙編》第15冊第15頁)「及所天雲喪……雖復哀感四時，幽閒無悶」，顯然為「主體」為

「四時」所感，即「哀感於四時」（陸機〈文賦〉所謂「悲落葉于勁秋，喜柔條於芳春」者也），不復為感動「客體」語義。是格式仍舊，機杼有二。

4 「金聲玉振」匡格及變體

「金聲玉振」為上古音樂演奏結構術語，見《孟子・萬章下》：「集大成也者，金聲而玉振之也。金聲也者，始條理也；玉振之也者，終條理也。始條理者，智之事也；終條理者，聖之事也。」編鍾奏樂，以鍾發聲，以磬收韻，表示奏樂從始至終。「金聲玉質」為「金聲玉振」變體。隋大業十二年〈李元墓誌〉（《彙編》第10冊第142頁）：「金箱玉質，映後光前。」其中，箱即「相」字之通用，狀儀表本質。如唐龍朔二年〈太妃王氏墓誌銘並序〉（《彙編》第40冊第35頁）：「鉛華玉潤，璲飾金相。心諧婉淑，性蘊矜莊。」金相，有待裝飾，狀外觀物色。

至於「金聲玉質」類，則狀音質屬性。唐開元二十年〈尹善幹墓誌〉（《彙編》第23冊第70頁）：「蘭薰雪映，金聲玉質，情深孝友，性敦閒逸。」唐開元三年〈盧調墓誌〉（《彙編》第21冊第44頁）：「克生令胤，金箱玉振。」

金聲玉振，訴諸聽覺；金相玉質，訴諸視覺。「金聲玉質」或「金箱玉振」，實為「金聲玉振」與「金相玉質」二者雜糅為一。猶言名實相宣，表裏俱美者。視「金聲玉振」單純訴諸外在影響者，可謂一字之差，而邈若河漢。「金聲玉質」成詞使用，見諸文獻者，似以唐人石刻為最早，語文工具書待錄。以下為匡格變體：

其一動玉鳴金。隋大業六年〈楊秀墓誌〉（《彙編》第10冊第38頁）：「自飛雀降祥，見五侯於始葉；遊魚呈瑞，表三公於上年。並動玉鳴金，垂青曳紫。」

　　其二玉響金聲。唐貞觀二年〈郭通墓誌〉（《彙編》第11冊第17頁）：「履仁蹈義，夙穆於閨閾；玉響金聲，鏗鏘於遠邇。落落焉，汪汪焉，不可量也。」

　　其三金聲玉質。唐貞觀二十年〈大唐前齊府功曹參軍尹貞墓誌〉（《彙編》第11冊第144頁）：「蘭薰雪映，金聲玉質。」

　　其四玉潤金聲。唐貞觀八年〈大唐故田夫人墓誌並序〉（《彙編》第11冊第57頁）：「誕生淑媛，玉潤金聲。端莊外朗，溫肅內成。」

　　其五玉潤金箱。唐貞觀二十三年〈張雲墓詩銘並序〉（《彙編》第11冊第191頁）：「玉潤金箱，松貞風勁。隨時舒卷，優遊得性。」描狀物色外觀屬性，即唐龍朔二年〈太妃王氏墓誌銘並序〉（《彙編》第40冊第35頁）「鉛華玉潤，璇飾金相。心諧婉淑，性蘊矜莊」之糅合為用。

5 「秋水共長天一色，落霞與孤鶩齊飛」句樣及變體

　　隋開皇八年〈淳于儉墓誌〉（《彙編》第9冊第47頁）：「根與九泉爭遠，蘭條共四方競振。」隋大業十一年〈唐該妻蘇洪姿墓誌〉（《彙編》第10冊第121頁）：「若乃高風盛業，長源遠係。本枝將四照爭榮，餘潤與雙流共遠。」隋大業十一年〈尉富娘墓誌〉（《彙編》第10冊第129頁）：「洪源與積石爭流，歷葉與鄧林俱茂。」隋大業十一年〈曹海凝墓誌〉（《彙編》第10冊第131頁）：「長風與翠柏而俱吟，孤嶺將斷雲而共結。」隋大業六年〈姬威墓誌〉（《彙編》第10冊第35頁）：「崇基與削成並峻，清瀾隨委壑俱遠。」隋大業七年〈劉則墓誌〉（《彙編》第10冊第48頁）：「懷珠蘊玉，夜光與連璧爭暉；驅轂楊鞭，流水共桃花俱遠。」隋大業十二年《宋永貴墓誌》（《彙編》第10冊第160頁）：「洪源括地，與懸米爭深；高峰極天，共雲邱比峻。」（「懸米」，《王子安集》卷十「幼俊八」條：「論曰：夫濫觴懸米、翻

浮天動地之源,寸株尺蘖、擢捎雲蔽景之幹。豈非積微成大,陟遐自
邇?」)

　　唐貞觀八年〈□孝敏墓誌銘並序〉(《彙編》第11冊第59頁):「化
共春雲等潤,鑒與秋月齊明。」唐龍朔三年〈魏郎仁墓誌銘並序〉
(《彙編》第14冊第68頁):「神彩與岩雷爭飛,高情共松風競遠。雅
性超簡,俊節不羈,候風月以追遊,極琴罇而澹慮。」唐乾封元年
〈張君妻梁氏墓誌〉(《彙編》第15冊第15頁):「蒙谷韜輝,夕露與秋
波共落;若枝凋景,寒雲將暮葉同飛。」

　　唐文明元年〈西州司馬吳信碑〉[9]:「何期魂沉岱嶺,桂質與芳號
俱銷;魄歿乾城,盛德共嘉聲歇滅。」唐乾封二年〈張爽墓誌〉(《彙
編》第15冊第23頁):「清辭共金石同響,草隸與松筠等茂。」

　　唐貞觀二十年〈張忠墓誌〉(《彙編》第11冊第150頁):「肅穆將
松風共高,優柔與洞簫齊韻。」唐貞觀二十年〈王才墓誌〉(《彙編》
第11冊第157頁):「風儀與秋月齊明,音徽共春雲並潤。」唐貞觀二
十二年〈張通墓誌〉(《彙編》第11冊第175頁):「嚴威與秋霜競潔,
神武與夏日爭輝。」皆為一虛一實組合。

　　唐聖曆元年〈李君莫高窟修慈悲佛龕碑並序〉(《彙編》第18冊第
131頁):「慈雲共舜雲交映,悲日與堯日分暉。」狀物色而融人情,
套匡格而出新意。

　　武周聖曆二年〈王慶祚墓誌銘並序〉(《彙編》第18冊第149頁):
「詞峰將夏雲俱峻,辯論與秋天共高。」物色融入才情。

　　唐開元八年〈周利貞墓誌〉(《彙編》第21冊第135頁):「音儀塋
朗,與秋月而齊明;雅韻沖和,等春雲之起潤。」唐開元二十四年

9　見王其禕、周曉薇:〈澄城新見唐文明元年西州司馬吳信碑考略〉,《考古與文物》
　　2009年第6期(2009年),頁49—55。

〈大唐故大智禪師塔銘〉（《彙編》第24冊第12頁）：「大父子胤、烈考
解脫，並丘園養德，隱居不仕。禪師體不生之□神，綱無染之絕韻。
爰在悼齕，遊不狎群。遂更童長，身無擇行。峻節比夫嵩華，雅量方
於溟渤。初好《老》《莊》《書》《易》之說，亟歷淇澳漳滏之間，以
悲度門，一皆謝絕。齒邁三十，適預緇流。慧音共芝若同芬，戒相與
蓮花比潔。大通之在荊南也，慈導風行，聲如鼓鐘，應同鳴鶴。乃裹
糧修謁，偏袒請命，逮得法要，式是勵精。浹辰之間，驟然大悟，三
摩隨入，順忍現前，大通印可，密弘付囑。自是多歷名山，普雨甘
露。」

6 隋唐「四美、二難」結構轉換

隋大業七年〈隋故豫章郡掾田德元墓誌〉（《彙編》第10冊第55
頁）：「坐有嘉賓，門多好事。良晨美景，命醽酒而開筵；勝地名遊，
賦清篇而自得。莫不辭高金谷，趣極蘭亭。」前二句為總，後兩聯為
分。是「好事」類凡六：良辰、美景、勝地、名遊，宴飲、賦篇。其
中前四者為實體，後二者係穿插四者之間為作用。唐王勃〈滕王閣詩
序〉：「遙吟俯暢，逸興遄飛。爽籟發而清風生，纖歌凝而白雲遏。睢
園綠竹，氣凌彭澤之樽；鄴水朱華，光照臨川之筆。四美具，二難
並。」其所賦內容亦不出隋人四體二用「六類」範圍，是初唐直接化
用類型。

唐人或以「四美」稱女性之「四德」：唐大曆十一年〈吳公妻獨
孤氏墓誌銘並序〉（《彙編》第40冊第154頁）：「夫人少婉娩，長柔
順。加之以明敏慈惠，以初笄之歲而歸吳氏。以克諧婦德，周旋母
儀，而家道生矣。然後振四美以修內，體三從以飾外，內外備而人□
盡矣。」四美、三從並舉。

唐人或以「四難」概括世家才德：唐天寶九年〈盧府君墓誌銘〉

（《彙編》第26冊第18頁）：「族茂地高，才富德碩。四者難並，代罕其人。一以貫之，見於府君矣。府君諱復，字子休。錫土燕趙，受氏范陽。」二難變而為四：族茂、地高、才富、德碩。

唐龍朔元年〈王長墓誌〉（《彙編》第14冊第7頁）：「因斯遂性，性希微尚，息榮華於一指，遣我物於二難。於是負杖清渠，瑩心鏡於冰沼；行吟綠野，寄情地於松端。琴揮延壽之歌，賦寫行天之樂。」

「二難」之數，早見於南北朝石刻用例。北齊天保六年〈竇泰墓誌〉（《彙編》第7冊第46頁）：「及幼主君臨，問對為重；新邦肇建，糾察增隆。二難之道，匹此為易。」尚指難事有二：幼主君臨、新邦肇建。[10]

三　石刻用典形式調研

典故格式的討論，當然也要關注「典常」和「變體」兩邊。不言而喻，這種關注到兩邊的做法，對於漢語史詞彙訓詁等領域研究，自具相當認知意義和功能價值。

徐志學博士，不計利鈍得失，究心於文獻典籍，其學位論文《魏晉南北朝隋唐五代石刻用典語言形式研究》，採用資料庫統計分析方法，調查統計魏晉南北朝隋唐五代石刻用典形式的來源、變體形式，討論典故所指的對象，分析石刻用典形式變體及變體組的關係類型，探討了石刻用典形式變體的構成方式、形成原因、特點以及石刻用典形式變體組研究方法的全面系統性。值得提出的是，論文從表層和深

---

10 後世關於四美、二難理解歧出紛如。像有的語文課本選〈勝王閣詩序〉，關於「四美具，二難並」「四美」，注釋為「良辰、美景、賞心、樂事」；關於「二難」，則注釋為「賢主，嘉賓。」教師教學用書於「四美具，二難並」白話參考是「良辰、美景、賞心、樂事，四美都有，賢主、嘉賓，難得卻得」。

層分析用典形式。作者面對數百年靜態石刻語料，實現了動態的專題調研考索。

> 典故，是用典形式的來歷出處，即儲存於傳世文獻中被後世言語作品引用且產生比喻、引申、借代等意義的特殊語料群。用典形式是典故在言語作品中的表現形式，即言語作品中有來歷出處的語言形式，其意義和來歷出處有密切聯繫，並具有例證、比較、替代等修辭作用。
>
> 用典形式和典故緊密相連，但不是一體二面的關係，兩者既有聯繫，又有區別，既相互依存，又可以彼此獨立存在。典故是用典形式存在的前提，是它的來源；沒有典故，就沒有用典形式。用典形式既是人們運用典故的結果，也是確認典故的條件，聯繫二者之間的紐帶是人們的言語作品。傳世文獻中的內容只有被後世言語作品引用並具有比喻、引申、借代等意義時，才是典故。用典形式不僅在形式上與典故存在明顯聯繫，而且在意義上和典故存在密切關係，並具有例證、比較、替代等修辭作用。
>
> 本文的主要研究對象是石刻材料中有來歷出處的語言形式，簡言之，即石刻用典形式。我們可以從石刻用典形式的結構形式和功能、音節的數量等方面進行分類。根據用典形式結構形式和功能的不同，可以將石刻用典形式分為典故詞、典故片語、典故語句等三類。[11]

分類及分析表述，體現了該領域調研的細化和深入。論文調查討

---

11 徐志學：《魏晉南北朝隋唐五代石刻用典語言形式研究》（上海市：華東師範大學中國文字研究與應用中心博士學位論文，2011年）。

論的是數百年間凝固定型的石刻語料，卻是實現了從變體形式到結構來源的辨析。這類稱得上是動態地梳理，較之一般單位漢語史的機械描寫要麻煩得多。自然，其功效其價值，也不可同日而語。

志學博士，為人本分，為學勤謹。可以說志於學，勤於讀，精於思，敏於行，明於德。論文構思明白，線路清楚，篩選資料，鑿鑿可按：論文共選用石刻用典形式五八〇餘個，涉及石刻語料用例二〇〇〇餘例。每個用典形式的石刻語料用例都按年代順序排列。論文還進而確定了探討了石刻用典形式及石刻用典形式變體的提取細則、有多種來源等複雜情況的用典形式的較合理來源文獻的辨析細則。因此，作者的石刻語料專題調研工作，不僅對於石刻語料的釋讀、研究，古代歷史文化等方面的研究具有意義，而且對於漢語史詞彙發展事實和規律的揭示，也具有具體可靠而實實在在的貢獻。動態過程考索所填補的若干缺環，亦將有助於語言文字學工具書的補充完善。

現在，志學博士學位論文即將付梓，寫了如上文字，作者讀者未必認同，唯供商榷焉。欣喜慶賀之餘，期待作者石刻語料領域的調查研究，更進一竿，是所望焉。

臧克和於江南
二〇一三年夏始春餘

第一章
緒論

　　魏晉南北朝隋唐五代石刻語料相當豐富，文獻真實性強，時代明確，語言獨具特色，是漢語詞彙史研究的重要語料。用典形式[1]，指言語作品中有來歷出處的語言形式，其意義和來歷出處之間存在密切聯繫，一般具有例證、比較、替代等修辭作用。石刻語料中的用典形式數量多，來源文獻種類多，表現形式多變，意義極具文化內涵。提取石刻語料中的用典形式，分析其來源、變體形式、意義層次等，對準確釋讀、研究石刻語料，以及研究古代歷史文化等方面，具有重要意義；對於中古文字、詞彙發展事實和規律的揭示，將作出重要貢獻，填補若干空缺；亦有助於相關工具書的完善。歷代石刻研究，主要集中在字形學、書法學、歷史學、考古學等方面，從語言學的角度進行研究的較少，從詞彙學方面考察的更少。石刻語料數量龐大，通過語料庫平臺，將近八百年的石刻語料貫穿起來，進行歷時調查統計分析，尚屬首次。

　　前人有關典故的研究，主要集中在古代文論、詩話、隨筆等作品中，圍繞典故的運用，從修辭學的角度進行研究，較少理論探討，多

1　我們這裏使用「用典形式」這一術語，不用「典故詞」或其它術語，基於三方面的考慮：一是由於用典形式包含詞語形式和非詞語形式，範圍比典故詞大，更適合石刻語料用典的實際情況。一是由於典故詞的外延難以界定，詞和短語的區別難以把握；而且，有相當多的用典形式是無論如何也不能看作詞語的。一是由於我們把典故所指界定為傳世文獻中的內容，用典形式與典故在形式和內容方面沒有交叉部分；而當前有的觀點認為典故詞與典故所指的內容是一致的，為避免典故與典故詞混同，故選擇「用典形式」這一術語。

為經驗性總結，於典故運用方法、要求、禁忌等方面的分析用力較多。相關著作主要有：南朝鍾嶸《詩品》，南朝劉勰《文心雕龍》，唐皎然《詩式》，宋釋惠洪《冷齋夜話》，宋嚴羽《滄浪詩話》，宋楊萬里《誠齋詩話》，宋洪邁《容齋隨筆》，宋吳沆《環溪詩話》，南宋陳騤《文則》，南宋葉夢得《石林詩話》，元陳繹曾《文說》，明高琦《文章一貫》，清袁枚《隨園詩話》等。

二十世紀以來，學者們開始從理論上研究典故。近幾十年有關典故的研究方向主要體現在以下幾個方面：

一、典故的界定；

二、用典研究；

三、典故與成語、熟語等之間的關係；

四、典故與辭書編纂；

五、典故詞語與文化；

六、典故詞研究。

從已有的研究成果來看，有關典故、典故詞的研究大多利用傳世文獻材料，利用出土文獻材料進行相關研究的還相當少。從研究出土文獻詞彙的論文來看，儘管有少量涉及典故詞，但進行專門研究的還比較少見。

「典故」一詞，較早見於《後漢書・東平憲王蒼傳》[2]。：「陛下至德廣施，慈愛骨肉，既賜奉朝請，咫尺天儀，而親屈至尊，降禮下臣，每賜宴見，輒興席改容，中宮親拜，事過典故。」就目前所見，直到清代末期，學者們才開始對「典故」進行闡釋。此前的歷代學者大多從修辭的角度，以用典為中心，從用典的經驗、要求、分類等方面研究，關於典故的定義不見論述。形成這種情形的主要原因如下：

---

2 〔南朝宋〕范曄：《後漢書》（北京市：中華書局，1965年），頁1440。

　　「用典」較早指運用典章、制度，少有修辭的含義。《左傳‧宣公十二年》[3]：「百官象物而動，軍政不戒而備，能用典矣。」我們現在所說的修辭意義上的「用典」，南北朝時稱為「用事」或「事類」等。鍾嶸《詩品‧序》[4]：「若乃經國文符，應資博古；撰德駁奏，宜窮往烈。至乎吟詠情性，亦何貴於用事？」劉勰《文心雕龍‧事類》[5]：「事類者，蓋文章之外，據事以類義，援古以證今者也。」把「事」稱為「典」，較早見於明代。明楊慎《升菴全集》[6]卷五十二〈古文引用〉：「凡傳中引古典，必曰《書》云、《詩》云者，正也，《左傳》中最多。」清代始見修辭意義上的「用典」說法。袁枚《隨園詩話》[7]卷七：「用典如水中著鹽，但知鹽味，不見鹽質。」典故，指典制和掌故。從漢代至清代，典故的意義一直沒有大的變化，用例在《二十五史》裏多見。但明、清時期其含義逐漸發生轉變，漸具有現代修辭學意義。明餘繼登撰有《典故紀聞》[8]一書，從其內容來看，「典故」含義已有轉變跡象。清方世泰《輟鍛錄》[9]：「用事選料，當取諸唐以前。唐以後故典，萬不可入詩，尤忌以宋元人詩作典故用。」此處的「典故」與我們今天所講的典故在內涵上當是一致的。管錫華〈論典

3　〔晉〕杜預注，〔唐〕孔穎達等正義：《十三經注疏‧春秋左傳正義》（北京市：中華書局，2003年），頁1879。

4　〔南朝梁〕鍾嶸：《詩品》（上海市：上海古籍出版社，2007年），頁10。

5　〔南朝梁〕劉勰：《文心雕龍》（北京市：中華書局，1986年），頁339。

6　〔明〕楊慎：《升菴全集》（北京市：商務印書館，1937年版），頁598。

7　〔清〕袁枚撰，顧學頡校點：《隨園詩話》（北京市：人民文學出版社，1982年），頁235。

8　〔明〕餘繼登：《典故紀聞》，收入《筆記小說大觀叢刊33編》（臺北市：新興書局，1983年），第3冊。

9　郭紹虞編選，富壽蓀校點：《清詩話續編》（上海市：上海古籍出版社，1983年），頁1942。

故詞語及其使用特點和釋義方法〉[10]:「『典故』，原意指典制和成例。清代起轉生二義。一指後世使用的故事。如昭槤《嘯亭續錄・大戲節戲》『其時典故如屈子競渡，子安題閣諸事，無不譜入，謂之月令承應』者是。一指後世使用的詩文詞句。如趙翼《甌北詩話・查初白詩一》『語雜詼諧皆典故，老傳著述豈初心』者是。」

《辭海》一九四七年版的定義為「謂故事也」。一九七九年版在原有定義的基礎上作了補充與完善，加上了「有來歷出處的詞語」這一表述。此後，大型辭書，如《辭海》[11]、《辭源》[12]、《漢語大詞典》[13]等均有小異大同的定義：一指「典制和掌故」；二指「詩文中引用的古代故事和有來歷出處的詞語」。當然，也存在一些見仁見智的定義，如《古漢語成語典故詞典》[14]:「典故：慣用的固定片語、句子的原式及其變式，語言簡練，意思精闢，表現力強而有故事可據者為典故，或稱事典。」

隨著典故研究的深入開展，學界對典故定義多有不同見解。管錫華〈論典故詞語及其使用特點和釋義方法〉[15]:「『典故』是指被後世所用的故事和詩文詞句。」張履祥《〈典故・典故系列和典故辭典的編纂〉[16]:「典故是詩文中引用歷史故事和成言成辭、佛事俗諺等經過

---

10 管錫華：〈論典故詞語及其使用特點和釋義方法〉，《安徽大學學報（哲學社會科學版）》1995年第1期（1995年）。

11 辭海編輯委員會編：《辭海》（上海市：上海辭書出版社，1979年）。

12 廣東、廣西、湖南、河南辭源修訂組，商務印書館編輯部編：《辭源》，（北京市，商務印書館，1983年）。

13 羅竹風主編：《漢語大詞典》（上海市：漢語大詞典出版社，1993年）。

14 余清逸：《古漢語成語典故詞典》（哈爾濱市：黑龍江人民出版社，1989年），頁1161。

15 管錫華：〈論典故詞語及其使用特點和釋義方法〉，《安徽大學學報（哲學社會科學版）》1995年第1期（1995年）。

16 張履祥：〈典故・典故系列和典故辭典的編纂〉，《辭書研究》1996年第4期（1996年）。

概括、改造、創制而成的濃縮凝聚性的含典詞語。」蔡正時、蔡正序
〈「典故」詮釋中的蛇足〉[17]：「典故就是指古代故事或有來歷出處的
詞句，並不見得一定要經過詩文引用才成其為典故。」朱學忠〈典故
研究之我見〉[18]：「（典故）指古代詩文引用的有來歷、有出處、有派
生義的特殊語詞。」郭蓉〈典故研究文獻綜述〉[19]：「典故，是古代文
獻典籍中儲存的、為古人創作所廣為徵引的一類特殊的語料群。」賈
齊華〈典故研究三題〉[20]：「典故是用典者所依據的前代故事和詩文語
句。」也有支持該定義的，如吳直雄〈典故界定多歧義〈辭海〉定義
應遵循──論典故的定義〉[21]。列舉了人們對於典故定義的七種類型
和九種各自有別的意見與定義，認為《辭海》定義應遵循。

　　我們認為，目前通行的典故定義存在以下值得商榷的方面。

　　第一，「詩文中」或「詩文等作品中」的局限性。

　　從理論上講，任何文體或文章都可能引用故事或有來歷出處的詞
語。顯然，「詩文」或「詩文等作品」並不能涵蓋所有，其沒有涵蓋
的作品裏引用的故事就有可能被排除在典故集合之外。如果說凸顯詩
文是因為詩文裏用典較多，那麼碑文也應該被凸顯，因為誇張地講，
碑文是無一字無來歷的。可見，「詩文中」或「詩文等作品中」之類
的限定語有一定的局限性，值得推敲。

---

17 蔡正時、蔡正序：〈「典故」詮釋中的蛇足〉，《語文學習》1996年第10期（1996
　 年）。

18 朱學忠：〈典故研究之我見〉，《淮北煤師院學報（哲學社會科學版）》1999年第2期
　 （1999年）。

19 郭蓉：〈典故研究文獻綜述〉，《上饒師範學院學報（社會科學版）》2006年第2期
　 （2006年）。

20 賈齊華：〈典故研究三題〉，《鄭州大學學報（哲學社會科學版）》2008年第9期
　 （2008年）。

21 吳直雄：〈典故界定多歧義〈辭海〉定義應遵循–論典故的定義〉，《南昌大學學報
　 （人文社會科學版）》2003年第5期（2003年）。

　　第二，「古代故事」的雙重模糊性。

　　從邏輯上來說，古代可以相對今人來說，也可以相對言語作品的
作者來說。相對今人來說，其最後的時限難以確定；即便可以確定一
個時間點，為什麼此前的故事被引用後就成了典故，此後的故事就不
可以呢？是永遠都不可以，還是若干年之後又可以呢？相對作者來
說，古代同樣難以確定具體期限，是以年代定，以朝代定，還是以語
言特徵來定，都沒有明確的規定。而且，古人用典有用同一時代故事
的。如：

　　北魏〈元襲墓誌〉：「君珪璋內映，風飆外發，聲邁雲巾，才超日
下。」（5.175）[22]

　　「日下」，較早見於南朝宋劉義慶《世說新語・排調》[23]：「荀鳴
鶴、陸士龍二人未相識，俱會張茂先。坐，張令共語……陸舉手曰：
『雲間陸士龍。』荀答曰：『日下荀鳴鶴。』」古代以帝王比日，帝王
所居地為「日下」。對今人來說，其自然是古代故事，可對墓誌作者
來說，南北朝卻算是同一時代。

　　若控名責實的話，故事的含義及判斷標準也還沒有較為明確的說
法。故事若指「故實」，「古代」似顯多餘；《國語・周語上》[24]：「賦
事行刑，必問於遺訓，而諮於故實。」韋昭注：「故實，故事之是
者。」若與現代的「故事」意義相同，似乎又失卻本真。

　　另外，從語法上來說，「有來歷出處的詞語」並不受「古代」修
飾限定，也就是說，引用的現代有來歷出處的詞語自然也是典故。同

22　「5.175」表明語料來自《北京圖書館藏中國歷代石刻拓本彙編》第5冊第175頁。後
　　例同此。

23　〔南朝宋〕劉義慶撰，〔南朝梁〕劉孝標注，余嘉錫箋疏：《世說新語箋疏》（北京
　　市：中華書局，2007年），頁926-927。

24　《中華再造善本》編纂出版委員會編：《中華再造善本・唐宋編・史部・國語一》
　　（北京市：北京圖書館出版社，2006年）。

樣是典故，何以「故事」受古代限制，「有來歷出處的詞語」並不受此限制呢？可見，「古代」這一限定語也值得推敲。

第三，「古代故事」、「有來歷出處的詞語」和典故所指。

根據定義，可以確定「有來歷出處的詞語」為典故所指對象。然而，「詩文中引用的古代故事」，典故所指是古代故事，還是出現在詩文中的語言形式，我們不得而知。如果典故所指的對象為古代故事本身，即典籍文獻中儲存的相關語料，而不是詩文中的語言形式，那麼，「有來歷出處的詞語」就不應該是典故所指的對象，因為典故所指的對象應當如同古代故事一樣為「有來歷出處的詞語」之來歷出處。如果典故所指的對象為詩文中的語言形式，那麼，這種語言形式也可以說是有來歷出處的，就不必費力說「引用的古代故事」了。還有，有來歷出處的語言形式不一定都是詞語，如此定義會把有來歷出處的非詞語形式給排除在外了。

綜合以上幾個方面，可知目前通行的典故定義存在諸多值得推敲之處。其主要原因在於該定義從用典的角度並且按照傳統的事典、語典的分類來界說典故，沒有認清典故的所指對象。

典故定義的討論在繼續，有關典故的研究也在不斷深入，湧現出不少相關的學術論文和專著。但由於典故的定義沒有統一，很多文章或著作中的相關術語所指的內容也不一致，特別是典故所指的對象迥然不同。略舉例如下：

一、典面即指典故的相對穩定和精鍊的語言表達形式[25]。

二、許多典故源於歷史事件、神話傳說、宗教故事、文學文本以及古人虛構的故事，這些「故事、傳說」等通常被常規化和抽象化，

---

25 羅積勇：〈典故的典面研究〉，《湖北師範學院學報（哲學社會科學版）》2005年第4期（2005年）。

濃縮或截取其中幾個關鍵字或字構成典故[26]。

三、首先，典故必須是有出處的。所謂出處，即「典源」，指的是典故最早脫胎的典籍和所記載保存的故事、詞句[27]。

四、漢語典故在用典實踐中發生的從典源到用典詞語和典故意義的各種不同程度的流變，說明典故是漢語中一種極為活躍的語言成分[28]。

五、「色斯」，語出《論語・鄉黨》：「色斯舉矣，翔而後集。」「色斯舉矣」，何晏集解引馬融曰：「見顏色不善則去之。」後人用這個典故一般表示「見機遠遁以逃避迫害災禍」之類意思[29]。

六、典故至少包括典源、典面，它不是語言詞彙中的備用材料[30]。

由例一可知，典面是典故在言語作品中的表現形式。那麼，雖然還不清楚典故所指，但典面和典故所指的對象應該是不同的。由例二（案：例中的「載取」，換為「截取」更合文意。）可知，「關鍵字或字」被截取後構成典故，那麼，典故所指的對象當為言語作品中的用典形式，也就是例一的典面，這就和例一的典故所指有了一定的衝突。

由例三可知，典源是典故所較早見於的典籍及其所記載的故事和詞句，是典故的出處。那麼，典源和典故的所指是不同的。

由例四可以看出，典故是漢語的語言成分。

由例五可知，典故所指的對象至少包括用典形式。

26 郭善芳：〈典故的認知模式〉，《貴州大學學報（社會科學版）》2005年第5期（2005年）。

27 郭蓉：〈典故研究的理論與方法概談〉，《學術論壇理論月刊》2006年第8期（2006年）。

28 徐成志：〈《漢語大詞典》典故條目訛誤評析〉，《皖西學院學報》2006年第12期（2006年）。

29 唐子恒：《漢語典故詞語散論》（濟南市：齊魯書社，2008年），頁112。

30 唐子恒：《漢語典故詞語散論》（濟南市：齊魯書社，2008年），頁291。

　　例六表明，典故至少包括典源、典面，且不是語言詞彙中的備用
材料。這一點和例二、例四有衝突。不僅如此，和例五也有衝突。因
為例五表明，典故是語言詞彙中的備用材料，這樣作者自己也前後矛
盾了。

　　當前相關術語的界定也反映了人們關於典故所指對象認識上的不
一致、甚至相互衝突的狀況。

1 典面

　　羅積勇《用典研究》[31]：「典面即指典故的短語化的語言表達形
式。」（即我們所指的用典形式。）唐子恒《漢語典故詞語散論》[32]：
「典面就是後人使用典故時形成的話語。」（亦即我們所指的用典形
式。）丌文香博士論文《漢語典故詞語研究》（山東大學，2008）：
「典面，指典故的形式。」（即我們所指的用典形式之來歷出處，是
典故所指的對象。）

2 典源

　　羅積勇《用典研究》[33]：「典源，指典故的原始出處及其意思。」
唐子恒《漢語典故詞語散論》唐子恒：《漢語典故詞語散論》（齊魯書
社2008年，第27頁）。：「典源就是典故的出處。」丌文香博士論文
《漢語典故詞語研究》（山東大學，2008）：「典源……指和典故詞語
有關的最早的典故。」

---

31 羅積勇：《用典研究》（武漢市：武漢大學出版社，2005年），頁58。
32 唐子恒：《漢語典故詞語散論》（濟南市：齊魯書社，2008年），頁29。
33 羅積勇：《用典研究》（武漢市：武漢大學出版社，2005年），頁299。

3 典形

　　唐子恒《漢語典故詞語散論》[34]:「同一個典故往往會有許多不同的典面,我們稱之為不同的典形。」丌文香博士論文《漢語典故詞語研究》(山東大學,2008):「典形,指典故詞語的形式。」

　　其它還有更多不一致的相關表述,不再列舉。可以看出,不僅典故所指大家的看法不一致,使用相關術語時不同學者的界定也不同。

　　由上述分析可知,典故、典源、典面、典故詞這幾個術語被人們使用時,各自所指的對象在不同的作者那裏不一致,有的互有交叉,有的互相衝突。這種交叉或衝突,既反映了人們關於典故所指認識上的分歧,又給人們認識、瞭解典故帶來了困惑,不利於典故研究的進一步深入。我們認為有必要認真分析典故所指的對象到底是什麼。

　　歸納起來,學者們關於典故所指的對象大致分三種情況:一種指言語作品中有來歷出處的語言形式;一種指言語作品中有來歷出處的語言形式及其來歷出處;一種指言語作品中有來歷出處的語言形式之來歷出處。我們試舉例來具體說明。

　　「魏闕」,較早見於《莊子・讓王》[35]:「中山公子牟謂瞻子曰:『身在江海之上,心居乎魏闕之下。奈何?』瞻子曰:『重生。重生則利輕。』」

　　「魏闕」,古代宮門外兩邊高聳的樓觀。借指朝廷。

　　北魏〈檀賓墓誌:「君乃修陳生之奇,習黃公之策,功名申於齊京,威略聞於魏闕。」(4.178)

　　唐〈大唐故長樂公主(李麗質)墓誌銘〉:「白驪徘徊,長辭魏

---

34 唐子恒:《漢語典故詞語散論》(濟南市:齊魯書社,2008年),頁29。

35 〔清〕郭慶藩撰,王孝魚點校:《莊子集釋》(北京市:中華書局,2004年),頁979。

闕。」（新出陝西1.029）[36]（貞觀十七年）[37]

　　唐〈尹貞墓誌〉:「前對蓮峰，冠紫微而獨秀；還瞻魏闕，干青雲而直上。」（11.144）（貞觀二十年）

　　唐〈王相兒墓誌〉:「秦庭鳴玉，魏闕逶迤。」（14.142）

　　唐〈何摩訶墓誌〉:「原夫含章挺秀，振清規於漢朝；碩學標奇，展英聲於魏闕。」（16.122）

　　唐〈崔志道墓誌〉:「棲遲淡泊，標緻閒遠，養素衡門，馳芬魏闕。」（16.184）

　　唐〈劉庭訓墓誌〉:「公示之以吉凶，論之以威福，射貂騎馬，趨魏闕以馳誠；群羊負魚，入金門而獻款。」（23.032）

　　唐〈房孚墓誌〉:「公孝之績，雖在南陽；子牟之心，實馳魏闕。」（23.055）

　　唐〈孫杲墓誌〉:「久處虜庭，長懷魏闕，既至京邑，果沐聖慈，改試太子詹事。」（29.046）（元和四年）

　　唐〈郭超岸墓誌〉:「身陷賊庭，心歸魏闕。」（新出河南1.417）（元和五年）

　　顯然，「魏闕」在石刻語料裏為有來歷出處的語言形式。我們將「魏闕」用「甲」表示，將「魏闕」之來歷出處，即《莊子・讓王》

36　「新出」表示用例來自《新中國出土墓誌》，「陝西1.029」表示用例來自陝西卷壹第29頁。河南卷同此例。重慶卷因為只有一卷，僅在「新出重慶」後標明頁碼。後例同此。

37　本書的石刻語料用例，均在其前標明時代，在其後標明語料來源及具體頁碼，按時代先後順序排列，以便於查檢。由於《北京圖書館藏中國歷代石刻拓本彙編》的冊數和頁碼大都能表明用例時間之先後，故一般不再標明具體年代。石刻用典形式同時代用例來自《西安碑林全集》或《新中國出土墓誌》時，均標明相關用例拓片所記載的安葬或刻寫時間。為較全面反映石刻用典形式在石刻語料中的用例情況，每個石刻用典形式清晰、明確用例若有十個及其以上的，選取十個用例；不足十個的，全都選用。

及其相關內容用「乙」表示。那麼，根據目前學者的觀點，典故所指的對象就會有三種不同的可能：一種是甲；一種是乙；一種是甲和乙。

或許，典故所指的對象是甲或是乙並不是原則性的問題，問題的關鍵在於要明確研究對象，要統一認識。

我們傾向於典故所指的對象為乙，即言語作品中用典形式之來歷出處。闡述如下：

言語作品中有來歷出處的語言形式，可分為兩種類型，一類是用典形式，一類是非用典形式。所謂用典形式，指言語作品中有來歷出處的語言形式，其意義和其來歷出處有密切聯繫，一般具有例證、比較、替代等修辭作用。例如：

唐〈劉胡墓誌〉：「夫人扶風馬氏，族茂鑄銅，祥延弄瓦，芝蘭植性，桃李為容。」（18.176）

「弄瓦」，其來歷出處，較早見於《詩・小雅・斯干》[38]：「乃生女子，載寢之地，載衣之裼，載弄之瓦。」「弄瓦」，本指玩弄紡錘，這裏謂生女孩。這種借指意義和來歷出處有關，具有替代作用。所以，「弄瓦」就可以稱為用典形式。非用典形式，因為和我們的討論關係不密切，這裏就不舉例了。

用典形式之來歷出處是典籍中記載的能表達相對完整意義的語料群，或為篇章題名，或為一句話，或為一段話，或為與之相關的篇章內容等。用典形式和其來歷出處之間的對應關係比較複雜。主要有三種情況：

一種是一一對應關係，即一個用典形式對應一個來歷出處，同時這個來歷出處也只對應一個用典形式。例如：

---

38 〔漢〕毛亨傳、鄭玄箋，〔唐〕孔穎達等正義：《十三經注疏・毛詩正義》（北京市：中華書局，2003年），頁438。

　　「八凱」，較早見於《左傳‧文公十八年》[39]：「昔高陽氏有才子八人：蒼舒、隤皚、檮戭、大臨、尨降、庭堅、仲容、叔達，齊聖廣淵，明允篤誠，天下之民謂之『八愷』。」孔穎達疏：「愷，和也，言其和於物也。」愷，或作凱。

　　「八凱」，指賢能吏臣。

　　後樑〈北嶽廟碑〉：「名超八凱，鑒若三辰，忠貞輔國，禮樂親鄰。」（36.012）

　　一種是一對多的關係，即一個用典形式對應兩個或兩個以上的來歷出處。這種關係至少存在三種類型。

　　其一是來歷出處所記載的內容大同小異，且該用典形式的意義沒有改變，只是我們現在難以區分出來歷出處的時代先後。如：

　　「皇華」，《詩‧小雅‧皇皇者華序》、《國語‧魯語》都有記載。《詩‧小雅‧皇皇者華序》[40]：「《皇皇者華》，君遣使臣也。送之以禮樂，言遠而有光華也。」《國語‧魯語》[41]：「《皇皇者華》，君教使臣曰：每懷靡及，諏、謀、度、詢，必諮於周。」

　　其二是來歷出處記載的內容相近，我們不知用典形式到底來自哪裏。如：

　　「不共戴天」，《禮記‧曲禮上》、《檀弓上》都記載有相似內容。《禮記‧曲禮上》[42]（：「父之仇，弗與共戴天。」《禮記‧檀弓上》[43]：

39　〔晉〕杜預注，〔唐〕孔穎達等正義：《十三經注疏‧春秋左傳正義》（北京市：中華書局，2003年），頁1861-1862。

40　〔漢〕毛亨傳、鄭玄箋，〔唐〕孔穎達等正義：《十三經注疏‧毛詩正義》（北京市：中華書局，2003年），頁407。

41　尚學鋒、夏德靠譯注：《國語》（北京市：中華書局，2007年），頁53。

42　〔漢〕鄭玄注，〔唐〕孔穎達等正義：《十三經注疏‧禮記正義》（北京市：中華書局，2003年），頁1250。

43　〔漢〕鄭玄注，〔唐〕孔穎達等正義：《十三經注疏‧禮記正義》（北京市：中華書局，2003年），頁1284。

「子夏問於孔子曰：『居父母之仇，如之何？』夫子曰：『寢苫，枕幹，不仕，弗與共天下也。』」我們不知「不共戴天」是來自《曲禮上》還是來自《檀弓上》，就把這兩篇所記載的內容都當作其來歷出處。

其三是來歷出處所記載的內容或完全不同或部分不同，且該用典形式與不同的來歷出處相關時其意義發生改變。如：

「學海」，謂學問淵博；亦指學問淵博的人；較早見於晉王嘉《拾遺記・後漢》[44]：「何休木訥多智，《三墳》、《五典》，陰陽算術，河洛讖緯，及遠年古諺，歷代圖籍，莫不咸誦也……京師謂康成為『經神』，何休為『學海』。」另：「學海」，謂做學問如河川流向大海，日進不止；較早見於漢揚雄《法言・學行》[45]：「百川學海而至於海，丘陵學山不至於山，是故惡夫畫也。」

一種是多對一的關係，即多個用典形式對應一個來歷出處。這種關係存在兩種類型。其一是多個用典形式所表示的意義相同或相近；其二是多個用典形式所表示的意義有明顯差別。這兩種類型有時同時存在於同一種多對一的關係之中。例如：「鼎鼐」、「和鼎」、「和羹」、「調鼎」、「調梅」、「鹽梅」，較早見於《書・說命下》[46]：「若作和羹，爾惟鹽梅。」孔傳：「鹽鹹梅醋，羹須鹹醋以和之。」「鼎鼐」、「和鼎」意義相近，喻指宰相等執政大臣；「和羹」、「調鼎」、「調梅」意義相近，比喻宰相大臣等治理國政；「鹽梅」，喻指國家所需的賢才。

用典形式和其來歷出處的關係表明，來歷出處是本源，用典形式

---

44 〔晉〕王嘉撰，〔南朝梁〕蕭綺錄，齊治平校注：《拾遺記》（北京市：中華書局，1981年），頁155。

45 汪榮寶撰、陳仲夫點校：《法言義疏》（北京市：中華書局，1987年），頁31。

46 〔漢〕孔安國傳，〔唐〕孔穎達等正義：《十三經注疏・尚書正義》（北京市：中華書局，2003年），頁175。

是其修辭表現形式。用典形式在言語作品中的表現形式和意義都受其來歷出處制約。在一對一的關係中，把甲，即用典形式看作典故所指的對象，是不會產生表述上的混亂的，因為用典形式與來歷出處都只有一個。在多對一的關係中，把甲，即用典形式，看作典故所指的對象，就可能產生表述上的混亂。例如：

唐〈朱遠墓誌〉：「猗人誕命，荷茲隆吉，逸志請纓，壯心投筆。」（15.184）（咸亨四年）

唐〈唐故原州太谷戍主彭城劉府君墓誌銘〉：「公於是棄筆硯，請長纓，王師所臨，玉石俱碎。」（新出陝西2.077）（開元八年）

這兩例中的「請纓」、「請長纓」均指「自告奮勇請求殺敵」，都是有來歷出處的用典形式，較早見於《漢書‧終軍傳》[47]：「南越與漢和親，乃遣軍使南越，說其王，欲令入朝，比內諸侯。軍自請：『願受長纓，必羈南越王而致之闕下。』軍遂往說越王。越王聽許，請舉國內屬。」顯然，「請纓」、「請長纓」是同一來歷出處的不同表現形式。來歷出處是本是源，言語作品中有來歷出處的用典形式是支是流。如果把言語作品中有來歷出處的用典形式當作典故所指的對象，是顛倒源流關係的做法，必然會產生術語表述體系的混亂。

特別是一對多關聯性中的第三種情況，即用典形式相同，但其意義與出處卻不同的情況。如：

一、北周〈豆盧恩碑〉：「城壘畫地，山川聚米。」[48]（全集128）

二、唐〈王和墓誌〉：「圓扉遂虛，恒垂鞠草之露；畫地無設，終除刻木之因。」（15.044）

上兩例中的「畫地」，形式相同，但意義和出處都不同。第一例

---

47 〔漢〕班固撰，〔唐〕顏師古注：《漢書》（北京市：中華書局，1962年），頁2821。

48 「全集128」表示用例來自《西安碑林全集》第一二八頁。後例同此。

中「畫地」指「善於謀劃」；較早見於《晉書‧張華傳》[49]：「武帝常問漢宮室制度及建章千門萬戶，華應對如流，聽者忘倦，畫地成圖，左右屬目。」第二例中「畫地」指在地上畫圈為牢，借指牢獄；較早見於《漢書‧司馬遷傳》[50]（：「故士有畫地為牢勢不入，削木為吏議不對，定計於鮮也。」如果把「畫地」當作典故所指的對象，勢必會引起表述和理解上的雙重混亂。

另外，還有一些言語作品中的用典形式音節較長，難以用詞語形式概括，此種情況就不便把言語作品中有來歷出處的用典形式當作典故所指的對象。

可見，從語言運用的實際情況來看，典故所指的對象應該是言語作品中有來歷出處的用典形式之來歷出處。

再從「典故」的歷史使用情況來看（前面已經略有論述），以來歷出處作為典故所指的對象與「典故」的基本意義是相吻合的。

因此，我們認為，典故所指的對象是用典形式的來歷出處，而不是用典形式，自然也不是兩者的結合體。

基於上述認識，當前典故研究中術語的交叉、衝突問題就可迎刃而解了。略述如下：用典形式，就是言語作品中有來歷出處的語言形式，或稱之為典面，或稱之為典形，其中的詞語形式，即是典故詞；典源即用典形式的來源；典故的來源即其來源文獻。

人們常常以典故詞代替典故，說用了某某典故，這時的典故詞僅僅是作為典故的名稱而已，並不能認為是典故所指，因為典故所指的對象一般內容較多，為了稱說方便，人們把常見的典故詞當作典故的名字。例如，唐杜甫〈寄峽州劉伯華使君四十韻〉[51]：「但求椿壽永，

49 〔唐〕房玄齡、褚遂良等：《晉書》（北京市：中華書局，1974年），頁1070。

50 〔漢〕班固撰，〔唐〕顏師古注：《漢書》（北京市：中華書局，1962年），頁2732。

51 〔清〕楊倫箋注：《杜詩鏡銓》（上海市：上海古籍出版社，1998年），頁81。

莫慮杞天崩。」我們通常會說它用了「杞人憂天」這個典故，而不說
用了「杞天崩」這個典故。但「杞人憂天」也是典故詞，而不是典
故。之所以如此稱說，就是因為「杞人憂天」這個典故詞具有特殊
性，它既是典故詞，又是典故的名稱。當然，不是所有的典故都有名
稱的。例如北齊顏之推《顏氏家訓‧終制》[52]：「若報罔極之德，霜露
之悲，有時齋供，及七月半盂蘭盆，望於汝也。」宋王安石〈駕自啟
聖還內〉[53]：「天子當懷霜露感，都人亦歡鼓簫悲。」「霜露之悲」和
「霜露感」都較早見於《禮記‧祭義》（〔漢〕鄭玄注、〔唐〕孔穎達
等正義：《十三經注疏‧禮記正義》，中華書局2003年，第1592頁）：
「霜露既降，君子履之，必有悽愴之心，非其寒之謂也。」可我們不
能說後者用了「霜露感」這個典故，前者用了「霜露之悲」這個典
故，因為這兩個詞語都不是《禮記‧祭義》裏這個典故的典故名，而
且這個典故也沒有典故名。這種情況下可以用篇名作為典故名，即這
兩例都用了《禮記‧祭義》這個典故。當然，我們還需要給典故一個
更科學的定義，這些都有待進一步研究。

　　基於上述思考和認識，為便於稱說，明確研究對象，我們不揣粗
鄙，為本書的典故及相關概念作淺顯界定。

　　典故，是用典形式的來歷出處，即儲存於傳世文獻中被後世言語
作品引用且產生比喻、引申、借代等意義的特殊語料群。用典形式是
典故在言語作品中的表現形式，即言語作品中有來歷出處的語言形
式，其意義和來歷出處有密切聯繫，一般具有例證、比較、替代等修
辭作用。

　　用典形式和典故緊密相連，但不是一體二面的關係，兩者既有聯

---

52 王利器：《顏氏家訓集解》（北京：中華書局，1993年），頁602。

53 〔宋〕王安石撰，秦克、鞏軍校點：《王安石全集》（上海市：上海古籍出版社，1999
　　年），頁509。

繫，又有區別，既相互依存，又可以彼此獨立存在。典故是用典形式存在的前提，是它的來源；沒有典故，就沒有用典形式。用典形式既是人們運用典故的結果，也是確認典故的條件，聯繫二者之間的紐帶是人們的言語作品。傳世文獻中的內容只有被後世言語作品引用並具有比喻、引申、借代等意義時，才是典故。用典形式不僅在形式上與典故存在明顯聯繫，而且在意義上和典故存在密切關係，一般具有例證、比較、替代等修辭作用。

用典形式中的詞語部分即典故詞。同一個典故可以形成不同的典故詞。例如：較早見於《列子・天瑞》所載「杞人憂天」這一典故的典故詞，依據《漢語典故大辭典》就有「杞人憂天」、「杞國天」、「杞國痛天摧」、「杞國憂」、「杞國憂天」、「杞國之憂」、「杞慮」、「杞人」、「杞人思」、「杞人天」、「杞人憂」、「杞人愚」、「杞人之憂」、「杞天崩」、「杞天墮」、「杞天憂」、「杞天之慮」、「杞憂」、「杞憂天」、「杞憂天墜」、「青天墜」、「人憂杞國天」、「天墮憂」、「天憂」、「憂杞」、「憂天」、「憂天傾」、「憂天墜」等二十八個。

當前關於用典形式的研究主要以辭書中的用典形式為研究對象，辭書編纂方面的居多，對傳世文獻中的用典形式研究較少；用典形式的理論研究還比較薄弱，用典形式的確認還缺少科學的方法，同時用典形式的提取也還沒有形成公認的準則，用典形式的意義研究也還少有人問津。區分典故和用典形式，可以明確研究對象，把研究的重點放在用典形式上。我們應該承認，目前有不少典故沒有用典形式與之對應，或由於用典形式還沒被人們發現；或雖被發現但還沒被辭書收錄。這就需要我們重視用典形式的研究，確認、提取出更多還沒被發現的用典形式。相對典故來說，用典形式的研究更需要大量系統而又細緻的研究工作。

石刻用典形式是指石刻語料中有來歷出處的語言形式，包括詞、

短語、語句等，其意義和來歷出處有密切聯繫，一般具有例證、比較、替代等修辭作用。

我們從石刻用典形式的分類、石刻用典形式的確認標準和石刻用典形式的形成方式等三個方面來簡要說明。

1 石刻用典形式的分類

我們先看前人關於典故的分類。通常，人們將典故分為「事典」和「語典」兩大類。《漢語典故大辭典·前言》[54]：「所謂事典，是指詩文等作品中引用的古代神話傳說故事、歷史故事、寓言故事、宗教故事等。」「所謂語典，是指詩文中引用的有來歷出處的詞語。」從《漢語典故大辭典》的定義來看，「事典」和「語典」即我們所指的用典形式，這種分類是從用典形式來歷出處的特點出發來分的，不過分類不夠全面。

王光漢《論典故詞的詞義特徵》[55]：「典故大致可分為三類：一類是事典，一類是語典，還有一類是部分有確切源頭可考的典製詞語。」

丌文香博士論文《漢語典故詞語研究》（山東大學，2008）：「典故分為事典、語典和名典三類。」作者解釋：名典就是由歷史中的人名、字型大小、地名、官職名、作品名、制度名、事物名、稱謂名等一切名物範疇形成的典故。作者又將用典形式（作者稱之為「來自典故的語言符號形式」）分為三種基本形式：一、詞的形式。二、內在結構形式和意義都比較複雜的組合結構。三、形式固定、意義固定的句子形式，包括單句和複句兩種。

---

54 趙應鐸主編：《漢語典故大辭典》（上海市：上海辭書出版社，2007年）。

55 王光漢：〈論典故詞的詞義特徵〉，《古漢語研究》1997年第4期（1997年）。

　　我們認為，從用典形式來歷出處的特點出發對用典形式進行分類是不科學的。這種分類沒有分清典故所指的對象，也沒有明確研究對象。因為用典形式來歷出處的特點多種多樣，有故事，有話語，有制度，有人名、物名、篇章名等，難以詳盡；再說，這樣分類從本質上來說是對用典形式之來歷出處進行分類，而不是對用典形式分類。

　　本書的主要研究對象是石刻語料中有來歷出處的語言形式，簡言之，即石刻用典形式。我們可以從石刻用典形式的結構形式和功能、音節的數量等方面進行分類。

　　根據用典形式結構形式和功能的不同，可以將石刻用典形式分為典故詞、典故語、典故句等三類。

　　典故詞是詞語形式的用典形式。如：

　　「傳癖」，較早見於《晉書‧杜預傳》[56]：「預常稱『濟有馬癖，嶠有錢癖』。武帝聞之，謂預曰：『卿有何癖？』對曰：『臣有《左傳》癖。』」

　　「傳癖」，謂特別喜歡《左傳》等史書。

　　唐《桑貞墓誌》：「但以疾同玄晏，頗溺書謠；材冠鎮南，常嬰傳癖。」（20.029）（神龍二年）

　　唐〈唐故國子祭酒魯郡太守嗣韓王（李訥）妃京兆杜氏墓誌〉：「傳癖之係，洋溢武庫之中；笄年而歸，輔佐王門之下。」（新出陝西2.123）（天寶七年）

　　典故語是短語形式的用典形式。如：

　　「心馳魏闕」，較早見於《莊子‧讓王》[57]：「中山公子牟謂瞻子曰：『身在江海之上，心居乎魏闕之下。奈何？』瞻子曰：『重生。重生則利輕。』」

56　〔唐〕房玄齡、褚遂良等：《晉書》（北京市：中華書局，1974年），頁1032。

57　〔清〕郭慶藩撰，王孝魚點校：《莊子集釋》（北京市：中華書局，2004年），頁979。

「心馳魏闕」，謂心在朝廷，關心國事。

唐〈李良金墓誌〉：「人樂其化，吏畏其威，雖迫凶徒，而身處唐郊；亦懷王命，而心馳魏闕。」（27.073）

唐〈王審知德政碑〉：「地列周封，心馳魏闕。聖澤汪洋，元戎啟行。」（34.045）

典故句是語句形式的用典形式。如：

「賤尺璧，貴寸陰」，較早見於《淮南子・原道訓》[58]：「故聖人不貴尺之璧，而重寸之陰，時難得而易失也。」

「賤尺璧，貴寸陰」，指極為愛惜時光。

隋〈楊秀墓誌〉：「則能仰太山，杖梁木，賤尺璧，貴寸陰，聲振東膠，名芳西序。」（10.038）

根據用典形式音節的數量，我們將石刻用典形式分為雙音節用典形式、三音節用典形式、四音節用典形式、多音節（四音節以上）用典形式等四類。此類標準通俗簡明，不再舉例。

2 石刻用典形式的確認標準

關於用典形式的確認標準，學者們已經有了較多的研究成果，略述如下：

《漢語典故大辭典・前言》[59]確認了屬於語典範圍四種情況的詞語：

一、某些有出處的單字或複詞凝結而成的詞語。

二、某些有出處的詞語，由於受相鄰詞語意義的影響而產生了新義。

58　〔漢〕劉安等編撰，高誘注：《淮南子》（上海市：上海古籍出版社，1989年），頁11。

59　趙應鐸主編：《漢語典故大辭典》（上海市：上海辭書出版社，2007年）。

三、某些有出處的詞語，詞形雖然沒變，但意義有所引申變化，產生了比喻義、借代義或其它特殊含義。某些詞語，包括成語，雖有出處，但義無引申，就不能算是語典。

四、對某些精闢詩句的化用或創造性運用。

羅積勇《用典研究》[60]列舉了並非用典的五種情況：

第一，為解釋某個古代故事、言辭而不得不提到這個故事、言辭的，不能算用典。第二，對古代的某個人、事件加以評論的，一般不能算用典。第三，對某個地方（包括名勝古蹟）曾發生的故事、曾流行的傳說加以記錄、追憶的文章，以及某些沒有明確的言外之意的懷古詩文，均不能算用典。第四，沿用自古以來的平常詞語者不能算用典。沿用古今一直都在用的平常詞語；雖曾為典故，但已完全變成平常詞彙，語言大眾使用它時，一般不聯想起它的詞源。使用這樣的詞，也不能算用典。第五，模仿古人的死亡方式或古人觀察和描寫事物的角度而組織詞語、句子和句群者，不得視為用典。

袁世全的「兩無兩有」[61]標準：即「無證非典，無證不立」、「有來歷出處，有派生義」。所謂派生義，即產生了比喻、引申、借代義等。

參考已有的研究成果，結合石刻語料的具體情況，我們擬定了四個確認石刻用典形式的標準。

一、有來歷出處。

石刻用典形式的來歷出處必須見於傳世文獻，也就是說，我們必須在傳世文獻中找到石刻用典形式的來歷出處。

二、與來歷出處之間有直接的形式聯繫。

---

60 羅積勇：《用典研究》（武漢市：武漢大學出版社，2005年），頁910。

61 袁世全：〈典故辭典總體設計的一個探索—十一論辭書框架：關於「兩無兩有」的立目原則〉，《安徽教育學院學報》2000年第1期（2000年）。

　　石刻用典形式與其來歷出處之間要有直接的形式聯繫，即石刻用典形式各構成成分要全部或部分來自其來歷出處。

　　三、語境意義與來歷出處有密切聯繫，一般具有例證、比較、替代等修辭作用。如：

　　「觜距」，較早見於漢張衡〈東京賦〉[62]：「秦政利觜長矩，終得擅場。」

　　「觜距」，比喻決勝的武力、武器或力量。

　　唐〈康留買墓誌〉：「掃雞林而舍遺卵，觜距無施；窮瀚海而斬巨鯨，郡飛自息。」（16.176）

　　「觜距」，在例中具有比喻義，且該意義與來歷出處相關，並有替代作用，當為用典形式。如果意義沒有變化，沒有引申，沒有形成派生意義等，就算有來歷出處的語言形式也不能認定為用典形式。如：

　　「弼諧」，較早見於《書・皋陶謨》[63]：「允迪厥德，謨明弼諧。」孔傳：「言人君當信蹈行古人之德，謀廣聰明，以輔諧其政。」孔穎達疏：「聰明者自是己性，又當受納人言，使多所聞見，以博大此聰明，以輔弼和諧其政。」

　　「弼諧」，謂輔佐協調。

　　北魏〈穆亮墓誌〉：「以申甫之俊，光輔大宗，弼諧帝猷，憲章百辟。」（3.058）

　　再如：

　　「致仕」，較早見於《公羊傳・宣公元年》[64]：「退而致仕。」何

62　〔南朝梁〕蕭統撰，〔唐〕李善注：《文選》（上海市，上海古籍出版社，1986年），頁94。

63　〔漢〕孔安國傳，〔唐〕孔穎達等正義：《十三經注疏・尚書正義》（北京市：中華書局，2003年），頁138。

64　〔漢〕何休解詁，〔唐〕徐顏疏：《十三經注疏・春秋公羊傳注疏》（北京市：中華書局，2003年），頁2277。

休注：「致仕，還祿位於君。」

「致仕」，指辭去官職。

隋〈明質墓誌〉：「年逾知命，志在業園。情願掛冠，方圖致仕。」（10.155）

唐〈蕭繕墓誌〉：「長壽年中，墨制褒揚，許從致仕。」（18.172）

四、在石刻語料中有兩個以上的例證；或石刻語料用例唯一，在其它文獻中亦有例證。

3 石刻用典形式的形成方式

關於用典形式的形成方式，學者們已有不少相關研究成果。分類比較周全的是唐子恒《漢語典故詞語散論》，書中就典故詞語組成成分的組合方式歸納了三種方式：一、直接截取。細分為四種情況：被截取出來的部分原來就是詞或固定片語；被截取的語段原來可能是人們慣用的熟語；被截取出來的語段原本並不是詞或固定片語；截取出來的部分是割裂了文獻中有關語句的結構和邏輯關係。二、選字重組。構成典故詞語的字都是從典源文獻有關語句中選取的，但它們在原文中並不連在一起或並不按在詞語中的順序排列。三、加字重組。從加字或換字的原因方面細分為四種情況：為了概括典故大意；出於表義的需要；漢語發展規律的影響；為了避諱。

石刻用典形式構成成分與其來歷出處之間在形式上存在直接聯繫。參考相關已有的研究成果，結合石刻用典形式自身的特點，我們主要從石刻用典形式構成成分與其來歷出處之間在形式上的差異進行分類。從二者之間的差異來看，石刻用典形式的形成方式主要有兩類：一類是石刻用典形式構成成分全都來自其來歷出處；一類是石刻用典形式構成成分部分來自其來歷出處、部分為來歷出處之外的添加成分。構成成分全都來自其來歷出處的石刻用典形式的形成方式，按

照構成成分在來歷出處中的位置是否連續分為連續截取、調整順序、間隔選取等三種情況；構成成分部分來自其來歷出處、部分為來歷出處之外的添加成分的石刻用典形式的形成方式，依據添加原因分為四種情況：一種是為了使石刻用典形式能夠概括典故主要內容、主旨意義或某一方面意義而添加成分，即概括添加；一種是避免重複累贅用同義或近義成分替換而添加成分，即替換添加；一種是為了補充音節而添加成分，即音節添加；一種是為了表明或強調石刻用典形式某方面的意義而添加成分，即表義添加。上面七種情況都是源自同一來歷出處的石刻用典形式的形成方式，另有一些石刻用典形式來自不同的來歷出處，我們單列一類說明。

　　一、連續截取。連續截取是指用典形式是從其來歷出處中連續截取語段而形成的。從被截取語段的語法結構來看，可以分為三類：一類是完整語法結構形式，一類是不完整語法結構形式，一類是跨層語法結構形式。

　　完整語法結構形式是指被截取的語段在來歷出處中是一個完整的語法結構形式。如：

　　「隱鱗」，較早見於《後漢書‧逸民傳‧陳留老父》[65]：「夫龍不隱鱗，鳳不藏羽，網羅高縣，去將安所。」「隱鱗」，是一個完整的語法結構形式，是「夫龍不隱鱗」的謂語成分。

　　「隱鱗」，比喻賢者潛隱待時。

　　唐〈唐故銀青光祿大夫守司刑大常伯李公（爽）墓誌銘〉：「自玄元隱鱗，太極為兩儀之本；武昭發跡，靈慶承三統之基。」（新出陝西2.042）

　　不完整語法結構形式是指被截取的語段在來歷出處中是一個完整語法結構形式的一部分。如：

65　〔南朝宋〕范曄：《後漢書》（北京：中華書局，1965年），頁2776。

「折轅」，較早見於《後漢書‧張堪傳》[66]：「漁陽太守張堪昔在蜀，其仁以惠下，威能討奸。前公孫述破時，珍寶山積，卷握之物，足富十世，而堪去職之日，乘折轅車，布被囊而已。」「折轅」，是截取完整語法結構「折轅車」的一部分形成的。

「折轅」，車轅折斷，形容車的破舊，謂仕宦清廉。

北魏〈陸紹墓誌〉：「板帶逍遙，抱純彌譽。雖折轅之奇，不足比其潔。」（5.099）

北魏〈王誦墓誌〉：「折轅初屆，承明始謁。」（5.104）

北齊〈和紹隆墓誌〉：「君乃楊風入境，布惠下車，寬猛兼施，澆俗大改，折轅將返，留犢言歸，盛為惆悵之歌，皆有悒然之歎。」（新出河南1.429）

隋〈張儉及妻胡氏墓誌〉：「遂使壽春父老，對留犢以哀悲；蜀郡吏民，攀折轅而莫及。」（9.160）

隋〈張浚墓誌〉：「禮讓越於竹馬，恭儉超於折轅。」（10.153）

「附驥」，較早見於《史記‧伯夷列傳》[67]（：「伯夷、叔齊雖賢，得夫子而名益彰；顏淵雖篤學，附驥尾而行益顯。」司馬貞索隱：「按：蒼蠅附驥尾而致千里，以譬顏回因孔子而名彰也。」「附驥」是截取完整語法結構形式「附驥尾」的一部分形成的。

「附驥」，比喻依附先輩或名人之後而成名。

唐〈王操墓誌〉：「將蹀雲而遐舉，俯構時屯；始附驥以遄徵，俄逢喪亂。」（20.095）

唐〈宋璟神道碑〉：「而小子何知，附驥託跡於階序。」（27.118）

「翹車」，較早見於《左傳‧莊公二十二年》[68]。引逸《詩》：「翹

66 〔南朝宋〕范曄：《後漢書》（北京：中華書局，1965年），頁1100-1101。

67 〔漢〕司馬遷：《史記》（北京市：中華書局，1982年），頁2127-2128。

68 〔晉〕杜預注、〔唐〕孔穎達等正義：《十三經注疏‧春秋左傳正義》（北京市：中華書局，2003年），頁1774。

翹車乘，招我以弓。」「翹」、「車」分屬於定中結構「翹翹車乘」定語和中心語的一部分。

「翹車」，禮聘賢士的車。

北魏〈元液墓誌〉：「及中興啟運，宰輔丕融，委束帛以求賢，騁翹車而納德。」（5.136）

北魏〈元鑽遠墓誌〉：「方當論道太階，澄清天下。搏飛九萬，逸駕千里。雲途未半，翹車已息。」（5.190）

北齊〈和紹隆墓誌〉：「若令君之子，似王公之孫，有文有武，多才多藝，翹車接軫，賁帛盈庭。」（新出河南1.429）

唐〈孔穎達碑〉：「賓雁成行，翹車轉軾。」（11.184）（貞觀二十二年）

唐〈薛收碑〉：「雖翹車結軫，羔雁成群，賁帛之禮徒隆。」（全集275）（永徽六年）

唐〈楊士墓誌〉：「皇唐重舉天維，更懸日月，物色奇士，夢想幽人，榜道樊林，翹車分鶩。」（13.099）（顯慶四年）

唐〈王貞墓誌〉：「俄而翹車佇德，頓網徵賢，旁求磵谷之奇，冀獲鹽之俊。」（18.023）

跨層語法結構形式是指被截取的語段在來歷出處中分屬兩個不同的語法結構。如：

「盍徹」，較早見於《論語·顏淵》[69]：「哀公問於有若曰：『年饑，用不足，如之何？』有若對曰：『盍徹乎？』」謂何不用周代十分抽一的稅率。有若認為薄賦則民足，民足則君亦足。

「盍徹」，指施行仁政。

69　〔魏〕何晏集解，〔宋〕邢昺疏：《十三經注疏·論語注疏》（北京：中華書局，2003年），頁2503。

唐〈王審知德政碑〉:「版圖既倍，井賦孔殷。處以由庚，取之盍徹。」（34.045）

「蹇蹇匪躬」，較早見於《易・蹇》[70]:「六二，王臣蹇蹇，匪躬之故。」高亨注:「言王臣謇謇忠告直諫者，非其身之事，乃君國之事也。」

「蹇蹇匪躬」，謂為君國而忠言直諫。

唐〈王素墓誌〉:「公家之事，知無不為。蹇蹇匪躬，孳孳盡力。」（12.117）

二、調整順序。調整順序是連續截取的變化方式，是指用典形式是從其來歷出處中連續截取語段再調整順序而形成的。如:

「黜幽陟明」，較早見於《書・舜典》[71]:「三載考績。三考，黜陟幽明。」

「黜幽陟明」，謂進用賢能。

唐〈元罕墓誌〉:「俄而考績課最，黜幽陟明，改授遂州方義縣主簿。」（17.166）（天授二年）

唐〈大唐故朝議郎行河南府士曹參軍敦煌張公（仲暉）墓誌銘〉:「有詔發皇華之使，聽輿人之頌，自遠及邇，黜幽陟明，閱名無私，責實獻狀，舉不失德其可乎。」（新出陝西1.123）（天寶十二年）

這種調整有時是顛倒順序。如:

「握瑜懷瑾」，較早見於《楚辭・九章・懷沙》[72]:「懷瑾握瑜兮，窮不知所示。」

---

70 〔魏〕王弼，〔晉〕韓康伯注，〔唐〕孔穎達等正義:《十三經注疏・周易正義》（北京：中華書局，2003年），頁51。

71 〔漢〕孔安國傳，〔唐〕孔穎達等正義:《十三經注疏・尚書正義》（北京：中華書局，2003年），頁132。

72 金開誠、董洪利、高路明:《屈原集校注》（北京市：中華書局，1996年），頁545、547。

「握瑜懷瑾」，比喻有高貴的品德和才能。

北周〈匹婁歡墓誌〉：「父買，握瑜懷瑾，名播當塗。」（8.161）

唐〈周仲隱墓誌〉：「握瑜懷瑾，苞朗潤於心靈；履道依□，折樞機於神府。」（11.200）

唐〈陸紹墓誌〉：「握瑜懷瑾，含冰抱雪，澄之不清，渾之彌潔。」（17.094）

「龍潛」，較早見於《易‧乾》[73]：「初九，潛龍勿用。」李鼎祚集解引馬融曰：「物莫大於龍，故借龍以喻天之陽氣也。初九，建子之月，陽氣始動於黃泉，既未萌芽，猶是潛伏，故曰潛龍也。」

「龍潛」，指帝王未即位，隱而未顯。也指賢士潛形匿跡。

北齊〈法懃塔銘〉：「蓋龍潛卒起，翻翥入道之心；裁華輟繡，驚飛出塵之意。」（7.112）（太寧二年）

東魏〈公孫略墓誌〉：「會壯帝王升表匋，金鏡在握，龍潛代邸，鳳隱歷山，天眷爰鍾，人謀未贊。」（全集920）（元象二年）

隋〈劉猛進墓誌〉：「值龍潛鳳隱，九五之應未寧，七旬之末猶變，壽遷雲本，天道上陞，綱維綿絕，人倫失統，選司廢市，天府輟徵，闕簡既淪，皇符罷記，遂爵杪位微，絕生平之念。」（10.029030）

唐〈智詃法師碑〉：「皇帝龍潛之日，遠挹清猷。」（全集458）（貞觀十三年）

唐〈玄奘塔銘〉：「三藏之生，本乘願來。入自聖胎，出於鳳堆。大業之季，龍潛於並。」（31.043）（開成四年）

「月將日就」，較早見於《詩‧周頌‧敬之》[74]：「日就月將，學

---

73 〔魏〕王弼，〔晉〕韓康伯注，〔唐〕孔穎達等正義：《十三經注疏‧周易正義》（北京市：中華書局，2003年），頁13。

74 〔漢〕毛亨傳、鄭玄箋，〔唐〕孔穎達等正義：《十三經注疏‧毛詩正義》（北京市：中華書局，2003年），頁599。

有緝熙於光明。」孔穎達疏:「日就,謂學之使每日有成就;月將,謂至於一月則有可行。言當習之以積漸也。」

「月將日就」,每天有成就,每月有進步。形容積少成多,不斷進步。

唐〈王望之墓誌〉:「亦既終喪,永懷世業,乃從師受學,觀覽藝文,溫故知新,月將日就。」(18.148)

唐〈張去奢墓誌〉:「蘭薰雪白,月將日就,名以實彰,位由德授。」(25.128)

三、間隔選取。間隔選取是指用典形式是從其來歷出處中間隔一定距離選取部分字、詞等形成的。如:

「行藏」,較早見於《論語・述而》[75]:「子謂顏淵曰:『用之則行,舍之則藏,唯我與爾有是夫。』」

「行藏」,指出處或行止。

北魏〈刁遵墓誌〉:「載仁抱義,行藏罔滯,溫恭好善,桑榆彌篤。」(4.048)

隋〈梁邕墓誌〉:「行藏由己,舒逮自任。」(全集1091)(開皇三年)

隋〈張受墓誌〉:「貽厥之緒,千載流聲,於穆哲人,行藏有素。」(10.089)(大業九年)

唐〈王進墓誌〉:「乃知行藏異途,葉乎仁智之性;靜躁殊質,均乎動潤之好。」(13.139)

唐〈王士端墓誌〉:「行藏不滯,賦事斯模,增耀武於六符,架馴翬於三異。」(15.010)

---

75 〔魏〕何晏集解,〔宋〕邢昺疏:《十三經注疏・論語注疏》(北京市:中華書局,2003年),頁2482。

　　唐〈梁方墓誌〉:「藝含文武,行總忠貞,裁令淑於行藏,遞襟期於信賞。」(15.081)

　　唐〈董仁墓誌〉:「猗歟君子,爰契行藏,龜疇頤粹,龍翰摛光。」(15.208)

　　唐〈楊神威墓誌〉:「行藏得性,顯晦歸真,一乘薰染,□正依仁。」(16.084)

　　唐〈邢弼墓誌〉:「嗚呼君子,與時行藏,常聞福善,如何彼蒼!」(16.144)

　　唐〈董本墓誌〉:「惟君烈烈,挺志昂昂,克傳弓冶,識用行藏。」(17.179)

　　「引翼」,較早見於《詩・大雅・行葦》[76]:「黃耇臺背,以引以翼。」鄭玄箋:「以禮引之,以禮翼之;在前曰引,在旁曰翼。」

　　「引翼」,引導扶持。

　　唐〈唐故銀青光祿大夫前汝南郡太守楊公(仲嗣)墓誌銘〉:「太尉之後,四世五公;尚書引翼,福祿攸同。」(新出河南2.323)

　　四、概括添加。概括添加是指在選擇石刻用典形式的構成成分時,為了使石刻用典形式能夠概括典故的主要內容、主旨意義或某一方面的意義,除了選取典故中的成分外,又根據概括需要添加典故中沒有的成分。如:

　　「亭伯高材,已矣長岑之令」,較早見於《後漢書・崔駰傳》[77]載:崔駰字亭伯,先任大將軍竇憲府掾。「憲擅權驕恣,駰數諫之。及出擊匈奴,道路愈多不法,駰為主簿,前後奏記數十,指切長短,

---

76 〔漢〕毛亨傳、鄭玄箋,〔唐〕孔穎達等正義:《十三經注疏・毛詩正義》(北京市:中華書局,2003年),頁535。

77 〔南朝宋〕范曄:《後漢書》(北京市:中華書局,1965年),頁1721-1722。

憲不能容，稍疏之，因察駰高第，出為長岑長。駰自以遠去，不得意，遂不之官而歸。」

「亭伯高材，已矣長岑之令」，形容才高位低。「亭伯高材，已矣長岑之令」較全面地概括了崔駰雖有才能卻不容於擅權之輩而只被任為長岑長這一典故主旨內容。除「亭伯」、「長岑」外，石刻用典形式「亭伯高材，已矣長岑之令」的其它成分都是添加成分。

唐〈崔哲墓誌〉：「仲弓茂德，終焉太丘之長；亭伯高材，已矣長岑之令。位不侔量，其如命何？」（19.013）

有時是概括典故某一方面的意義。如：

「暖律」，較早來源為漢劉向《別錄》[78]：「鄒衍在燕，燕有谷，地美而寒，不生五穀，鄒子居之，吹律而溫氣至，而黍生，今名黍穀。」

「暖律」，指溫暖的節候。稱頌德政。

後晉〈羅周敬墓誌〉：「下車之後，布政惟新，福星爰照於左馮，暖律又來於沙苑。」（36.062）

五、替換添加。替換添加是指在選擇石刻用典形式的構成成分時，除了選取典故中的成分外，為了避免重複累贅，用同義或近義成分替換已有成分。如：

「歛衿肘見」，較早來源為《莊子・讓王》[79]：「（曾子居衛）十年不製衣，正冠而纓絕，捉衿而肘見。」衿，同「襟」。

「歛衿肘見」，形容衣衫襤褸，極其窮苦。典故原文為「捉衿而肘見」，石刻用典形式「歛衿肘見」以「歛」替換「捉」，現代漢語有「捉襟見肘」。

---

78 〔清〕姚振宗輯錄，鄧駿捷校補：《七略別錄佚文》（上海市：上海古籍出版社，2008年），頁57。

79 〔清〕郭慶藩撰，王孝魚點校：《莊子集釋》（北京市：中華書局，2004年），頁977。

　　唐〈張金剛墓誌〉：「何必飲水曲肱，斂衿肘見，糟糠不饜，方稱賢智者哉！」（13.025）

　　「踐霜露而增哀」、「踐霜露而逾感」、「踐霜露而增感」、「踐霜露而凝感」，較早來源為《禮記·祭義》[80]：「霜露既降，君子履之，必有悽愴之心，非其寒之謂也。」鄭玄注：「非其寒之謂，謂悽愴及怵惕，皆為感時念親也。」

　　「踐霜露而增哀」，謂對父母或祖先的哀感、懷念。「踐霜露而逾感」、「踐霜露而增感」、「踐霜露而凝感」，義同。為了避免重複累贅，先用「哀」替換「感」，又用「逾」、「凝」替換「增」。

　　唐〈大唐故泰州諸軍事泰州刺史侯使君夫人竇氏（娘子）墓誌〉：「踐霜露而增感，泣風樹而長號。」（新出陝西1.027）（貞觀十一年）

　　唐〈韓仲良碑〉：「對風樹而愈感，踐霜露而增哀。」（12.149）（永徽六年）

　　唐〈大唐故左驍衛大將軍上柱國雲中縣開國公曹府君（欽）墓誌銘〉：「有子嘉會等，匪茇動慮，集蓼崩心，顧苴棘之方窮，踐霜露而凝感。」（新出陝西1.064）（乾封二年）

　　唐〈契苾明墓碑〉：「雖罔極之誠，踐霜露而逾感，相質之重，映今古而垂裕。」（21.007）（先天元年）

　　有時是古今字替換。如：

　　「智水」，較早來源為《論語·雍也》[81]：「知者樂水。」謂智者達於物理，周流不滯，故樂水。

80　〔漢〕鄭玄注，〔唐〕孔穎達等正義：《十三經注疏·禮記正義》（北京市：中華書局，2003年），頁1592。

81　〔魏〕何晏集解，〔宋〕邢昺疏：《十三經注疏·論語注疏》（北京市：中華書局，2003年），頁2479。

「智水」，對水的一種美稱；亦泛指智慧。「知」、「智」，古今字。

北齊〈彭城寺碑〉：「憑心正路，絕跡疑綱。持法鉤以牽毒，流智水以消煩。」（7.113）

唐〈畢粹墓誌〉：「西逾九折，詞鋒高入劍之銘；東望八支，智水廣容舸之詠。」（15.182）

唐〈契苾明墓碑〉：「智水游泳，仁山止息，討本尋源，斯摽岐嶷。」（21.007）

唐〈崔嚴墓誌〉：「左綿九達（達），右控灄川，智水縈映繞其前，靈剎吟空鎮其後。」（22.145）

後漢〈王玗妻張氏墓誌〉：「粵以靈椿得歲，西成易變於風霜；智水利人，東注難停於晝夜。」（36.122）

有時是異體字、通假字替換，數量不多，在石刻用典形式變體分類中會介紹，茲不舉例。

六、音節添加。音節添加是指在選擇石刻用典形式的構成成分時，為了適應漢語追求雙音節音步的傾向而添加成分。

「鄂鄂韡韡」，較早來源為《詩・小雅・常棣》[82]：「常棣之花，鄂不韡韡。凡今之人，莫如兄弟。」高亨注：「常，借為棠。常棣，即棠梨樹。」

「鄂鄂韡韡」，比喻兄弟均貴顯榮耀。添加「鄂」字，使音節變為雙數。

唐〈唐故右街使押衙試金吾衛長史翟府君（慶全）墓誌銘〉：「並鄂鄂韡韡，荀龍列前，賈虎繼後。」（新出陝西2.288）

---

82 〔漢〕毛亨傳、鄭玄箋，〔唐〕孔穎達等正義：《十三經注疏・毛詩正義》（北京市：中華書局，2003年），頁408。

「瑚璉之器」，較早見於《論語・公冶長》[83]：「子貢問曰：『賜也何如？』子曰：『女，器也。』曰：『何器也？』曰：『瑚璉也。』」

「瑚璉之器」，比喻治國安邦之才。「之」字屬補充音節之添加成分。

北魏〈楊泰墓誌〉：「君負潤膏腴，承華慶緒；少挺金璋之質，晚懷瑚璉之器；射御偏長，弓馬絕倫。」（新出陝西1.017）（熙平三年）

北魏〈元壽安墓誌〉：「自是藉甚之聲，遐邇屬望；瑚璉之器，朝野歸心。」（5.042）（孝昌二年）

北魏〈元融墓誌〉：「弱而好學，師佚功倍，由是瑚璉之器，遐邇屬心，楨幹之才，具瞻無爽。」（5.060）

唐〈王順孫墓誌〉：「豈非瑚璉之器，朔家之基者歟！」（12.021）

唐〈康武通墓誌〉：「俱有王佐之材，並堪瑚璉之器。」（15.162）

唐〈於大猷墓碑〉：「聯翩化鶴，徘徊展驥。球琳之寶，瑚璉之器。」（18.187）

唐〈杜君妻孫氏墓誌〉：「屈翁歸於緱氏，暫勞卿相之材；坐桓譚於安陸，竟滯瑚璉之器。」（19.105）

唐〈蔣楚賓妻於氏墓誌〉：「瑚璉之器，猶半刺於巴瀘；臺槐之姿，尚享鮮于越蜀。」（21.088）

唐〈李琮墓誌〉：「抱瑚璉之器，有老成之風，處榮蔭而兒不自媒，為貴胤而心無所伐。」（30.148）

唐〈王虔暢墓誌〉：「每言瑚璉之器，奚自斗筲之官，迺由貢籍舉進士。」（33.066）

用音節添加方式構成的石刻用典形式不多。

83　〔魏〕何晏集解，〔宋〕邢昺疏：《十三經注疏・論語注疏》（北京市：中華書局，2003年），頁2473。

七、表義添加。表義添加是指在選擇石刻用典形式的構成成分時，為了能夠表明或強調石刻用典形式某方面的意義，除了選取典故中的成分外，又根據表義需要而添加典故中沒有的成分。如：

「隱若敵國」，較早見於《史記・游俠列傳》[84]（：「吳楚反時，條侯為太尉，乘傳車將至河南，得劇孟，喜曰：『吳楚舉大事而不求孟，吾知其無能為已矣。』天下騷動，宰相得之若得一敵國雲。」

「隱若敵國」，指對國家起舉足輕重作用的人。「若敵國」是來歷出處中已有的成分；「隱」，在來歷出處中沒有。添加「隱」字，表明「不為人知」之類的含義。

北周〈豆盧恩碑〉：「公靈變逾長，風飆更勇，隱若敵國，差強人意。」（全集128）

唐〈李千里墓誌〉：「王隱若敵國，慮深屬垣，畏塗叱馭，焦原跟趾。」（全集1086）

「虛甑生塵」，較早來源為《後漢書・范冉傳》[85]：「所止單陋，有時糧粒盡，窮居自若，言貌無改。閭里歌之曰：『甑中生塵范史雲，釜中生魚範萊蕪。』」范冉字史雲，桓帝以為萊蕪長。

「虛甑生塵」，形容貧窮清廉。「虛」字，強調甑中空無一物。

唐〈裴嗣宗墓誌〉：「武衛騰華，連城緝譽，善政而中牟馴雉，清歌則虛甑生塵。」（15.022）

「冰壺之節」，較早來源為南朝宋鮑照〈白頭吟〉[86]：「直如朱絲繩，清如玉壺冰。」

「冰壺之節」，指清白廉潔的品德。添加「之節」，強調節操之義。

---

84 〔漢〕司馬遷：《史記》（北京市：中華書局，1982年），頁3184。

85 〔南朝宋〕范曄：《後漢書》（北京市：中華書局，1965年），頁2689。

86 〔南朝梁〕蕭統撰，〔唐〕李善注：《文選》（上海市：上海古籍出版社，1986年），頁1327。

唐〈王韶墓誌〉：「夙夜在公，不改冰壺之節；旬時弊獄，唯施甘棠之政。」（23.068）

「詠雪之才」，較早來源為南朝宋劉義慶《世說新語‧言語》[87]：「謝太傅寒雪日內集，與兒女講論文義。俄而雪驟，公欣然曰：『白雪紛紛何所似？』兄子胡兒曰：『撒鹽空中差可擬。』兄女曰：『未若柳絮因風起。』公大笑樂。」

「詠雪之才」，指女子工於吟詠的才華。添加「之才」，強調才華之義。

唐〈唐故贈朝散大夫奚官局令賜緋魚袋楊公故夫人左太君墓誌銘〉：「幼懷詠雪之才，長受淩煙之貴。」（新出陝西2.314）

有時是為了表達與典故相反的意義而添加成分。如：

「車書未一」，較早來源為《禮記‧中庸》[88]。：「今天下車同軌，書同文。」謂車乘的軌轍相同，書牘的文字相同，表示文物制度劃一，天下一統。

「車書未一」，謂國家未統一。

北周〈匹婁歡墓誌〉：「屬車書未一，元戎啟行，攻城野戰，大凡五十，策勳行賞，功恒居多。」（8.161）

八、有些石刻用典形式來自不同的典故。

有時不同的典故在不同的文獻裏。如：

「蒲密」，指蒲、密縣兩個地方。子路曾治蒲，卓茂曾為密令，都有政績，教化大行。《孔子家語‧辯政》[89]：「子路治蒲三年。孔子

---

87 〔南朝宋〕劉義慶撰，〔南朝梁〕劉孝標注，余嘉錫箋疏：《世說新語箋疏》（北京市：中華書局，2007年），頁155。
88 〔漢〕鄭玄注，〔唐〕孔穎達等正義：《十三經注疏‧禮記正義》（北京市：中華書局，2003年），頁1634。
89 〔魏〕王肅注：《孔子家語》（上海市：上海古籍出版社，1990年），頁39。

過之，入其境，曰：『善哉由也，恭敬以信矣。』入其邑，曰：『善哉由也，忠信而寬矣。』至廷，曰：『善哉由也，明察以斷矣。』」《後漢書・卓茂傳》[90]：「（卓茂為密令）數年，教化大行，道不拾遺。平帝時，天下大蝗，河南二十餘縣皆被其災，獨不入密縣界。」

「蒲密之政」，稱頌德政。「蒲密之政」來源文獻為《孔子家語》和《後漢書》。

唐〈崔長先墓誌〉：「損益蒲密之政，斟酌韋弦之術。」（11.006）

唐〈任德墓誌〉：「道勝蒲密之政，踵張趙以垂風；名越蘭臺之英，區班賈而分彩。」（13.159）

有時不同的典故在同一文獻裏，但不相連屬。如：

「屯剝」，較早見於《易・屯》[91]：「《彖》曰：『屯，剛柔始交而難生。』」孔穎達疏：「屯，難也。」《易・剝》[92]：「剝，不利有攸往。」孔穎達疏：「剝者，剝落也。今陰長變剛，剛陽剝落，故稱剝也。小人既長，故不利有攸往也。」

「屯剝」，謂困厄衰敗。

唐〈張琮墓碑〉：「運屬交喪，時逢屯剝。」（11.080）

有時不同的典故在同一文獻裏，且前後相連。如：

「背碑」，較早見於《三國志・魏志・王粲傳》[93]：「粲與人共行，讀道邊碑，人問曰：『卿能闇誦乎？』曰：『能。』因使背而誦之，不失一字。」

---

90 〔南朝宋〕范曄：《後漢書》（北京市：中華書局，1965年），頁870。

91 〔魏〕王弼，〔晉〕韓康伯注，〔唐〕孔穎達等正義：《十三經注疏・周易正義》（北京市：中華書局，2003年），頁19。

92 〔魏〕王弼，〔晉〕韓康伯注，〔唐〕孔穎達等正義：《十三經注疏・周易正義》（北京市：中華書局，2003年），頁38。

93 〔晉〕陳壽撰，〔南朝宋〕裴松之注：《三國志》（北京市：中華書局，1982年），頁599。

「背碑」，形容人記憶力強，極為聰慧。

隋〈劉和墓誌〉：「五行衣雋，七出呈奇。無慚覆局，豈謝背碑。」（10.166）

唐〈孫文任墓誌〉：「□□挺生知，神機警悟，辯奇對日，捷妙背碑。」（新出河南1.389）

「覆局」，較早見於《三國志・魏志・王粲傳》[94]：「（王粲）觀人圍棊，局壞，粲為覆之。棊者不信，以帊蓋局，使更以他局為之。用相比較，不誤一道。」

「覆局」，形容人記憶力強，極為聰慧。

唐〈韓仁惠墓誌〉：「怡情玉篆，養志山泉，觀喬性苑，覆局心田。」（18.111）

北周庾信〈奉和永豐殿下言志十首〉[95]：「覆局能懸記，看碑解暗疏。」用例時代更早。

「背碑」、「覆局」意義相同，後人將二者連綴一起使用，構成「背碑覆局」、「覆局背碑」兩個用典形式，意義與「背碑」、「覆局」同，形容人記憶力強，極為聰慧。石刻語料中僅見「覆局背碑」。

唐〈王行果墓誌〉：「覆局背碑，口誦目數。」（20.089）

---

94 〔晉〕陳壽撰，〔南朝宋〕裴松之注：《三國志》（北京市：中華書局，1982年），頁599。

95 〔清〕紀昀等編撰：《文淵閣四庫全書》（上海市：上海古籍出版社，2003年），第1064冊，頁466。

第二章
石刻用典形式來源文獻研究

　　石刻用典形式與其來源文獻有密切聯繫。研究石刻用典形式，辨析來源、分析構成、理解意義等，都離不開其來源文獻。考察石刻用典形式來源文獻的情況，調查石刻用典形式來源在文獻中的位置，辨析有多種來源等複雜情況的用典形式的較合理來源文獻，統計分析石刻用典形式來源文獻的各種資料，瞭解來源文獻的時代、內容、特徵等，不僅能説明我們瞭解石刻用典形式的形成、意義等，也能夠幫助我們瞭解多種文獻中的石刻用典形式數量，掌握石刻用典形式在其來源文獻裏的分佈情況，探討各類來源文獻裏石刻用典形式數量多少的原因，間接考察石刻用典形式來源文獻在漢語發展中的地位和影響。

第一節　石刻用典形式來源文獻的相關界定

　　在我們考察的石刻用典形式範圍內，用典形式的來源文獻情況複雜。有的來源文獻沒有反映用典形式的實際來源；有的用典形式有多個來源文獻而沒有辨析其合理來源文獻；有的來源文獻名稱不統一；也有的用典形式來源文獻有誤，等等。為了便於統計石刻用典形式來源文獻，也為了反映石刻用典形式來源文獻較真實的情況，我們對石刻用典形式來源文獻的定義、石刻用典形式來源在文獻中的位置、複雜情況的石刻用典形式較合理來源文獻的確定細則等方面進行了相關界定。

一　石刻用典形式來源文獻的定義

　　石刻用典形式來源是石刻用典形式之來歷出處。石刻用典形式來源文獻是石刻用典形式來源較早見於的典籍文獻。石刻用典形式來源與石刻用典形式來源文獻既有聯繫，又有區別。一般來說，石刻用典形式來源從屬於石刻用典形式來源文獻。從廣義上講，人們也可以把石刻用典形式來源文獻當作其來源。例如：

　　「孔懷」，較早見於《詩·小雅·常棣》[1]：「死喪之威，兄弟孔懷。」鄭玄箋：「維兄弟之親，甚相思念。」

　　「孔懷」，兄弟的代稱。

　　北魏〈元嵩墓誌〉：「人之雲亡，哀慟邦裏。況我孔懷，痛何已已！」（3.104）

　　北魏〈元寶月墓誌〉：「奉先思孝，孔懷惟睦。操同柳下，廉均夷叔。」（5.014）

　　北魏〈元彧墓誌〉：「孝為心基，義成行本，早違陟岵，兼喪孔懷，訓育所資，實唯聖善。」（5.140）

　　東魏〈祖子碩妻元阿耶墓誌〉：「且夫人篤於同氣，孔懷特甚，惟弟及妹，傾心愛友。」（6.074）

　　唐〈張安安墓誌〉：「孔懷等悲分武類，既勒石而銜酸；痛失雁行，爰紀銘而茹感。」（17.100）

　　唐〈王庭芝墓誌〉：「季弟望之，哀號靡息，泣涕漣洏，怨荊樹之偏枯，痛孔懷之永訣。」（21.112）

　　唐〈彭珍墓誌〉：「孔懷數十，怡怡之敬雁行；猶子五三，推梨之讓尤重。」（23.119）

1　〔漢〕毛亨傳、鄭玄箋，〔唐〕孔穎達等正義：《十三經注疏·毛詩正義》（北京市：中華書局，2003年），頁408。

唐〈臧懷恪墓碑〉:「公兄左羽林軍大將軍平盧副持節懷亮,以方虎之材,膺爪牙之任,孔懷斯切,致美則深。」(27.033)

唐〈於君妻李氏墓誌〉:「塗車芻靈,儀制周具,孔懷之分,哀禮雙備,又何加也。」(31.137)

唐〈苻進昌墓誌〉:「孔懷相重,匪失雁行之蹤;幼侄同餐,每著推梨之義。」(34.040)

「孔懷」的來源為《詩・小雅・常棣》:「死喪之威,兄弟孔懷。」其來源文獻為《詩》。從廣義的範圍講,我們也可以說其來源為《詩》。

石刻用典形式的來源文獻,有的是單篇的詩、賦等;有的是專著;有的是經、史、子類文獻;等等。我們以經、史、子類文獻為第一選擇順序,其它專著為第二選擇順序,單篇的詩、賦等為第三選擇順序,按第一、第二、第三的順序依次確定來源文獻。具體來說,來源於經、史、子類文獻中的用典形式,以經、史、子類文獻為來源文獻;來源於其它專著中的用典形式,以其它專著為來源文獻;來源於單篇詩、賦中的用典形式,以單篇詩、賦為來源文獻。

二　石刻用典形式來源在文獻中的位置

大多數石刻用典形式來源於文獻的正文(少量來源於序文的也作來源於正文處理)。在我們調研的四二一五個石刻用典形式中,來源於文獻正文的有四〇一七個,占總數的百分之九十五點三。除了來源於正文之外,石刻用典形式來源在來源文獻中的位置至少還存在四種不同情況:有的來源於文獻的注、傳、箋、疏、正義等;有的來源於彙編文獻之引文;有的來源於文獻注、疏、正義之引文;有的來源於文獻引文之注文。石刻用典形式來源於文獻注、傳、箋、疏、正義等

的共有十六個，占總數的百分之〇點三八；來源於彙編文獻之引文的
共有九十一個，占總數的百分之二點一六；來源於文獻注、疏、正義
之引文的共有八十二個，占總數的百分之一點九五；來源於文獻引文
之注文的共有九個，占總數的百分之〇點二一。

一、石刻用典形式來源於文獻正文。

「懷刺」，較早來源為《後漢書・禰衡傳》[2]：「建安初，來游許
下。始達潁川，乃陰懷一刺，既而無所之適，至於刺字漫滅。」

「懷刺」，指求人引薦。

東魏〈張滿墓誌〉：「懷刺投袂，委質幕府。登蒙引納，驩然若
舊。」（6.045）

「倚門」，較早見於《戰國策・齊策六》[3]：「王孫賈年十五，事
閔王。王出走，失王之處。其母曰：『女朝出而晚來，則吾倚門而
望；女暮出而不還，則吾倚閭而望。』」

「倚門」，謂父母望子歸來之心殷切。

北魏〈元彧墓誌〉：「倚門有望，噬指□歸，母子二人，更相為
氣。」（5.140）

唐〈馬壽墓誌〉：「二親哀纏舐犢，痛碎明珠，撫櫬摧懷，倚門何
望？」（13.083）

唐〈皇甫鏡幾墓誌〉：「倚門增感，升崗永慕，掩泣濡翰，敬為銘
曰。」（17.009）（文明元年）

唐〈趙冬曦壙誌〉：「烏虖小子，街恤煢煢。哀哀母氏，生我勞
止。藐爾未識，孑然無恃。想望倚門，纏綿陟岵。」（新出河南
1.398）（天寶十年）

---

2 〔南朝宋〕范曄：《後漢書》（北京市：中華書局1965年），頁2653。

3 〔漢〕劉向集錄：《戰國策》（上海市：上海古籍出版社，1998年），頁450。

　　唐〈趙佺墓誌〉:「棣萼數四以訴天,行路百川以下泣,陟崗望斷以永隔,倚門撫心以不知,俾義士假體,蓋臣側目。」(26.038)(天寶十年)

　　唐〈王訓墓誌〉:「嗚呼!生涯畢矣,龜兆斯安,青門始啟,朱輅方引,返哺之聲絕矣,倚門之望休焉。」(27.060)

　　唐〈張儁及妻李氏合祔誌〉:「梁木斯壞,太山其頹,倚門思念,罔極難偕。」(31.037)

　　唐〈陳元師妻閭丘氏墓誌〉:「悲風樹之莫聞,痛倚門之無日,哀毀過禮,營繕凶儀,儉而不奢,禮無虧失。」(31.153)

　　唐〈張鋒墓誌〉:「奉親絕倚門之疑,教弟多仁孝□崇,規矩轉嚴,門無雜賓,家絕美膳,其為儉也。」(32.032)

　　唐〈閻好問墓誌〉:「故天相梁園李公宗閔弟宗冉守埇橋之日,神驚陟屺,望切倚門。」(33.121)

　　二、石刻用典形式來源於文獻注、傳、箋、疏、正義等。

　　「愛日」,較早來源為《左傳‧文公七年》[4]:「趙衰,冬日之日也。」杜預注:「冬日可愛。」

　　「愛日」,稱冬天的太陽;亦常比喻恩德。

　　唐〈李道素墓誌〉:「豈逸足未馳,頓籋雲於促路;盛年稅駕,落愛日於曾泉。」(11.099)

　　唐〈趙爽墓誌〉:「瑤源濬邁,衍靈慶於朱宣;瓊萼扶疏,播清暉於愛日。」(12.086)

　　唐〈仵願德墓誌〉:「莫不蓄和松之茂節,韻合清風;薄郁桂之曾芬,輝連愛日。」(14.086)

4　〔晉〕杜預注,〔唐〕孔穎達等正義:《十三經注疏‧春秋左傳正義》(北京市:中華書局,2003年),頁1846。

唐〈趙威墓誌〉：「原夫鈞天感夢，錫金策而跨雄圖；愛日凝規，開寶符而分霸業。」（16.039）

唐〈趙本質墓誌〉：「原夫蘂臺聳構，寶符之序克昌；漳派疏源，愛日之暉方遠。」（17.168）

唐〈趙越寶墓誌〉：「軒丘析派，晉邑分疆，卿雲含祉，愛日舒光。」（19.040）

唐〈趙知慎墓誌〉：「鈞天絕響，愛日沉光，魂遊東岱，墳依北邙。」（24.116）

唐〈王昔妻寶合墓誌〉：「方相銘旌，輓歌揚聲，愁雲暝色，愛日無晶，高墳舊逵，望九重之城闕；荒郊宿莽，對萬古之山川。」（25.161）（天寶七年）

唐〈唐故開府儀同司守太傅致仕上柱國太原郡開國公食邑二千戶贈太尉白公（敏中）墓誌銘〉：「杓以定位，握惟濟德。愛日可親，頹波自息。」（新出陝西2.278）（咸通二年）

從《左傳・文公七年》的正文中，看不出「愛日」與其之間的形式、意義聯繫。杜預注解之後，這種聯繫就清楚了。顯然，「愛日」來源於杜預注較合理。

「得性」，較早來源為《詩・小雅・魚藻》[5]：「魚在在藻。」毛傳：「魚以依蒲藻為得其性。」

「得性」，謂合其情性。

唐〈張雲墓誌〉：「玉潤金箱，松貞風勁。隨時舒卷，優遊得性。」（11.191）

唐〈王孝瑜及妻孫氏墓誌〉：「君相名利之為患，思偃仰於泉林。

---

5 〔漢〕毛亨傳、鄭玄箋，〔唐〕孔穎達等正義：《十三經注疏・毛詩正義》（北京市：中華書局，2003年），頁488。

逍遙五畝之閒，放曠一丘之內。棲神得性，耳順已過，撒瑟中霄，杳然遐逝。」（12.153）

　　唐〈徐漢墓誌〉：「顯晦隨時，得性非慕。道清斯逸，遭屯能固。」（12.171）

　　唐〈範信墓誌〉：「伊夫君之顯允，自弱冠而凝清。雅逢時之屯否，乃得性而通情。」（13.129）

　　唐〈張德操墓誌〉：「既無取於榮進，自得性於琴樽。有蔡氏之書籍，邁韋門之鄒魯。」（13.149）

　　唐〈張興墓誌〉：「得性琴書，吟嘯煙霞之表；時談物義，進退木雁之閒。」（14.025）

　　唐〈韓文妻潘氏墓誌〉：「寓跡衡泌，遠慕巢許之風；得性林泉，近遵莊惠之樂。」（14.048）

　　唐〈張德墓誌〉：「因枝從宦，遂宅伊滻，得性而居，游泳文傳。」（15.066）

　　唐〈崔志道墓誌〉：「於是斂衽歸來，抽簪別業，得性仲長之第，怡顏潘子之筵。」（16.184）（永淳元年）

　　武周〈劉子墓誌〉：「張平子之回駕，自得性於琴書；梁（梁）敬叔之登山，頗留情於詩酒。」（新出河南1.005）（萬歲通天二年）

　　「得性」之形式和意義在「魚在在藻」中難以看出直接聯繫，與毛傳卻聯繫密切，來源於毛傳較合理。

　　「等夷」，較早來源為《詩·大雅·桑柔》[6]：「貪人敗類。」鄭玄箋：「類，等夷也。」孔穎達疏：「類，比類，故為等夷，謂尊卑齊平朝廷之人。」

　　「等夷」，謂尊卑齊平之人。

6　〔漢〕毛亨傳、鄭玄箋，〔唐〕孔穎達等正義：《十三經注疏·毛詩正義》（北京市：中華書局，2003年），頁560。

東魏〈封延之墓誌〉:「公比翥鴻鵠,齊驤驥騄,神謀上算,每出等夷。」(6.079)

隋〈豆盧實墓誌〉:「公德懋超遷,名振朝野,晨趨夕拜,榮冠等夷。」(10.084)

唐〈張慶之墓誌〉:「君孝友之行,冠絕等夷,仁恕之情,超邁群輩。」(17.174)

唐〈張泚墓誌〉:「公獨道優等夷,□為眾首,慎量淺深之旨,問一反三;論序輕重之科,舉十而九。」(25.099)

唐〈朱光宙墓誌〉:「公文藝夙成,實出等夷之右;軍庸克果,乃彰壯義之德。」(25.124)

唐〈盧招墓誌〉:「事濟於肅給,政成於禮讓,清節聞於師長,休問超於等夷,進階登仕郎,策勳雲騎尉,從班例也。」(26.121)(天寶十三年)

唐〈唐故興元元從朝議郎行內侍省奚官局令員外置同正員上柱國賜緋魚袋太原郡祁府君(憲直)墓誌銘〉:「出領王師,咸曰宜之。大變風俗,孰為等夷。」(新出陝西2.227)(大和五年)

「等夷」之形式直接源自鄭箋,與「貪人敗類」沒有直接聯繫,來源於鄭箋較為合理。

「主器」,較早來源為《易・震》[7]「震驚百里,不喪匕鬯」孔穎達疏:「震卦施之於人,又為長子。長子則正體於上,將所傳重,出則撫軍,守則監國,威震驚於百里,可以奉承宗廟彝器粢盛,守而不失也。」

「主器」,太子稱謂。

---

7 〔魏〕王弼,〔晉〕韓康伯注,〔唐〕孔穎達等正義:《十三經注疏・周易正義》(北京市:中華書局,2003年),頁62。

唐〈李弘（孝敬皇帝）叡德碑〉：「惟皇取則，利建儲闈。承祧是寄，主鬯攸歸。」（16.015）（上元二年）

唐〈大唐故雍王贈章懷太子（李賢）墓誌銘〉：「屬笙歌上賓，震宮虛位，於是當明兩之寄，膺主鬯之尊。」（新出陝西1.103）（景雲二年）

從形式和意義來看，「主鬯」來源於孔疏較為合理。

「繞電」，較早來源為《史記・五帝本紀》〔漢〕司馬遷：《史記》，中華書局1982年，第12頁。「黃帝者」唐張守節正義：「母曰附寶，之祁野，見大電繞北斗樞星，感而懷孕，二十四月而生黃帝於壽丘。」

「繞電」，謂誕育聖人。

唐〈張仁禕墓誌〉：「繞電疏祉，觀星演覛，至矣周臣，猗歟漢將。」（16.089）（儀鳳四年）

唐〈大唐故右監門衛大將軍上柱國贈涼州都督清河恭公斛斯府君（政則）之墓誌銘〉：「原夫繞電摛祥，應天誅於涿鹿；貫昴資聖，括地理而乘龍。」（新出陝西1.070）（咸亨元年）

「繞電」之形式、意義直接源自張守節正義，與《史記・五帝本紀》正文無關。

三、石刻用典形式來源於彙編文獻之引文。

「投斧」，較早來源為《北堂書鈔》[8]卷九七引《廬江七賢傳》：「文黨，字翁仲，未學之時，與人俱入叢木，謂侶人曰：『吾欲遠學，先試投斧高木上，斧當掛。』乃仰投之，斧果上掛，因之長安受經。」

「投斧」，謂立志求學。

8　〔唐〕虞世南：《北堂書鈔》（北京市：學苑出版社，1998年）。

唐〈張懷文墓誌〉：「千齡啟聖，九有昇平，年迫懸車，時過投斧，居常以俟，抱德就閒。」（13.161）

唐〈陳懷儼墓誌〉：「業資天構，道以神超，投斧既勦，執鞭斯俟。」（16.030）

「乘龍」，較早來源為《藝文類聚》[9]卷四十引《楚國先賢傳》：「孫儁字文英，與李元禮俱娶太尉桓焉女。時人謂桓叔元兩女俱乘龍，言得婿如龍也。」

「乘龍」，讚譽好女婿。

唐〈趙君妻梁氏墓誌〉：「及兆開鳴鳳，慶葉乘龍，務蘋藻以斯恭，均蔦蘿而並茂。」（15.025）

唐〈程務忠妻鄭氏墓誌〉：「既而樹標三梅，兆發於鳴鳳；軒歸百兩，譽□於乘龍。」（15.149）

唐〈畢君妻宋五娘墓誌〉：「既而三□應節，□梅流韻，爰光待鳳，允寄乘龍，年甫弱笄，言歸畢氏。」（15.153）

唐〈王君妻姜氏墓誌〉：「乘龍道備，和鳳年登，爰逮初笄，言嬪貴冑。」（15.211）

唐〈楊政本妻韋檀特墓誌〉：「河魴之美，乘龍之慶，休祉冠於二門，榮耀覃於九族。」（16.158）

唐〈周君妻公孫平墓誌〉：「旋嬪潘楊，遽敦劉范，綺羅將列，聲溢於乘龍；琴瑟言諧，韻齊於鳴鳳。」（17.054）

唐〈鄭贍墓誌〉：「方冀雍雍鏘鳳，契比翼而於飛；矯矯乘龍，偶雙蛟而孕影。」（17.110）

唐〈皇甫君妻張氏墓誌〉：「年十有七，托嬪君子，義昭傾鳳，道葉乘龍，包巽位以裁規，總坤儀而擅則。」（17.159）

9　〔唐〕歐陽詢撰，汪紹楹校：《藝文類聚》（上海市：上海古籍出版社，1999年），頁723。

唐〈朱行墓誌〉：「夫人清河張氏，四德率由，三從早穆，朝梁映日，遽喜於乘龍；夜壑遷舟，俄悲於逐鳳。」（18.001）

唐〈劉儉墓誌〉：「乘龍是偶，既和鳴於蘭室；隙駟不停，遽悲涼於蒿里。」（18.045）

「化石」，較早來源為《初學記》[10]卷五引南朝宋劉義慶《幽明錄》：「武昌北山有望夫石，狀若人立。古傳云：昔有貞婦，其夫從役，遠赴國難，攜弱子餞送此山，立望夫而化為立石。」

「化石」，比喻婦女對丈夫用情的堅貞和思念。

唐〈楊君妻杜芬墓誌〉：「淒清隟水，先有感於逝川；曠望娥峰，遽延悲於化石。」（16.188）

唐〈盧思莊墓誌〉：「婦也埋魂於汴浦，夫也旋殯於汝墳，棄我類於沉劍，望君同於化石。」（22.135）

唐〈劉士弘墓誌〉：「情同日月之一虧，心等江河之半竭，鶵容索發，氣絕聲沉，化石摧城，將未比矣。」（32.017）

「鳳轄」，較早來源為《太平廣記》[11]卷四百引南朝梁吳均《續齊諧記・霍光》：「漢宣帝嘗以皂蓋車一乘，賜大將軍霍光。悉以金鉸飾之。每夜，車轄上有金鳳皇飛去。莫知所至，曉乃還。守車人亦見之。南郡黃君仲，於北山羅鳥，得一小鳳子，入手便化成紫金，毛羽翅宛然具足，可長尺餘。……故嵇康〈遊仙詩〉云：『翩翩鳳轄，逢此網羅』是也。」

「鳳轄」，指貴族華車。

唐〈房陵大長公主墓誌〉：「戚里之貴，魚軒鳳轄。」（全集1022）

「修文泉壤」，較早來源為《太平御覽》[12]卷八八三引晉王隱《晉

---

10 〔唐〕徐堅等：《初學記》（北京市：中華書局，1962年），頁108。

11 〔宋〕李昉：《太平廣記》（北京市：大眾文藝出版社，1999年），頁3148。

12 〔宋〕李昉等：《太平御覽》（北京市：中華書局，1960年），頁3922。

書》載：中牟令蘇韶死後現形，對其堂弟蘇節說，「顏淵、卜商今見在為修文郎，凡有八人，鬼之聖者。」韶亦守其職。

「修文泉壤」，指文士死亡。

唐〈倪彬墓誌〉：「初曜穎天衢，俄修文泉壤，非無時也，蓋無命焉。」（26.056）

四、石刻用典形式來源於文獻注、疏、正義之引文。

「八行」，較早見於《後漢書·竇章傳》[13]「更相推薦」李賢注引漢馬融《與竇伯向（章）書》曰：「孟陵奴來，賜書，見手跡，歡喜何量，見於面也。書雖兩紙，紙八行，行七字。」八行，謂信紙一頁八行，後世信箋亦多每頁八行。

「八行」，稱書信。

後周〈李公妻朱氏墓誌〉：「今則方捫十室，無由伸臨穴之哀，雖奉八行，那之碎金之作。」（36.149）

「八行」來源於李賢注引漢馬融文較合理。

「昌戶」，較早來源為《史記·周本紀》[14]「（太任）生昌，有聖瑞」張守節正義引《尚書帝命驗》：「季秋之月甲子，赤爵銜丹書入於酆，止於昌戶。其書云：『敬勝怠者吉，怠勝敬者滅，義勝欲者從，欲勝義者凶……以仁得之，以仁守之，其量百世。』」

「昌戶」，指周文王（姬昌）的門庭。

唐〈吳黑闥碑〉：「昌戶崇基，長沙峻趾。地靈鍾慶，家聲濟美。」（全集379）

「茅社」，較早來源為《書·禹貢》[15]。「厥貢惟土五色」孔穎達

13 〔南朝宋〕范曄：《後漢書》（北京市：中華書局，1965年），頁821。

14 〔漢〕司馬遷：《史記》（北京市：中華書局，1982年），頁115。

15 〔漢〕孔安國傳，〔唐〕孔穎達等正義：《十三經注疏·尚書正義》（北京：中華書局，2003年），頁148。

疏引漢蔡邕〈獨斷〉：「天子大社，以五色土為壇。皇子封為王者，授之大社之土，以所封之方色，苴以白茅，使之歸國以立社，謂之茅社。」

「茅社」，指王侯的封爵或封地。

北魏〈元襲墓誌〉：「以茂績克宣，勳庸有著，遂割裂山河，開建茅社。」（5.175）

隋〈段威墓誌〉：「霸後歷三，誠心唯一。屢錫茅社，頻升戎秩。」（9.101）

唐〈杜榮墓誌〉：「瓜瓞周伯，苗裔漢臣。茅社遞襲，珪組相因。」（11.103）

唐〈蕭勝墓誌〉：「爰自綺年，已膺茅社，封為宜陽侯。」（12.032）

唐〈韓承墓誌〉：「表慶昆珪，業隆茅社。挺天收其夐古，播清暉其自遠。」（13.082）

唐〈胡光復墓誌〉：「茅社攸分，光八王之寵命；竹符是寄，擁千里之班條。」（16.175）

唐〈李沖墓誌〉：「入司九棘，出總六條，登綺閣而揚清，按黃圖而播美。享茲茅社，貽厥枝孫。」（17.111）

唐〈王玄起墓誌〉：「金貂玉佩，廊廟相輝；茅社竹符，山河不絕。」（20.086）

唐〈和守陽墓誌〉：「神元據圖，龍驤分琥，爰居茅社，突跋光祖。」（25.087）

後周〈李公妻朱氏墓誌〉：「處親賢之地，力贊經綸；當禪代之時，首分茅社。」（36.149）

「茅社」來源於孔疏所引蔡邕《獨斷》較為合理。

五、石刻用典形式來源於文獻引文之注文。

「六龍」，較早見於《初學記》[16]卷一引《淮南子・天文訓》：「爰止羲和，爰息六螭，是謂懸車。」原注：「日乘車，駕以六龍，羲和御之。」

「六龍」，指太陽；或指駿馬。

晉〈臨辟雍碑〉：「光光翠華，駸駸六龍。百辟雲集，卿士率從。」（2.043）

北齊〈趙道德墓誌〉：「六龍難抑，九地方遠，勒石幽泉，永旌餘烈。」（7.165）

隋〈元智墓誌〉：「望方當控茲八駿，御彼六龍，登柏梁而賦詩，出上林而奉轡。」（10.133）

唐〈獨孤開遠墓誌〉：「左右鳥夷，未革豺狼之心，猶據蛙黽之穴。六龍於是儆駕，七萃所以載馳。」（11.105）

唐〈王氏墓誌〉：「文華體雪，心齊明鏡。四序相推，六龍空警。」（13.089）

「六龍」來源於《初學記》所引《淮南子》之注文較合理。

這種情況似應當說直接來源於《淮南子・天文訓》較好。但《淮南子・天文訓》[17]：「爰止其女，爰息其馬，是謂縣車。達古按：《太平御覽》此四句引作『爰止羲和，爰息之螭，是謂懸車。』」與《初學記》引文不同。《太平御覽》引文與《初學記》引文只一字之差，比較起來《初學記》引文更可信。

三 石刻用典形式來源文獻的確認細則

隨著歷史的發展，石刻用典形式來源文獻的情況變得複雜起來。

---

16 〔唐〕徐堅等：《初學記》（北京市：中華書局，1962年），頁5。

17 〔漢〕劉安等編撰，高誘注：《淮南子》（上海市：上海古籍出版社，1989年），頁33。

從石刻用典形式來歷出處在文獻中的位置來看，除了來源於正文之外，有的來源於文獻的注、傳、箋、疏、正義等；有的來源於彙編文獻之引文；有的來源於文獻注、疏、正義之引文；有的來源於文獻引文之注文；等等。從同一用典形式來源文獻的數量來看，由於歷史的原因，不同文獻對相同內容重複記載，使得不少石刻用典形式來源文獻似乎有兩個或多個。其中有些是可以辨析排除的，有些則存疑難辨。其它還有同形石刻用典形式來源文獻不同的情況；以及由於文獻的缺失，不少石刻用典形式的來源文獻難以查找的情況，等等。雖然石刻用典形式的形成過程比較複雜；而且由於歷史的發展，其來源文獻的情況也變得複雜多樣；但我們認為，在多數情況下，石刻用典形式的來源文獻應當是可以確定的。為便於統計調查，我們擬定了幾條細則，初步探索石刻用典形式來源文獻的確認方法。

一、石刻用典形式來源於文獻注、傳、箋、疏、正義等，以被注、傳、箋、疏、正義之文獻為來源文獻。

來源於文獻注解、傳、箋、疏、正義等的石刻用典形式，因為其注解、傳、箋、疏、正義依附於被注、傳、箋、疏、正義之文獻，沒有獨立，所以，仍以被注、傳、箋、疏、正義之文獻為來源文獻。例如上文，「愛日」、「得性」、「等夷」、「主鬯」、「繞電」之來源文獻分別為《左傳》、《詩》、《詩》、《易》、《史記》較合理。

二、石刻用典形式來源於文獻正文、注解、正義、疏之引文，以引文文獻為來源文獻。

來源於文獻正文、注解、正義、疏之引文的石刻用典形式，因為其引文為獨立文獻，有些即使現在已經難見，也不能改變其曾經存在的事實，所以，以引文文獻為來源文獻。

「題輿」，較早見於《太平御覽》[18]卷二六三引三國吳謝承《後漢書》：「周景為豫州，闢陳蕃為別駕，不就。景題別駕輿曰：『陳仲舉座也。』不復更闢。蕃惶懼，起視職。」

「題輿」，謂景仰賢達，望其出仕；或官拜別駕。

唐〈道因法師碑〉：「並琢磨道德，砥錫文藝，或題輿展驥贊務於千里，或烹鮮制錦馳聲乎一同。」（14.083）

唐〈張節墓誌〉：「祖猷，隋青州別駕；材均逸璞，理切題輿，四見之榮，驅屏星而分照；半刺之重，披衽雲而流渥。」（15.144）

唐〈盧承業墓誌〉：「方劭題輿，俄悲易簀，一漂魂於東岱，空罷肆於南荊。」（15.169）

唐〈張弘墓誌〉：「題輿播美，繩愆動詠，簪黻交輝，芝蘭疊映。」（15.171）

唐〈王郎墓誌〉：「題輿縉懿，飛鶴舄以淩虛；褰帷案部，列鳥而絢彩。」（15.220）

唐〈孫義普墓誌〉：「題輿奧壤，露冕雄州，譽重沂歌，愛深並竹。」（17.004）

唐〈呂玄爽墓誌〉：「題輿四履之郊，海沂申其有穆；展驥百城之右，邦國資其不空。」（17.015）

唐〈司馬實墓誌〉：「首席升僚，題輿作貳，盧耽化鶴，龐元展驥。」（17.063）

唐〈鄭法明妻李氏墓誌〉：「並榮高貳職，寵茂題輿，既興來暮之哥，寧止不空之譽。」（17.099）

唐〈宋邈墓誌〉：「四遷制錦，三拜題輿，政則置水，清則懸魚。」（28.141）

---

18 〔宋〕李昉等：《太平御覽》（北京市：中華書局，1960年），頁1230。

「捧日」，較早見於《三國志・魏志・程昱傳》[19]「表昱為東平相，屯范」裴松之注引晉王沈《魏書》：「昱少時常夢上泰山，兩手捧日，昱私異之，以語荀彧……彧以昱夢白太祖。太祖曰：『卿當終為吾腹心。』」

「捧日」，喻忠心輔佐帝王。

唐〈大唐故開府儀同三司鄂國公尉遲君（敬德）墓誌〉：「時逢鶉起，道屬龍飛。瞻雲吐秀，捧日揚暉。」（新出陝西1.047）（顯慶四年）

唐〈大唐故殿中少監上柱國唐府君（嘉會）墓誌銘〉：「分星降彩，捧日流暉。纘芳烈於華宗，暢宏猷於景運。」（新出陝西1.078）（儀鳳三年）

唐〈蕭繒墓誌〉：「自家形國，應賢良兮。捧日捫天，趨廟堂兮。」（18.172）（聖曆二年）

唐〈關儉墓誌〉：「或入侍九重，扈鸞輿而捧日；或出毗千里，助熊軾而宣規。」（19.084）

唐〈陳智妻張氏墓誌〉：「君承聚星之茂緒，挺捧日之雄恣。志烈松筠，心□鐵石，將弓當友，倚劍為鄰。」（20.138）

唐〈王景曜墓誌〉：「逝川不捨，朝海之志徒勤；曦光易流，捧日之誠空積。」（23.139）

唐〈裴積墓誌〉：「丹宸捧日，青禁朝春，詞令可觀，風儀有裕。」（24.134）

唐〈程思慶墓誌〉：「因仕居洛，甲第王城，翹翹捧日之精，秩秩刻篆之胄，赫然冠冕，榮貫古今。」（25.138）

---

19 〔晉〕陳壽撰，〔南朝宋〕裴松之注：《三國志》（北京市：中華書局，1982年），頁427。

唐〈田佬墓誌〉:「公惟嶽降神,妙年獨秀,才高捧日,詞美朝天。」(28.048)

唐〈梁守謙墓誌〉:「公捧日從龍,偏承聖旨,儉德守道,家無餘財,竭俸傾心,修建功德。」(30.079)

「驅羊」,較早見於《史記・五帝本紀》[20]「舉風后、力牧、常先、大鴻以治民」唐張守節正義:「《帝王世紀》云:黃帝夢大風吹天下之塵垢皆去,又夢人執千鈞之弩,驅羊萬群。帝寤而歎曰:『風為號令,執政者也。垢去土,後在也。天下豈有姓風名後者哉?夫千鈞之弩,異力者也。驅羊數萬群,能牧民為善者也。天下豈有姓力名牧者哉?』於是依二占而求之,得風后於海隅,登以為相。得力牧於大澤,進以為將。」

「驅羊」,喻治民。

唐〈黃師墓誌〉:「則有童子多能,對奇聞於喻蝕;僂人好技,馳妙術以驅羊。」(17.035)

「題輿」、「捧日」、「驅羊」的來源文獻分別為三國吳謝承《後漢書》、晉王沈《魏書》、《帝王世紀》較為合理。

三、石刻用典形式來源於彙編類文獻,分為兩種情況。

魏晉以後,文人們也開始注意文章總集的編選。由於彙編類文獻是彙集前人文章而成,從本質上來說是不適合作用典形式來源文獻的。還有一個原因是有許多石刻用典形式的用例時代比彙編類文獻的成書時代要早很多。《詩》雖是詩歌總集,但它不僅是經典,而且也沒發現有石刻用典形式的用例時代早於《詩》的成書時代。因此,除《詩》外,我們在統計時一般不把彙編類文獻作為石刻用典形式來源文獻。具體操作時分為兩種情況。

---

20 〔漢〕司馬遷:《史記》(北京市:中華書局,1982年),頁6-8。

第一，石刻用典形式來源於《文選》時，如果用典形式來源與《文選》序有關，以《文選》為其來源文獻；如果來源與《文選》序無關，一般以具體篇目為其來源文獻。

「椎輪」，較早見於南朝梁蕭統〈《文選》序〉[21]：「若夫椎輪為大輅之始，大輅寧有椎輪之質？」

「椎輪」，無輻的原始車輪，比喻事物草創。

唐〈李敬（清河長公主）碑〉：「推端椎輪揆侯，養晦乘時，提名於溟□之初，播物於氤氳之始。」（14.117）

「椎輪」，來源文獻為《文選》。

「騎鯨」，較早見於《文選·揚雄〈羽獵賦〉》[22]：「乘巨鱗，騎京魚。」李善注：「京魚，大魚也，字或為鯨。鯨亦大魚也。」

「騎鯨」，比喻隱遁或遊仙。

唐〈嵩山六十峰詩刻〉：「太白本庚星，化石在此處，若教化為人，應義騎鯨去。」（35.097）

「騎鯨」，來源文獻為揚雄〈羽獵賦〉。

「道腴」，較早見於《文選·班固〈答賓戲〉》[23]：「慎修所志，守爾天符，委命供己，味道之腴。」李善注：「項岱曰：『腴，道之美者也。』……桓譚《答揚雄書》曰：『子雲勤味道腴者也。』」

「道腴」，指某種學說、主張的精髓。

唐〈張寬墓誌〉：「材超杞梓，行逾金璧。爽冠風筠，堅籠雲石。道腴是味，德津之懌。」（14.170）

---

21 〔南朝梁〕蕭統撰，〔唐〕李善注：《文選》（上海市：上海古籍出版社，1986年），頁1。

22 〔南朝梁〕蕭統撰，〔唐〕李善注：《文選》（上海市：上海古籍出版社，1986年），頁397。

23 〔南朝梁〕蕭統撰，〔唐〕李善注：《文選》（上海市：上海古籍出版社，1986年），頁2021。

唐〈陳崇本墓誌〉：「君幼味道腴，早欽閒尚，輔衛王室，資選勳門，起家任左衛翊衛。」（17.153）

唐〈李琰墓誌〉：「金剛般若，草契於心，妙法蓮華，常指諸掌。口資法味，身得道腴。」（27.085）

唐〈黎乾墓誌〉：「曾王父大父以道腴德華，與商晧（皓）蜀嚴為徒，時莫得而祿也。」（28.078）

「道腴」，其來源文獻為班固《答賓戲》。

第二，石刻用典形式來源於隋唐及以後的彙編類文獻中的篇目時，如《北堂書鈔》、《藝文類聚》、《初學記》、《太平廣記》、《太平御覽》、《樂府詩集》等，以具體篇目為其來源文獻。

「文不加點」，較早來源為《初學記》[24]卷十七引晉張隱《文士傳》：「吳郡張純，少有令名，嘗謁驃騎將軍朱據，據令賦一物然後坐，純應聲便成，文不加點。」

「文不加點」，形容文思敏捷，作文一氣呵成。

唐〈崔光嗣墓誌〉：「三冬為學，則義必窮微；七步成章，則文不加點。」（23.088）

「文不加點」，其來源文獻為晉張隱《文士傳》較合理。

「指樹為宗」，較早來源為《太平廣記》[25]卷一引晉葛洪《神仙傳・老子》：「老子之母，適至李樹下而生，老子生而能言，指李樹曰：『以此為我姓。』」

「指樹為宗」，稱姓李。

唐〈李辯墓誌〉：「昔指樹為宗，迥標於周吏；盡忠佐命，寵班袟於魏朝。」（16.169）

---

24 〔唐〕徐堅等：《初學記》（北京市：中華書局，1962年），頁429。

25 〔宋〕李昉：《太平廣記》（北京市：大眾文藝出版社，1999年），頁1。

唐〈李智墓誌〉：「指樹為宗，真氣由其不泯；登龍構族，高門於是洞開。」（20.112）

「指樹為宗」，其來源文獻為晉葛洪《神仙傳》較合理。

「虎踞」，較早見於《太平御覽》[26]卷一五六引晉吳勃《吳錄》：「劉備曾使諸葛亮至京，因睹秣陵山阜，歎曰：『鍾山龍盤，石頭虎踞，此帝王之宅。』」

「虎踞」，形容地勢雄壯險要。

唐〈盧璠墓誌〉：「南州罷市，北邙啟路，洛水龍騰，嵩丘虎踞。」（29.146）

唐〈聚慶磚誌〉：「佳城虎踞龍左盤，刊文勒銘金石堅。」（30.129）（大和六年）

唐〈唐故開府儀同司守太傅致仕上柱國太原郡開國公食邑二千戶贈太尉白公（敏中）墓誌銘〉：「南瞻太華，北迸渭川。崇崗虎踞，拱木星連。」（新出陝西2.278）（咸通二年）

「虎踞」，其來源文獻為晉吳勃《吳錄》較合理。

「隴水」，較早見於《樂府詩集・漢橫吹曲一・隴頭》[27]郭茂倩題解引《三秦記》：「其阪九回，上者七日乃越，上有清水四注下，所謂隴頭水也。」又〈橫吹曲辭五・隴頭歌辭〉[28]：「隴頭流水，流離山下。念吾一身，飄然曠野……隴頭流水，鳴聲嗚咽。遙望秦川，心肝斷絕。」

「隴水」，指悲傷痛苦之情；亦喻邊塞征夫、遠方離人的愁苦之情。

唐〈霍恭墓誌〉：「雲昏隴兮隴水咽，風入松兮松檟哀。」（11.124）

26　〔宋〕李昉等：《太平御覽》（北京市：中華書局，1960年），頁758。
27　〔宋〕郭茂倩：《樂府詩集》（北京市：中華書局，1979年），頁311。
28　〔宋〕郭茂倩：《樂府詩集》（北京市：中華書局，1979年），頁371。

唐〈袁秀岩墓誌〉:「及歸泉兮魂悠悠,隴水悲兮風飀飀。」（29.053）

《三秦記》即《辛氏三秦記》。從引文內容來看,「隴水」在例句中的意義與《三秦記》沒有直接聯繫,與〈橫吹曲辭五・隴頭歌辭〉有直接聯繫。《樂府詩集》是宋人郭茂倩編的,如果以其為用典形式之來源文獻,就有用典形式早於來源文獻的嫌疑,因為在唐代已有用例。「隴水」,來源文獻當是〈橫吹曲辭五・隴頭歌辭〉。

四、石刻用典形式確有兩個來源文獻的,兩個來源文獻都取。

「掛床」,較早見於《後漢書・徐穉傳》[29]:「時陳蕃為太守,以禮請署功曹,穉不免之,既謁而退。蕃在郡不接賓客,唯穉來特設一榻,去則縣之。」又《陳蕃傳》[30]:「郡人周璆,高潔之士……特為置一榻,去則縣之。」

「掛床」,表示熱情接待賓客或禮賢下士。「掛床」,來源文獻為《後漢書》顯然。

「留犢」,較早見於《三國志・魏志・常林傳》[31]「林遂稱疾篤」裴松之注引三國魏魚豢《魏略》:「(壽春令時苗)始之官,乘薄車,黃牸牛,布被囊。居官歲餘,牛生一犢。及其去,留其犢,謂主簿曰:『令來時本無此犢,犢是淮南所生有也。』」又《晉書・羊祜傳》[32]:「(鉅平侯羊篇)歷官清慎,有私牛於官舍產犢,及遷而留之。」

「留犢」,喻居官清廉,纖介不取。「留犢」,來源文獻為《魏略》較合理。

---

29 〔南朝宋〕范曄:《後漢書》(北京市:中華書局,1965年),頁1746。

30 〔南朝宋〕范曄:《後漢書》(北京市:中華書局,1965年),頁2159。

31 〔晉〕陳壽撰,〔南朝宋〕裴松之注:《三國志》(北京市:中華書局,1982年),頁660-662。

32 〔唐〕房玄齡、褚遂良等:《晉書》(北京市:中華書局,1974年),頁1024。

「掛床留犢」由「掛床」、「留犢」兩個用典形式並列形成，在石刻語料裏有固定化傾向，稱頌為政者禮賢下士、清正廉潔。我們將之作為一個用典形式，其來源文獻為《後漢書》、《魏略》較合理。

北魏〈元璨墓誌〉：「德被荊郊，化刑江邑，掛床留犢，風高獨立。」（4.172）

隋〈尒朱敞墓誌〉：「西河竚駕，東海回輪。掛床留犢，散髮歸老。」（9.072）

五、同一石刻用典形式來源見於兩個文獻中時，取形式、意義聯繫較合理的文獻。

「蒲帛」，蒲車與束帛，古代徵聘賢者之禮。

北魏〈元信墓誌〉：「司空元公秉哲經朝，緯文綏武，旗弓以待賢，蒲帛以邀德。」（5.092）

唐〈智悟墓誌〉：「曾祖如願，志高泉石，脫略軒榮，蒲帛累徵，偃仰蘿薜，貴樂生前之志，殊輕身後之名。」（27.113）

《史記》、《漢書》都有相關記述。《史記・平津侯主父列傳》[33]：「始以蒲輪迎枚生，見主父而歎息。」《漢書・武帝紀》[34]：「遣使者安車蒲輪，束帛加璧，徵魯申公。」顏師古注：「以蒲裹輪，取其安也。」

比較可知，《漢書》中的記述與「蒲帛」聯繫較《史記》更密切，「蒲帛」的來源文獻為《漢書》較合理。

六、石刻用典形式與兩個來源文獻的形、義聯繫都合理，且石刻用典形式來源的內容相同或相近時，取時代早的文獻。

「管見」，比喻短淺的見識。常作謙詞。

33 〔漢〕司馬遷：《史記》（北京市：中華書局，1982年），頁2694。
34 〔漢〕班固撰，〔唐〕顏師古注：《漢書》（北京市：中華書局，1962年），頁157。

唐〈往生社碑〉:「英公學我真教,挹其遺蹤,施有等峜,階陳九品,旁求貞石,書其姓字,不以予管見,命序其事云。」(31.073)

《莊子・秋水》、漢東方朔〈答客難〉均有相關記述。《莊子・秋水》[35]:「子乃規規然而求之以察,索之以辯,是直用管窺天,用錐指地也,不亦小乎!」漢東方朔〈答客難〉[36]:「語曰:『以筦窺天,以蠡測海,以莛撞鐘。』豈能通其條貫,考其文理,發其音聲哉!」

從用典形式的形義與兩文獻之間的聯繫來看,難以判斷哪個是其來源文獻,此種情況,我們取時代較早的文獻為用典形式的來源文獻。「管見」,來源文獻為《莊子》較合理。

七、石刻用典形式與兩個來源文獻的形、義聯繫都合理,且兩個來源文獻的時代相近,難分先後,兩個來源文獻均取。

「濯滄浪」,指洗心滌慮,超脫世俗。

唐〈樂歸墓誌〉:「揄袂緇帷,濯滄浪而鼓枻;怡神環堵,居甕牖以弦琴。」(16.035)

《孟子・離婁上》、《楚辭・漁父》均有相關記述。《孟子・離婁上》[37]:「有孺子歌曰:『滄浪之水清兮,可以濯我纓;滄浪之水濁兮,可以濯我足。』孔子曰:『小子聽之!清斯濯纓,濁斯濯足矣。自取之也。』」《楚辭・漁父》[38]。載:楚國屈原被放流到江南湘沅,形容憔悴,在江畔吟詩,遇一漁父問他:「子非三閭大夫歟?何故至於斯?」屈原曰:「舉世皆濁我獨清,眾人皆醉我獨醒,是以見放。」漁父勸他「與世推移」,屈原表示寧髒魚腹也要抗拒世俗塵

---

35 〔清〕郭慶藩撰,王孝魚點校:《莊子集釋》(北京市:中華書局,2004年),頁601。

36 〔漢〕班固撰,〔唐〕顏師古注:《漢書》(北京市:中華書局,1962年),頁2867。

37 〔清〕焦循撰,沈文倬點校:《孟子正義》(北京市:中華書局,1987年),頁498。

38 金開誠、董洪利、高路明:《屈原集校注》(北京市:中華書局,1996年),頁758、765。

埃，保持清白。「漁父莞爾而笑，鼓枻而去，歌曰：『滄浪之水清兮，可以濯吾纓；滄浪之水濁兮，可以濯吾足。』」

因兩個來源文獻歌謠同，人物不同，且孟子和屈原的生活時代接近，難以取捨哪個為來源文獻，故「濯滄浪」之來源文獻取《孟子》、《楚辭》兩個。

「含沙」，比喻暗中誹謗中傷。

唐〈大唐故開府儀同三司鄂國公尉遲君（敬德）墓誌〉：「屬辰韓負險，獨阻聲教，憑丸都而舉斧，恃水而含沙。」（新出陝西1.047）（顯慶四年）

唐〈平百濟國碑〉：「況乎稽天蟻聚，□地蜂飛，類短狐之含沙，似長蛇之吐霧。」（13.163）（顯慶五年）

唐〈董守貞墓誌〉：「含沙流毒，吹蠱沉顏，哀我王使，遂不生還。」（22.019）

晉葛洪《抱朴子·登涉》、干寶《搜神記》均有相關記述。晉葛洪《抱朴子·登涉》[39]第十七：「短狐，一名蜮，一名射工，一名射影，其實水蟲也。狀似鳴蜩，狀似三合杯，有翼能飛，無目而利耳，口中有橫物，角弩。如聞人聲，緣口中物如角弩，以氣為矢，則因水而射人，中人身者，即發瘡，中影者亦病，而不即發瘡。不曉治之者，煞人。其病似大傷寒，不十日皆死。」晉干寶《搜神記》[40]卷十二：「漢光武中平中，有物處於江水，其名曰『蜮』，一曰『短狐』，能含沙射人。所中者，則身體筋急，頭痛發熱，劇者至死。」

《抱朴子·登涉》與《搜神記》所記內容與「含沙」的形、義聯繫都合理，且葛洪、干寶生活時代相近，難以取捨哪個為來源文獻，

---

39 〔晉〕葛洪撰：《抱朴子》，收入《百子全書》（杭州市：浙江人民出版社，影印1919年掃葉山房石印本，1984年），第8冊。

40 〔晉〕干寶撰，汪紹楹校注：《搜神記》（北京市：中華書局，1979年），頁155-156。

故「含沙」之來源文獻取晉葛洪《抱朴子》、干寶《搜神記》兩個。

八、石刻用典形式與兩個來源文獻的形、義聯繫都合理，雖然兩個來源文獻的時代先後分明，但從內容上難辨來源，兩個來源文獻均取。

「掛冕」，指辭官、棄官。

隋〈王昞墓誌〉：「但天真高潔，體道守虛，掛冕出都，拂衣去國。」（新出河南1.108）

唐〈大唐故開府儀同三司鄂國公尉遲君（敬德）墓誌〉：「懸車告老，掛冕辭榮。煙霞逸志，山水幽情。」（新出陝西1.047）（顯慶四年）

唐〈郭德墓誌〉：「若夫濯纓之義，業應時來；掛冕之規，理符終遁。」（15.136）（咸亨元年）

唐〈往生社碑〉：「夫為善者迷於所趣，無量壽佛延念不息，遺民掛冕，康樂提簪，史氏稱之。」（31.073）

晉袁宏《後漢紀・光武帝紀五》、《南史・隱逸傳下・陶弘景》均有相關記述。晉袁宏《後漢紀・光武帝紀五》[41]：「（逢萌）聞王莽居攝，子宇諫，莽殺之。萌會友人曰：『三綱絕矣，禍將及人。』即解衣冠掛東都城門，將家屬客於遼東。」《後漢書・逸民傳・逢萌》亦載此事。《南史・隱逸傳下・陶弘景》[42]：「齊高帝作相，引為諸王侍讀……家貧，求宰縣不遂。永明十年，脫朝服掛神武門，上表辭祿。」

《後漢紀・光武帝紀五》與《南史・隱逸傳下・陶弘景》所記內容與「掛冕」的形、義聯繫都合理，時代先後也分明，但從內容上難

---

41 李興和：《袁宏《後漢紀》集校》（昆明市：雲南大學出版社，2008年），頁56。

42 〔唐〕李延壽：《南史》（北京市：中華書局，1975年），頁1897。

辨來源，除非找到早於《南史》的用例，否則難以取捨，故「掛冕」的來源文獻取晉袁宏《後漢紀》、《南史》兩個。

九、石刻用典形式與兩個來源的形、義聯繫都合理，但兩個來源屬同一文獻，從內容上難辨來源。

「渡虎」，稱頌地方官吏政績卓著，災難不作。

唐〈趙德含妻杜氏墓誌〉:「詔授北交州刺史，流恩渡虎，清德殞鵠。」（15.135）

唐〈張悊墓誌〉:「憑熊寄重，俗多黃叔之謠；渡虎仁深，信篤郭生之契。」（26.113）

唐〈周處墓碑〉:「陝北留棠，遂有二天之詠，荊南渡虎，猶標十部之書。」（29.068）

《後漢書・劉昆傳》、《後漢書・宋均傳》均有相關記述。《後漢書・劉昆傳》[43]:「先是崤、黽驛道多虎災，行旅不通。昆為政三年，仁化大行，虎皆負子度河。」《後漢書・宋均傳》[44]:「遷九江太守。郡多虎暴，數為民患，常募設檻穽而猶多傷害。均到，下記屬縣曰:『夫虎豹在山，黿鼉在水，各有所託……今為民害，咎在殘吏，而勞勤張捕，非優恤之本也。其務退奸貪，思進忠善，可一去檻穽，除削課制。』其後傳言虎相與東遊渡江。」

《後漢書・劉昆傳》與《後漢書・宋均傳》所記內容與「渡虎」的形、義聯繫都合理，但從內容上難辨來源，雖則都屬《後漢書》，我們統計時也只取《後漢書》為來源文獻，但應該清楚，「渡虎」有兩個來源。

十、同形石刻用典形式根據用典形式在例中的意義辨析其來源，確定來源文獻。

43　〔南朝宋〕范曄:《後漢書》（北京市:中華書局，1965年），頁1412-1413。
44　〔南朝宋〕范曄:《後漢書》（北京市:中華書局，1965年），頁2550。

「麟角」，比喻稀罕而又可貴的人才或事物。

北齊〈報德像碑〉：「岱宗小宇宙，涽閶狹秋水，較之未舉馬豪，察之殊少麟角。」（7.048）

唐〈李弘裕墓誌〉：「誕茲韶令，守彼貞愨，譽警鳳毛，業憂麟角。」（16.101）

唐〈張安安墓誌〉：「君岐然誕靈，生鳳毛而流彩；卓爾標秀，挺麟角以含章。」（17.100）

唐〈吳續墓誌〉：「善扣鼻鍾，求聲必應；業憂麟角，唯志所存。」（19.005）

唐〈袁仁墓誌〉：「鳳毛洒就，麟角方成，臺鼎未極，高臺忽傾。」（21.056）

唐〈路玄墓誌〉：「逸韻鏗鏘，雄姿卓犖，覽彼蛟史，成茲麟角。」（21.141）

唐〈鄭承光墓誌〉：「鳳毛早振，用光遷谷之榮；麟角幼成，遂顯□卿之譽。」（22.050）

唐〈成鍊師植松柏碑〉：「是知學仙者若牛毛，得道者如麟角，繫風捕影，不亦難乎？」（26.021）

唐〈張登山墓誌〉：「唯君幼乃鳳毛，長便麟角，秀氣與雲松並峻，素概將冰玉俱貞。」（26.139）

唐〈李君墓誌〉：「天文著象，人文可觀，龍雕豈易，麟角成難。」（32.135）

《詩‧周南‧麟之趾》、晉葛洪《抱朴子‧極言》均有相關記述。《詩‧周南‧麟之趾》[45]：「麟之角，振振公族。」晉葛洪《抱朴

---

45 〔漢〕毛亨傳、鄭玄箋，〔唐〕孔穎達等正義：《十三經注疏‧毛詩正義》（北京市：中華書局，2003年），頁283。

子‧內篇》[46]卷三極言第十三：「若夫睹財色而心不戰，聞俗言而志不沮者，萬夫之中有一人為多矣。故為者如牛毛，獲者如麟角也。」

　　兩個文獻均有與「麟角」相關內容，從形式上難以辨別，只能從意義上分辨。來源於《詩》的「麟角」，指宗藩之盛；來源於《抱朴子》的「麟角」，指稀罕而又可貴的人才或事物。根據例句中「麟角」的意義，知其來源文獻為《抱朴子》。

　　另有兩種情況值得我們注意。

　　一、由於文獻的亡佚、缺失，石刻用典形式來源目前僅見於唐以後文獻中。

　　「八斗」，較早見於宋無名氏〈釋常談‧八斗之才〉[47]：「文章多，謂之『八斗之才』。謝靈運嘗曰：『天下才有一石，曹子建獨佔八斗，我得一斗，天下共分一斗。』」

　　「八斗」，比喻高才，有學問。

　　唐〈曹慶妻樊氏合祔誌〉：「文章弈葉，或才包八斗，或學贍九流，或鍾鼎柱石，夔龍佐漢，得姓綿遠，故略而述焉。」（32.009）

　　唐〈王公墓誌〉：「才兼八斗，行等四科，未報勧勞，空思罔極。」（34.030）

　　「八斗」，作為用典形式，在唐代石刻語料已有用例，其來源文獻當不會晚於唐代。因目前所見其它傳世文獻中沒有相關記述，權且以其為來源文獻。

　　二、石刻用典形式來源文獻為篇章名。

　　唐〈李君絢墓誌〉：「門資良治，家有搢紳。筆華喻蜀，詞高劇秦。」（11.204）

---

46 〔晉〕葛洪撰：《抱朴子》，收入《百子全書》（杭州市：浙江人民出版社，影印1919年掃葉山房石印本，1984年），第8冊。

47 周光培：《宋代筆記小說》，（石家莊市：河北教育出版社，1995年），第23冊，頁395。

　　王莽篡漢自立，國號新。揚雄仿司馬相如〈封禪文〉，上封事給王莽，指斥秦朝，美化新朝，故名〈劇秦美新〉。文中抨擊秦始皇焚書、統一度量衡等措施，對王莽則歌功頌德。「劇秦」，指〈劇秦美新〉，為篇章名。這種情況當取〈劇秦美新〉為其來源文獻。

第二節　石刻用典形式來源文獻統計資料

　　我們所調研的四二一五個石刻用典形式，其來源文獻，涉及二五五種。

　　從形成石刻用典形式的數量來看，排在前十位的來源文獻依次為：《詩》三七〇[48]、《史記》三六三、《莊子》三五九、《後漢書》二七一、《漢書》二二九、《左傳》二〇七、《論語》二〇五、《禮記》一九二、《易》一七四、《書》一三八。其中經書六種，史書三種，子書一種。來源於這十種文獻的石刻用典形式有二五〇八個，占總數四二一五個的百分之五十九點五。

一　石刻用典形式經、史、子類（先秦兩漢時期）來源文獻

　　（一）經書類文獻：《詩》三七〇；《左傳》二〇七；《論語》二〇五；《禮記》一九二；《易》一七四；《書》一三八；《孟子》三十；《周禮》二十；《韓詩外傳》十六；《公羊傳》七；《春秋》五；《大戴禮記》四；舊題伏生的《尚書大傳》四；《爾雅》三；《儀禮》三；《孝經》三；《穀梁傳》一。

48　《詩》三七〇，即以該文獻為來源的石刻用典語言形式數目。下同。

石刻用典形式經書類來源文獻共有十七種，有石刻用典形式一三八二個，占總數四二一五個的百分之三十二點七九。

（二）史書類文獻，二十四史裏有十一種：《史記》三六三；《後漢書》二七一；《漢書》二二九；《三國志》五十；《晉書》十七；《宋書》十；《南史》九；《北史》二；《梁書》一；《陳書》一；《隋書》一。計有石刻用典形式九五四個。

其它類別史書：《戰國策》五十五；漢劉向《列女傳》三十五；漢劉珍等《東觀漢記》二十五；《國語》二十一；《晏子春秋》十；三國吳謝承《後漢書》十；漢趙曄《吳越春秋》十；漢趙岐《三輔決錄》五；三國魏魚豢《魏略》五；晉王隱《晉書》五；晉習鑿齒《漢晉春秋》四；晉孫盛《魏氏春秋》四；《竹書紀年》三；漢揚雄《蜀王本紀》三；晉袁宏《後漢紀》三；晉常璩《華陽國志》三；晉張方《楚國先賢傳》；三南朝宋檀道鸞《續晉陽秋》三；北魏崔鴻《十六國春秋》三；三國魏魚豢《典略》二；晉皇甫謐《帝王世紀》二；晉吳勃《吳錄》二；晉司馬彪《九州春秋》二；晉孫盛《晉陽秋》二；晉郭頒《魏晉世語》二；晉張隱《文士傳》二；《逸周書》一；漢袁康、吳平《越絕書》一；三國吳謝承《會稽先賢傳》一；晉王沈《魏書》一；晉司馬彪《續漢官志》一；晉周斐《汝南先賢傳》一；晉虞溥《江表傳》一；晉陳壽《益都耆舊傳》一。計有石刻用典形式二三二個。

石刻用典形式史書類來源文獻共有四十五種，有石刻用典形式一一八六個，占總數四二一五個的百分之二十八點一四。

（三）先秦兩漢的諸子類文獻：《莊子》三五九；《淮南子》七十六；《呂氏春秋》五十二；《韓非子》四十五；《老子》四十四；《列仙傳》四十一；《列子》三十七；《孔子家語》二十八；漢蔡邕《獨斷》十七；《風俗通》十五；《山海經》十三；《法言》十三；《荀子》十

二；漢王充《論衡》十；漢劉向《說苑》九；周尸佼撰《尸子》八；《孫子》六；《管子》五；舊題班固《漢武故事》五；漢班固《白虎通》四；舊題漢郭憲《洞冥記》四；《穆天子傳》四；舊題周太公望撰《六韜》三；漢劉向《新序》三；《墨子》二；《子思子》二；周辛鈃撰《文子》二；舊題孔鮒撰《孔叢子》二；漢賈誼《新書》二；漢荀悅《申鑒》二；舊題漢東方朔《神異經》二；舊題漢東方朔《海內十洲記》二；《魯連子》一；《田俅子》一；漢班固《漢武內傳》一；漢桓寬《鹽鐵論》一；漢王符《潛夫論》一；周慎到撰《慎子》一；舊題周關尹喜撰《關尹子》一。

石刻用典形式先秦兩漢諸子類來源文獻共有三十九種，有石刻用典形式八三六個，占總數四二一五個的百分之十九點八三。

石刻用典形式經、史、子類（先秦兩漢時期）來源文獻共有一〇一種，有石刻用典形式三四〇四個，占總數四二一五個的百分之八十點七六。

二　石刻用典形式先秦兩漢來源文獻

除經、史、子類來源文獻外，石刻用典形式先秦兩漢來源文獻共有四十九種，有石刻用典形式一七八個。根據內容的不同，我們將石刻用典形式先秦兩漢來源文獻分為辭賦、評論、典章制度、專著、書序表、讖緯書等六類。

辭賦：《楚辭》三十八；漢張衡〈西京賦〉十七；戰國宋玉〈高唐賦〉十六；戰國宋玉〈對楚王問〉五；漢班固〈東都賦〉四；漢王褒〈聖主得賢臣頌〉四；漢崔瑗〈座右銘〉四；漢王延壽〈魯靈光殿賦〉三；漢劉楨〈贈五官中郎將〉三；漢無名氏〈古詩十九首〉三；漢枚乘〈七發〉二；戰國宋玉〈風賦〉一；漢賈誼〈弔屈原文〉一；

漢張衡〈東京賦〉一；漢張衡〈四愁詩〉一；漢班固〈西都賦〉一；
漢班固〈答賓戲〉一；漢揚雄〈〈長楊賦〉序〉一；漢揚雄〈羽獵
賦〉一；漢張衡〈南都賦〉一；漢李陵〈與蘇武〉一；〈橫吹曲辭
五〉一。

評論：漢孔融〈汝穎優劣論〉十；漢東方朔〈答客難〉三；漢桓
譚《新論》三；漢賈誼〈過秦論〉一；漢晁錯〈言兵事疏〉一；漢王
褒〈四子講德論〉一。

典章制度：漢應劭《漢官儀》七；漢衛宏《漢官舊儀補遺》二；
漢蔡質《漢官儀》一。

專著：漢蔡邕《琴操》八；漢劉向《別錄》五；《辛氏三秦記》
二。

書、序、表：漢孔安國《書・序》四；漢蔡邕〈讓尚書乞在閒冗
表〉二；漢鄒陽〈獄中上書自明〉二；漢司馬遷〈報任少卿書〉一；
漢東方朔〈與友人書〉一；漢揚雄〈答劉歆書〉一；漢王逸〈《楚
辭・天問》序〉一。

讖緯書：《尚書考靈曜》一；《易緯乾鑿度》一；《春秋佐助期》
一；《春秋元命苞》五；《春秋感精符》一；《春秋孔錄法》一；《春秋
演孔圖》一；《尚書帝命驗》一。

三 石刻用典形式魏晉南北朝來源文獻

史書類來源文獻外，石刻用典形式魏晉南北朝來源文獻共有八十
二種，有石刻用典形式四三五個。根據文獻內容的不同，我們將石刻
用典形式魏晉南北朝來源文獻分為詩賦、志怪軼聞小說、評論專著、
地理歷史風俗、散文傳記、書序、佛經等七類。

（一）詩、賦：三國魏曹植〈洛神賦〉八；晉潘岳〈閑居賦〉

六；晉潘岳〈西徵賦〉四；晉束皙〈補亡詩〉四；北周庾信〈枯樹賦〉四；南朝宋謝惠連〈雪賦〉四；南朝宋鮑照〈代白頭吟〉四；三國魏曹操〈步出夏門行〉三；晉郭璞〈遊仙詩〉三；晉陸機〈歎逝賦〉三；晉陶潛〈飲酒〉三；晉傅玄〈短歌行〉三；晉陸機〈為顧彥先贈婦〉二；晉潘岳〈悼亡詩〉二；晉潘岳〈楊仲武誄〉二；南朝宋顏延之〈五君詠〉二；三國魏曹操〈短歌行〉一；三國魏曹植〈君子行〉一；晉左思〈吳都賦〉一；晉左思〈魏都賦〉一；晉左思〈招隱詩〉一；晉傅玄〈九曲歌〉一；晉陸機〈招隱詩〉一；南朝宋謝瞻〈張子房〉一；南朝梁元帝〈秋夜〉一；南朝梁王僧孺〈吏部郎表〉一。

（二）志怪、軼聞小說：南朝宋劉義慶《世說新語》一一七；葛洪《神仙傳》二十三；葛洪《西京雜記》二十；晉王嘉《拾遺記》二十四；晉干寶《搜神記》十三；東晉裴啟《語林》十二；張華《博物志》十一；晉伏琛《三齊略記》三；南朝宋劉義慶《幽明錄》三；南朝宋鄭緝之《永嘉郡記》三；南朝梁吳均《續齊諧記》三；南朝梁任昉《述異記》三；南朝宋劉叔敬《異苑》二；託名陶潛《搜神後記》二；三國吳《曹瞞傳》一；晉葛洪《枕中書》一。

（三）評論、專著：晉虞喜〈安天論〉六；晉陸機〈文賦〉五；晉崔豹《古今注》五；南朝梁徐陵《玉臺新詠》五；南朝梁鍾嶸《詩品》二；南朝梁蕭統《文選》二；三國魏曹丕《典論》一；三國魏曹丕《與朝歌令吳質書》一；三國魏劉劭、王象《皇覽》一；晉戴逵《竹林七賢論》一。

（四）地理、歷史、風俗：《三輔黃圖》十二；南朝梁宗懍《荊楚歲時記》七；晉陸翽《鄴中記》四；晉顧微《廣州記》三；晉法顯《佛國記》三；晉習鑿齒《襄陽記》三；晉陸機《洛陽記》二；晉劉欣期《交州記》二；晉鄧德明《南康記》一；北魏楊衒之《洛陽伽藍記》一；南朝齊劉澄之《梁州記》一。

（五）散文、傳、記：晉陶潛〈五柳先生傳〉三；南朝梁慧皎《高僧傳》三；晉陶潛〈桃花源記〉二；《蓮社高賢傳》二；三國魏李康〈遊山序〉一。

（六）書、序：三國魏曹操《遺令》一；晉范甯《〈穀梁傳〉序》二；晉潘岳《〈秋興賦〉序》一；晉向秀《〈思舊賦〉序》三；晉杜預《〈春秋經傳集解〉序》二；晉庾亮〈答郭預書〉一；南朝宋范泰《〈鸞鳥〉序》六。

（七）佛經、道教文：晉葛洪《抱朴子》十；後秦鳩摩羅什譯《法華經》七、《維摩經》六、《金剛般若波羅蜜經》五；《靈寶天地運度經》三；後秦佛陀耶舍、竺佛念譯《長阿含經》一。

四　幾種特殊情況

（一）少量石刻用典形式來源文獻為唐、五代文獻。

唐張讀《宣室志》一；唐希運《黃蘗山斷際禪師傳心法要》二；五代王定保《唐摭言》一。

（二）少量石刻用典形式因其來源文獻損毀，或由於其它原因，現在能見到的與之有關的較早文獻，其時代晚於石刻語料用例時代。

1　北宋釋道誠《釋氏要覽》二。

唐〈法琬塔碑〉：「至迺論堂霞闢，曳褋成陰，法座雲懸，飛錫連影，人同竹葦。」（20.080）

「飛錫」，稱僧人遊方；較早見於宋道誠《釋氏要覽》[49]卷下：「今僧遊行，嘉稱飛錫。此因高僧隱峰游五臺，出淮西，擲錫飛空而

---

49 〔日〕小野玄妙等編校：《大正新修大藏經》（臺北市：佛陀教育基金會，1990年），卷54，頁298。

往也。若西天得道僧，往來多是飛錫。」晉孫綽〈游天台山賦〉：「王喬控鶴以衝天，應真飛錫以躡虛。」

2　宋釋道原《景德傳燈錄》二。

唐〈朱孝誠墓碑〉：「保護塞垣，萬代之利，攻心斷臂，復睹於今。」（30.005）

「斷臂」，指心誠；較早見於宋道原《景德傳燈錄》[50]。卷三載：南北朝時，僧神光聞達摩在沙林，遂往。彼晨夕參承，莫聞誨勵，乃斷臂置師前。後達摩遂傳衣鉢與神光，是為禪宗二祖慧可。唐賈島《贈紹明上人》詩：「祖豈無言去，心因斷臂傳。」

3　唐釋道世《法苑珠林》一。

唐〈阿育王寺常住田碑〉：「天花未雨，宿傳龍界之香；地籟無風，時起魚山之梵。」（30.142）

「魚山之梵」，指佛教梵唄；較早見於唐道世《法苑珠林》[51]卷三十六：「（陳思王曹植）賞遊魚山，忽聞空中梵天之響，清雅哀婉，其聲動心，獨聽良久……乃摹其聲節，寫為梵唄，撰文制音，傳為後式。梵聲顯世，始於此焉。」雖記曹植事，其文獻時代當屬唐代，然則作者恐非杜撰，必有所據，其所據文獻當早於唐。此條至少是同時代引用形成用典形式。

（三）部分難以查檢的文獻，注明其被引文獻。

1　〈龍魚河圖〉六：《史記・五帝本紀》[52]「而蚩尤最為暴，莫能伐」張守節正義引。

2〈孔融家傳〉一：《後漢書・孔融傳》[53]「融幼有異才」李賢注引。

3 王愔〈文志〉三：《後漢書・張奐傳》[54]「長子芝，字伯英，最知名」李賢注引。

4〈虞翻別傳〉三：《三國志・虞翻傳》[55]「又為《老子》、《論語》、《國語》訓注，皆傳於世」裴松之注引。

5《衛玠別傳》六：《世說新語・賞譽下》[56]：「〔王平子〕每聞衛玠言，輒歎息絕倒。」南朝梁劉孝標注引。

6《陶侃別傳》二：《世說新語・賢媛》[57]「陶公少時作魚梁吏」劉孝標注引。

7《孫氏世錄》五：《文選・任昉〈為蕭揚州薦士表〉》[58]：「至乃集螢映雪，編蒲緝柳。」李善注引。

8《樂葉圖》一：《文選・班固〈西都賦〉》[59]：「周以鉤陳之位，衛以嚴更之署。」李善注引。

9《廬江七賢傳》一：《北堂書鈔》[60]卷九七引。

---

53 〔南朝宋〕范曄：《後漢書》（北京市：中華書局，1965年），頁2261。

54 〔南朝宋〕范曄：《後漢書》（北京市：中華書局，1965年），頁2144。

55 〔晉〕陳壽撰，〔南朝宋〕裴松之注：《三國志》（北京市：中華書局，1982年），頁1323。

56 〔南朝宋〕劉義慶撰，〔南朝梁〕劉孝標注，余嘉錫箋疏：《世說新語箋疏》（北京市：中華書局，2007年），頁530。

57 〔南朝宋〕劉義慶撰，〔南朝梁〕劉孝標注，余嘉錫箋疏：《世說新語箋疏》（北京市：中華書局，2007年），頁813。

58 〔南朝梁〕蕭統撰，〔唐〕李善注：《文選》（上海市，上海古籍出版社，1986年），頁1745。

59 〔南朝梁〕蕭統撰，〔唐〕李善注：《文選》（上海市，上海古籍出版社，1986年），頁15。

60 〔唐〕虞世南：《北堂書鈔》（北京市：學苑出版社，1998年）。

10　《魯女生別傳》一：《太平御覽》[61]卷九一引。

（四）少量不知如何查檢的文獻。

《黃帝出軍決》一。

五　石刻用典形式來源文獻辨析舉例

1　《東觀漢記》、《東漢觀記》辨

「脂膏不潤」，喻為官廉以自守，不改清操。

北魏〈元頊墓誌〉：「脂膏不潤，貪泉必酌。」（5.167）

隋〈田德元墓誌〉：「弱冠昇幕，能聲早振，纖介無私，脂膏不潤。」（10.055）

隋〈隋故豫章郡掾田府君（德元）墓誌〉：「纖介無私，脂膏不潤。」（新出陝西2.009）

唐〈蕭慎墓誌〉：「政遵五美，化表三河，請謁絕門，脂膏不潤。」（13.173）

唐〈通君妻閻玄墓誌〉：「激清風於千里，揚慧化於三齊，浦耀明珠，車流甘澤，脂膏不潤，酌飲無貪，政績之隆，唯公得之矣。」（15.065）

唐〈王玄起墓誌〉：「三命滋恭，粥以糊其口；一同垂化，脂膏不潤其身。」（20.086）

唐〈王基墓誌〉：「脂膏不潤，威惠自居，旬月之間，政聲斯洽，古稱三善，亦奚以加。」（21.033）

唐〈李貞墓誌〉：「父貞，惠和溫肅，英懿柔良，孤立玉峰，秀兼文史，曉為泉徹，迥鑒人倫，累歷清資，脂膏不潤。」（23.121）

61　〔宋〕李昉等：《太平御覽》（北京市：中華書局，1960年），頁3999。

　　《漢語典故大辭典》「脂膏不潤」源自《東漢觀記・孔奮傳》：
「奮在姑臧四年，財物不增，惟老母極膳，妻子但菜食。或嘲奮曰：
『直脂膏中，亦不能自潤。』而奮不改其操。」

　　我們認為《東漢觀記》當為《東觀漢記》之誤。

　　從內容來看：《東觀漢記・孔奮傳》[62]：「奮素孝，供養至謹，在
姑臧唯老母極膳，妻子飯食蔥芥，時人笑之。或嘲奮曰：『置脂膏
中，不能自潤。』而奮不改其操。」吳樹平注：聚珍本作「奮在姑臧
四年，財物不增，惟老母極膳，妻子但菜食。或嘲奮曰：『直脂膏
中，亦不能自潤。』而奮不改其操。」吳注聚珍本內容與《漢語典故
大辭典》所引完全一致。經作者校勘，認為「聚珍本連綴失次，不可
據。」

　　從書名來看：章帝、和帝開始，東觀成了文化學術活動的主要場
所。從劉珍開始，《東觀漢記》的撰修地點便轉移到了東觀。當時雖
未以「東觀」作為書名，但謂之《漢記》，後人冠以「東觀」。《東漢
觀記》則難以理解；「觀記」，未見其它史書用此名字。

　　既然內容不可據，書名不合理，我們以為《東漢觀記》當為《東
觀漢記》之誤。

2 《典略》、《三國典略》辨

　　唐《上官義墓誌》：「望秦說綺，臨吳識練，幾愈頭風，方資舌
電。」（15.102）

　　「愈頭風」，稱讚他人詩文精闢動人；較早見於《三國志・陳琳
傳》[63]「軍國書檄，多琳瑀所作也」裴松之注引《典略》：「琳作書及

62　吳樹平：《東觀漢記校注》（北京市：中華書局，2008年），頁584。

63　〔晉〕陳壽撰，〔南朝宋〕裴松之注：《三國志》（北京市：中華書局，1982年），頁
　　601。

檄，草成呈太祖。太祖先苦頭風，是日疾發，臥讀琳所作，翕然而起曰：『此愈我病。』數加厚賜。」

《典略》是三國魏魚豢所撰。《舊唐書·經籍志上》[64]：「《魏略》三十八卷，魚豢撰；《典略》五十卷，魚豢撰。」《三國典略》是一部由唐玄宗時期學者丘悅編寫的編年體史書，它記錄了西魏及北周、東魏及北齊、梁及陳三方面的重要歷史。《漢語典故大辭典》「裴松之注引三國魏魚豢《三國典略》」，誤。

3 《樂葉圖》、《樂汁圖》辨

隋〈陳叔明墓誌〉：「曲臬地擬，應韓近衛，鉤陳寄深。」（10.116）

隋〈伍道進墓誌〉：「公志業雄舉，秉心淵塞，戎章峻重，鉤陳寄深。」（10.124）

唐〈獨孤開遠墓誌〉：「於時，突厥縱右校之名王，驅左袵之勁卒，矢及樓雉，兵擾鉤陳。」（11.105）

唐〈李孝同墓碑〉：「鉤陳效職，庶長奉於紫宸；劍折貽妖，遽歸全於元夜。」（15.113）

唐〈董力墓誌〉：「公大唐初任左勳衛，爪牙青禁，翊衛丹墀，巡警羽林之前，陪奉鉤陳之後。」（16.074）

唐〈樂玉墓誌〉：「警侍鉤陳，帶珠星而積效；嚴更蘭錡，臨璧月而誠勤。」（16.104）

唐〈獨孤守義墓誌〉：「整斯蘭錡，肅彼鉤陳，賞鑒渾金，任申陶壁。」（17.032）

唐〈張元墓誌〉：「祖方，隋任三衛；鉤陳設衛，七萃開警夜之文；壁壘為虞，五戎啟司天之略。」（18.026）

---

64 〔後晉〕劉昫：《舊唐書》（北京市：中華書局，1975年），頁1989、1994。

　　唐〈周履潔墓誌〉：「洛陽京兆，早扇仁風，禁衛鉤陳，夙懷武略。」（19.061）

　　唐〈楊思玄墓誌〉：「入丹墀而警衛，譽重鉤陳；出合浦而宣風，聲流皂蓋。」（20.012）

　　「鉤陳」，指後宮。《漢語典故大辭典》：《文選‧班固〈西都賦〉》：「周以鉤陳之位，衛以嚴更之署。」李善注引《樂葉圖》：「鉤陳，後宮也。」上海古籍本《文選》[65]引作《樂汁圖》。《太平御覽》[66]卷六引《樂汁圖》：「天宮，紫微宮也；鉤陳，後宮也；大當，正妃也。」「葉」、「汁」簡體形近，疑為傳抄訛誤。我們無確切證據辨明正訛，存疑。

六　石刻用典形式來源文獻簡要評述

　　資料表明，石刻用典形式的主要來源文獻是經書類文獻、史書類文獻和先秦、兩漢諸子類文獻。石刻用典形式經、史、子類來源文獻共有一○一種，有石刻用典形式三四○四個，占總數四二一五個的百分之八十點七六。其中經書類來源文獻種類最少，共有十七種，來源於其中的石刻用典形式卻最多，有一三八二個，占總數的百分之三十二點七九。史書類來源文獻共有四十五種，有石刻用典形式一一八六個，占總數的百分之二十八點一四。先秦兩漢諸子類來源文獻共有三十九種，有石刻用典形式八三六個，占總數的百分之十九點八三。

　　經書類來源文獻包括十三經和《春秋》、《大戴禮記》。其中《詩》、《左傳》、《論語》、《禮記》、《易》、《書》貢獻最大，來源於其

65　〔南朝梁〕蕭統撰，〔唐〕李善注：《文選》（上海市，上海古籍出版社，1986年），頁15。

66　〔宋〕李昉等：《太平御覽》（北京市：中華書局，1960年），頁31。

中的石刻用典形式數量都超過一三〇個,在所有來源文獻中均居前十位。《詩》是我國第一部詩歌總集,從漢代以來被定為儒家經典,它的思想性和藝術成就,在我國有極高的地位,對後世影響最大。來源於《詩》的石刻用典形式主要涉及愛情、節操、孝悌、禮制、人物、自然等多個方面。《左傳》是《春秋左氏傳》的簡稱,是配合《春秋》的編年史。《春秋》僅僅是最簡括的歷史大事記,語言過於簡單,《左傳》則詳載其本末及有關佚聞瑣事。《左傳》內容豐富多彩,涉及政治、外交、軍事、天道、鬼神、災祥、卜筮等諸多方面,其思想性、文學性都對後世影響很大;《春秋》、《公羊傳》、《穀梁傳》在這方面遜色不少,產生的石刻用典形式數量都非常少。來源於《左傳》的石刻用典形式主要涉及故實、征戰、人物、禮聘、報施、愛情等方面。《論語》雖較晚列入十三經,但它主要是記錄儒家學派創始人孔子言行的書,語言簡練,用意深遠,於孝悌、忠信、禮儀等方面闡述較多。來源於《論語》的石刻用典形式主要涉及事理、節操、孝悌、禮制、人物等方面。《禮記》主要記載和論述先秦的禮制、禮儀,內容廣博,涉及政治、法律、道德、哲學、歷史、祭祀、文藝、日常生活、曆法、地理等諸多方面,集中體現了先秦儒家的政治、哲學和倫理思想。《周禮》是記載古代設官分職的政典,偏重政治制度;《儀禮》記載的主要是冠、昏、喪、祭、朝聘、宴享等典禮的詳細儀式,偏重行為規範。從三者的內容及石刻語料的特殊性考慮,來源於《禮記》的石刻用典形式遠遠多於《周禮》、《儀禮》就可以理解了。來源於《大戴禮記》的石刻用典形式較少,估計與該書沒有被列入學官有直接關係。來源於《禮記》的石刻用典形式主要涉及禮制、孝悌、人物等方面。

　　史書類來源文獻主要是正史,二十四史裏有十一種。來源於《史記》、《漢書》、《後漢書》的石刻用典形式最多,都超過二〇〇個,在

所有來源文獻中均居前十位。《史記》是我國歷史學上一個劃時代的標誌，是一部「究天人之際，通古今之變，成一家之言」的偉大著作。它的記事，上自黃帝，下至武帝太初年閒，全面地敘述了我國上古至漢初三千年來的政治、經濟、文化多方面的歷史發展，是我國古代歷史的偉大總結。在「本紀」、「世家」、「列傳」中所寫的生動鮮明的歷史人物的英雄事蹟和思想性格，為石刻語料所涉人物借鑒、比較可資者甚多。來源於《史記》的石刻用典形式主要涉及人物、故實等方面。來源於《三國志》、《晉書》、《宋書》的石刻用典形式分別為五十個、十七個、十個。來源於其它五史的石刻用典形式均不足十個。正史之外有三十四種史書，來源於其中的石刻用典形式有二三二個，其中《戰國策》五十五；漢劉向《列女傳》三十五；漢劉珍等《東觀漢記》二十五；《國語》二十一；《晏子春秋》十；三國吳謝承《後漢書》十；漢趙曄《吳越春秋》十。

　　先秦兩漢諸子類來源文獻中最突出的是《莊子》，來源於其中的石刻用典形式超過三〇〇個，是唯一一個在所有來源文獻中居前十位的諸子類來源文獻。莊子是先秦道家學派的代表人物，《莊子》大量採用並虛構寓言故事，深於比興，善用比喻說明事理，來源於其中的石刻用典形式主要是用比喻來解說事理的相關寓言內容。來源於《淮南子》、《呂氏春秋》、《韓非子》、《老子》、《列子》、《列仙傳》的石刻用典形式均超過三十個；十個以上的有《法言》、《風俗通》、《山海經》、《論衡》、《獨斷》、《孔子家語》、《荀子》。

　　經、史、子類來源文獻外，石刻用典形式先秦兩漢來源文獻主要涉及辭賦、評論、典章制度、書序表、讖緯等。以數量而論，來源於其中的石刻用典形式最多的是《楚辭》，有三十八個；其次是宋玉〈高唐賦〉、張衡〈西京賦〉、孔融《汝穎優劣論》，均有十個以上。

　　有些作者有多篇作品成為石刻用典形式來源文獻。最多的是漢班

固，有《白虎通》、《漢武故事》、〈東都賦〉、〈西都賦〉、〈答賓戲〉、《漢武內傳》等；其次是漢揚雄的《法言》、〈答劉歆書〉、〈〈長楊賦〉序〉、〈羽獵賦〉；漢劉向的《列仙傳》、《說苑》、《新序》、《別錄》；漢張衡的〈西京賦〉、〈東京賦〉、〈四愁詩〉、〈南都賦〉；漢東方朔的《神異經》、《海內十洲記》、〈答客難〉、〈與友人書〉；其餘有戰國宋玉的〈高唐賦〉、〈對楚王問〉、〈風賦〉；漢賈誼〈弔屈原文〉、〈過秦論〉、〈新書〉；漢蔡邕《獨斷》、《琴操》、〈讓尚書乞在閒冗表〉；漢應劭《風俗通》、《漢官儀》。

讖緯書主要有《春秋元命苞》、《春秋佐助期》、《春秋感精符》、《春秋孔錄法》、《春秋演孔圖》、《尚書帝命驗》、《尚書考靈曜》、《易緯乾鑿度》，來源於其中的石刻用典形式都很少。

史書類來源文獻外，石刻用典形式魏晉南北朝來源文獻主要涉及詩賦、志怪軼聞小說、評論專著、地理歷史風俗散文、傳記、書序、佛經等，除南北朝民歌暫未見外，其間幾乎所有的文學形式都成為石刻典故詞產生的土壤。

魏晉南北朝時期文學最有成就的方面是詩歌，從建安時期的曹操、曹植，再到晉左思、陶潛、陸機、潘岳等，直至南朝宋鮑照等代表人物的作品在石刻用典形式來源文獻中都有體現。如：曹操〈步出夏門行〉、〈短歌行〉；曹植〈君子行〉；左思〈招隱詩〉；陶潛〈飲酒〉；陸機〈招隱詩〉；潘岳〈悼亡詩〉；鮑照〈代白頭吟〉；等等。賦在這一時期的藝術感染力大大提高，曹植、左思、潘岳、庾信等代表人物的作品自然會受到作手的喜愛，成為石刻用典形式來源文獻。如：曹植〈洛神賦〉；左思〈吳都賦〉、〈魏都賦〉；潘岳〈西徵賦〉、〈閑居賦〉；庾信〈枯樹賦〉；等等。來源於這些文獻的石刻用典形式數量較少，基本都在十個以下。

魏晉南北朝時期出現了大量的志怪小說和記錄人物軼聞瑣事的小

說，具有深刻的社會意義，藝術成就較高。最著名的是南朝宋劉義慶《世說新語》，來源於其中的石刻用典形式超過一○○個。《世說新語》主要記述了漢末至東晉的士族階層人物的遺聞軼事，比較清楚地反映了士族階級的精神面貌與生活方式。《世說新語》暴露了士族階級的窮奢極欲的生活，兇殘暴虐、貪婪慳吝的本性，也記載了一些看重事功、反對清言、不阿附權勢、忠於友情、顧全大局的事例，人物栩栩如生，語言精練含蓄、雋永傳神，對後世文學有深遠的影響；其中有許多故事都成為典故。來源於其中的石刻用典形式主要是關於人物的品德、才能方面。其它還有王嘉《拾遺記》、葛洪《神仙傳》、葛洪《西京雜記》、干寶《搜神記》、張華《博物志》、裴啟《語林》等，來源於其中的石刻用典形式均超過十個。

三國魏曹丕《典論》、晉陸機《文賦》、南朝梁鍾嶸《詩品》等專著，是魏晉南北朝時期文學批評和文學理論的成果，也是石刻用典形式來源文獻。

散文以晉陶潛的〈五柳先生傳〉和〈桃花源記〉、北魏楊衒之《洛陽伽藍記》為代表，也出現了不少關於地理、風俗的石刻用典形式來源文獻，如：《三輔黃圖》、晉陸機《洛陽記》、晉劉欣期《交州記》、晉陸翽《鄴中記》、晉習鑿齒《襄陽記》、晉鄧德明《南康記》、晉顧微《廣州記》、晉法顯《佛國記》、南朝梁宗懍《荊楚歲時記》、南朝齊劉澄之《梁州記》等。

昭明太子蕭統編訂的《文選》選錄了自先秦到齊梁時期的許多詩文作品，唐李善注釋後廣泛流傳，宋人諺語說：「文選爛，秀才半」（陸游《老學庵筆記》）。石刻用典形式來源文獻裏有不少都被《文選》選錄，我們在確定來源時依據實際情況一般都沒有把《文選》作為來源文獻。南朝梁徐陵編成的《玉臺新詠》是一部現存的較早的詩歌總集。這兩種文獻裏都產生了一些石刻用典形式。

　　佛教在東漢時傳入，到兩晉時期興盛，佛經被大量翻譯出來。佛教與儒、道之間的鬥爭，對文化思想產生了深刻的影響。石刻用典形式佛經來源文獻主要有後秦鳩摩羅什譯《法華經》、《維摩經》、《金剛般若波羅蜜經》；後秦佛陀耶舍、竺佛念譯《長阿含經》、《靈寶天地運度經》。晉葛洪《抱朴子》分為〈內篇〉和〈外篇〉。〈內篇〉主要講述神仙方藥、鬼怪變化、養生延年等，屬於道家的範疇。〈外篇〉屬於儒家的範疇。《抱朴子》將玄學、道教神學、儒學、仙學等統統納為一體之中，確立了道教神仙理論體系。來源於《抱朴子》的石刻用典形式超過十個。

第三章
石刻用典形式變體研究

　　從用典者提煉用典形式的方式來看，一般情況下，用典形式是用典者直接從典故中提煉出來的或對已有用典形式再加工後形成的用來服務於表達需要、具有特殊含義的語言形式。直接從典故中提煉用典形式的難度要大一些，不僅需要深厚的文獻功底，還要有較強的歸納概括能力等。相對而言，對已有用典形式的再加工要容易一些。當一個經典的、受人喜愛的典故形成後，人們大多會從不同的角度去挖掘典故不同方面的含義，或直接加工已有用典形式，從而形成與已有用典形式類似的用典形式。應當承認，目前所見的用典形式中，有相當一部分是直接加工已有用典形式而形成的，只是我們難以去辨別而已。因此，在談到用典形式的形成時，我們通常只統言對典故的加工，而不談對已有用典形式的加工，但不能因此就忽略或否認這種方式的存在。對一個特定的典故而言，用典形式的形成主要受使用者、使用時代、使用文體、使用語境、表達需要等因素的制約。相同的典故，使用者不同，在言語作品中的表現形式可能不同；相同的典故，同一個使用者，使用語境不同，在言語作品中的表現形式也可能不同；相同的典故，同一個使用者，同樣的語境，表達需要不同，在言語作品中的表現形式也同樣可能會不同。可見，用典形式的影響因素較多，形式富於變化。石刻語料中的用典形式同樣是千變萬化，特別是存在很多變體。

第一節　石刻用典形式變體

一　石刻用典形式變體定義

我們知道，有很多典故，以之為來源的用典形式不止一個，這些源自同一典故的多個用典形式我們稱之為同源用典形式。同源用典形式之間，從意義上看，有的相同、相近或相關，有的差別較大、意義迥異，甚或毫無聯繫；從形式上看，有的相似、相關，存在一定的內在聯繫，有的則難以找到合理的關聯。我們這裏，不是考察同源用典形式的全部，只是考察同源用典形式中意義相同、相近或相關，形式上存在由此到彼的內在聯繫的用典形式。這些用典形式之間的內在關聯、形成原因等，是我們將要考察的主要方面。由於這些用典形式之間的主要差異為形式上的變化，為了稱說方便，我們把這樣的用典形式稱為用典形式變體。也就是說，用典形式變體是指來源相同，意義相同、相近或相關，形式上存在由此到彼的內在聯繫的用典形式。

之所以稱為變體，是因為這些同源用典形式之間的差異主要是基於相同、相近或相關的意義基礎之上的形式變化，而不是因為存在一個正體之類的用典形式。我們認為，用典形式變體相互之間是平等的，沒有必要作正體、變體之分。或許它們產生的時間有早晚之差，被後人使用的次數有多少之別，為後人所熟知的程度有熟悉和陌生之異，等等，所有這些不同、差異等都不足以使一個用典形式變體在地位上高出其它變體，取得正體的資格。因為如果追根溯源的話，產生時間較早的用典形式應當是其它用典形式變體的變化之本，但產生時間較早的用典形式，不一定就是為後人使用次數較多的，也不一定是最為後人所熟知的。就算有一些用典形式變體由於某種原因，比如更為人所熟知等，似乎取得了正體的資格，這種「正體」也只是少數，

取得這種資格的條件也難以普遍應用。可見，對用典形式變體進行正體、變體之分將在細則的確定和可操作性等方面遇到難以預料的困難。雖然，本書的區別，主要是基於調查分析過程中描述的方便。而且，我們主要關心的是用典形式背後的變化原因、構成方式等。

石刻用典形式變體是指石刻語料中來源相同，意義相同、相近或相關，形式上存在由此到彼的內在聯繫的用典形式。

來源相同是指石刻用典形式的來歷出處相同，這是確認是否石刻用典形式變體的首要條件。如：

「折檻」、「攀檻」，較早見於《漢書·朱雲傳》[1]：「至成帝時，丞相故安昌侯張禹以帝師位特進，甚尊重。雲上書求見，公卿在前。雲曰：『今朝廷大臣上不能匡主，下亡以益民，皆尸位素餐……臣願賜尚方斬馬劍，斷佞臣一人以厲其餘。』上問：『誰也？』對曰：『安昌侯張禹。』上大怒，曰：『小臣居下訕上，廷辱師傅，罪死不赦。』御史將雲下，雲攀殿檻，檻折。雲呼曰：『臣得下從龍逢、比干游於地下，足矣！未知聖朝何如耳？』」因左將軍辛慶忌叩血相諫，朱雲得免罪。及後當治檻，上曰：「勿易！因而輯之，以旌直臣。」

「折檻」，稱頌直臣諍諫。「攀檻」同。

唐〈朱通墓誌〉：「兩漢天平，忠旌折檻；三吳地阻，威憑杖鉞。」（15.137）（咸亨元年）

唐〈大唐故亡宮三品尼金氏之柩銘〉：「當攀檻而節明，對辭輦而誠顯。」（新出陝西1.086）（永昌元年）

唐〈梁玄敏墓誌〉：「絕交起論，朱穆著美於前修；折檻申忠，朱雲見稱於往策。」（18.013）（長壽二年）

唐〈孫惠及妻李氏墓誌〉：「忠亮允昭，器宇弘達(達)，效明謀以

1　〔漢〕班固撰，〔唐〕顏師古注：《漢書》（北京市：中華書局，1962年），頁2915。

蹇節，志務埋輪；懷□言而匪躬，情逾折檻。」（20.028）

唐〈朱齊之墓誌〉：「或折抗言，請尚方之武劍；斷裳止慢，興齊國之儒風。」（21.077）（開元五年）

唐〈唐故金紫光祿大夫行鄜州刺史贈戶部尚書上柱國河東忠公楊府君（執一）墓誌銘〉：「常以攀檻抗詞，削草論奏，遂為賊臣張易之所忌，黜授洛州伊川府左果毅都尉。」（新出陝西2.087）（開元十五年）

唐〈唐故金紫光祿大夫行鄜州刺史贈戶部尚書上柱國河東忠公楊府君（執一）墓誌銘〉：「惟公秉列，抗議朝端。利見攀檻，肇允彈冠。」（新出陝西2.087）

唐〈崔君妻朱氏墓誌〉：「昔以忠仕漢，留折檻而表帝庭；棄綬還吳，不顧金而捐相位。」（25.009）（天寶元年）

唐〈朱光宙墓誌〉：「玉潤蘭芳，松堅霜淨，負薪非恥，折檻而競。」（25.124）（天寶六年）

唐〈唐故內寺伯祁府君（日進）墓誌銘〉：「其先或面折權臣，克彰攀檻之直；行歌樂道，終享會稽之榮。」（新出陝西2.159）（建中元年）

「折檻」、「攀檻」的來歷出處相同，具備了成為石刻用典形式變體的首要條件。

再如：「腸斷」、「斷腸」，較早見於《搜神記》卷二十[2]：「臨川東興，有人入山，得猿子，便將歸。猿母自後逐至家。此人縛猿子於庭中樹上，以示之。其母便搏頰向人，欲乞哀狀，直謂口不能言耳。此人既不能放，竟擊殺之。猿母悲喚，自擲而死。此人破腸視之，寸寸

2　〔晉〕干寶撰，汪紹楹校注：《搜神記》（北京市：中華書局，1979年），頁242。

斷裂。」另，南朝宋劉義慶《世說新語・黜免》[3]：「桓公入蜀，至三峽中，部伍中有得猿子者。其母緣岸哀號，行百餘里不去，遂跳上船，至便即絕。破視其腹中，腸皆寸寸斷。公聞之，怒，命黜其人。」

「腸斷」，形容極度哀傷、悲痛。「斷腸」同。

唐〈張希古墓誌〉：「梁木折，太山頹，三子腸斷，二女情摧。」（26.144）（天寶十五年）

唐〈獨孤君妻宇文氏墓誌〉：「千秋萬歲兮已矣，泣血斷腸兮豈知。」（全集3136）（建中三年）

唐〈劉明德墓誌〉：「啼猿斷腸，悲風不息。感烏銜塊，助於孝子。」（28.069）（貞元六年）

唐〈劉君妻郭氏墓誌〉：「嗚呼！父母腸斷，良人痛心。」（32.077）

唐〈王公晟妻張氏墓誌〉：「煙雲凝思兮埋古崗，風光聲哀兮成慘傷，陵谷變移兮朝與暮，寂寞終天兮堪斷腸。」（33.033）

「腸斷」、「斷腸」的來歷出處相同，具備了成為石刻用典形式變體的首要條件。

除了來源相同外，石刻用典形式的意義也要相同、相近或相關，這是確認是否石刻用典形式變體的基礎條件。仍如上兩例：「攀檻」、「折檻」意義相近，謂稱頌直臣諍諫。「腸斷」、「斷腸」意義相近，形容極度哀傷、悲痛。

來源相同的石刻用典形式，如果意義相去太遠，就不具備成為石刻用典形式變體的基礎條件。如：

「全牛」、「肯綮」，較早見於《莊子・養生主》[4]：庖丁為文惠君

3　〔南朝宋〕劉義慶撰，〔南朝梁〕劉孝標注，余嘉錫箋疏：《世說新語箋疏》（北京市：中華書局，2007年），頁1014-1015。

4　〔清〕郭慶藩撰，王孝魚點校：《莊子集釋》（北京市：中華書局，2004年），頁117-119。

解牛時,「奏刀騞然,莫不中音」,文惠君驚歎其技藝之妙。庖丁釋刀對曰:「始臣之解牛之時,所見無非全牛者。三年之後,未嘗見全牛也。方今之時,臣以神遇而不以目視,官知止而神欲行,依乎天理,批大卻,導大窾,因其固然,技經肯綮之未嘗,而況乎大軱乎!」

「全牛」,喻技術熟練,到了得心應手的境界。「肯綮」,本指筋骨結合的地方,比喻事物的要害和關鍵。兩者意義差別明顯,雖來源相同,卻不具備成為石刻用典形式變體的基礎條件。

唐〈劉德師墓誌〉:「毓道全牛,齊名非指,含淳守樸,期之沒齒。」(15.114)

唐〈黃素墓誌〉:「屬城稱最,毗郡垂休,鳴絲狎雉,遊刃全牛。」(15.214)

唐〈張道墓誌〉:「靈機獨運,思律孤標,夙蘊屠龍之才,早悟全牛之術。」(18.019)

唐〈鄭逞墓誌〉:「投刃詎留於肯綮,遇物必造於精微,未逾旬時,已多弘益。」(26.109)

後唐〈後唐故內樞密使推誠保運致理功臣驃騎大將軍守右驍衛上將軍知內侍省事上柱國清河縣開國伯食邑七百戶張公(居翰)墓誌銘〉:「遊刃不在於族庖,運斤合歸於匠伯。倘不分肯綮,重有圻堨,徒自貽譏,適堪取笑。」(新出陝西2.330)

滿足首要條件和基礎條件,在字形、字數或字序等方面有差異[5]的石刻用典形式,形式上必須存在由此到彼的變化關聯性,才能稱為石刻用典形式變體。如:「攀檻」、「折檻」,「攀」、「折」分別為其來歷出處中同一連續性的動作及其結果;「腸斷」、「斷腸」字序顛倒。至此,我們可以

———————————

5　這裏字形上的差異包括異體字,但異形詞不作差異處理。

說，「攀檻」、「折檻」是用典形式變體，因為它們來源相同，意義相同或相近，在形式上有一定聯繫；「腸斷」、「斷腸」亦是。

形式上存在由此到彼的變化關聯性是判斷是否石刻用典形式變體的關聯條件，必不可少。否則，即使來源相同，意義相同、相近或相關，也不應把這類用典形式看作變體。如：

「堅白」、「磨而不磷，涅而不緇」，較早見於《論語・陽貨》[6]：「不曰堅乎？磨而不磷；不曰白乎？涅而不緇。」磷，謂因磨而薄；緇，謂因染而黑。

「堅白」，形容志節堅貞，不可動搖；「磨而不磷，涅而不緇」，比喻操守堅貞，不受環境影響。

東魏〈蕭正表墓誌〉：「堅白聿懷，靈蛇斯握。善價方臻，良工始瑑。」（6.164）

唐〈束良墓誌〉：「五臺山下，雷郊振堅白之名；九成宮內，天旨降惟清之譽。」（20.075）

唐〈白義寶墓誌〉：「豈不以堅白其操，涅而不渝？孰能無求，更榮身後？」（23.135）

唐〈崔君妻朱氏墓誌〉：「父景微，有不群之量，堅白守真，咸昭彰文德，休有耿光，國寶家聲，充美天下。」（25.009）

唐〈成君墓誌〉：「公幼而習武，長而主兵，恭默其心，堅白其操，或福之善矣，豈禍之淫矣。」（25.131）（天寶六年）

唐〈大唐故朝議郎行河南府士曹參軍敦煌張公（仲暉）墓誌銘〉：「堅白如貫，忠貞有餘。」（新出陝西1.123）（天寶十二年）

唐〈車益墓誌〉：「守職清慎，吏徒敬之，策名立身，言行無點，精專堅白，慎終如初。」（30.138）（大和七年）

6　〔魏〕何晏集解，〔宋〕邢昺疏：《十三經注疏・論語注疏》（北京：中華書局，2003年），頁2525。

唐〈侯績墓誌〉:「允矣侯公,堅白無磷,位未充德,壽逾耳順。」
（30.181）

唐〈劉君妻霍氏墓誌〉:「學大戴禮,諷毛氏詩,堅白自持,秋毫
無隱,功備史冊,銘在景彝。」（32.122）

唐〈王公晟及妻張氏合葬志〉:「上天速禍兮殪忠良,抱堅白兮歸
泉堂。逝川杳日只如此,松檟風生徒自傷。」（33.100）

唐〈吳朗墓誌〉:「公至德玄沖,性托夷簡,言成規矩,動作楷
模。忘物我而無累情,絕是非而祛毀譽。可謂磨而不磷,涅而不緇者
也。」（11.203）

唐〈淨業塔銘〉:「磨而不磷,涅而不緇,博濟群有,是真法師。」
（22.061）

唐〈獨孤炫墓誌〉:「公毫髮無私,風霜轉勁,是知磨而不磷,涅
而不淄,與夫突梯取容,脂韋遠害,何其廓哉?」（24.029）

「堅白」、「磨而不磷,涅而不緇」來源相同,意義相近,但在形
式上沒有由此到彼的變化關聯性,不具備成為石刻用典形式變體的關
聯條件。

這種形式上由此到彼的變化關聯性比較難把握,再舉一例。

「鶺鴒」、「在原」,較早見於《詩・小雅・常棣》[7]:「脊令在
原,兄弟急難。」

「鶺鴒」,比喻兄弟;「在原」,指兄弟。

北魏〈元略墓誌〉:「令問令望,誰黨誰比。鶺鴒懷感,喪亂未
申。」（5.101）

唐〈柳侃墓誌〉:「鶺鴒興歎,花萼陳詩,鄉里歸其德,僚友稱其
悌。」（17.028）

---

7 〔漢〕孔安國傳,〔唐〕孔穎達等正義:《十三經注疏・尚書正義》（北京:中華書
　局,2003年）,頁408。

唐〈戴希晉墓誌〉：「唐棣暐焉，方悅遣連枝之茂；鶺鴒飛矣，俄傷一翼之摧。」（18.182）

唐〈高如詮墓誌〉：「鶺鴒和睦，資財共同，溫良恭儉，無所不通。」（27.144）（大曆十一年）

唐〈大唐故朔方左衙副兵馬使前中受降城使□節度副使開府儀同三司試秘書監臨洮郡開國公上柱國元府君（懷暉）之墓誌銘〉：「李弟懷英，喪事備矣，實彰鶺鴒，恭順也。」（新出陝西1.128）（建中元年）

唐〈劉建墓誌〉：「或曰鶺鴒群翥，聖代急難，延及子孫，餘慶未墜。」（28.142）（貞元十四年）

唐〈呂秀及妻霍氏合祔志〉：「弟皎次晏，並纏同氣之哀，永茹鶺鴒之痛。」（28.143）（貞元十四年）

唐〈唐會稽郡賀府君（從章）墓誌銘〉：「於戲！上天不福，降茲禍亂。淚琴瑟以分張，痛鶺鴒兮行斷。」（新出陝西2.237）（開成元年）

唐〈唐故弘農楊氏夫人（邊誠夫人）墓誌銘〉：「常懷義勇，頗著急難。友愛於鶺鴒，謙信於明執。」（新出陝西2.303）（咸通十一年）

北魏〈元略墓誌〉：「正光之初，元昆作蕃，投杼橫集，濫塵安忍，在原之痛，事切當時。」（5.101）

北魏〈元鑽遠墓誌〉：「長兄暉業，痛在原而莫追，悲桓山之絕響。一離同體，永辭偕老。淚結親知，哀動行路。」（5.190）

唐〈蓋蕃墓誌〉：「在原有切，陟崗增歎，花揚連跗，雁歸齊翰。」（15.133）

唐〈郭思訓墓誌〉：「嗣子審之，弟雍州武功縣尉思謨，並攀號擗踊，瀝泣摧心，長懷陟岵之哀，永結在原之思。」（20.137）

唐〈王杰墓誌〉：「兄俊、哲、乂，弟奇等，已傷陟岵之思，更軫

在原之慮，實冀荊條發茂，庇蔭蘭堂；誰言薤露早晞，沉埋蒿里。」
（21.003）（先天元年）

　　唐〈唐故徐州豐縣尉河間劉公（惟正）墓誌銘〉：「公之季曰無
怨，痛實在原，名高闕月，殷手足之戚，懷死喪之威。」（新出陝西
2.084）（開元十二年）

　　唐〈李弘亮墓誌〉：「公之介弟曰弘立，以在原之切，狀其往行，
見託詞僚，慮桑海推變，後嗣無仰，願志前烈，垂馨墓門。」
（29.140）（元和十四年）

　　唐〈魏仲俛墓誌〉：「送終既厚，在原之情。」（30.049）

　　唐〈支詢墓誌〉：「奄登長夜，情實痛乎聯荊；鍾彼在原，徒有留
於餘慶。」（32.129）

　　「鶺鴒」、「在原」來源相同，意義相近，但在形式上找不到由此
到彼的變化關聯性，缺少成為石刻用典形式變體的關聯條件。

　　石刻用典形式變體之間的這種變化關聯性是比較寬泛的，具有較
強的主觀性，不同的情況可能會出現不同的理解。但由於石刻用典形
式變體脫胎於典故，即便是使用者再加工已有石刻用典形式而形成的
石刻用典形式變體，也與典故本身有密切聯繫。因此，石刻用典形式
變體之間由此到彼的變化關聯性與其來歷出處密切相關，理解用典形
式變體之間的這種變化關聯性不能離開其來歷出處去隨意空談。

　　由於石刻用典形式變體本身具有複雜多樣性，這種變化關聯性也
同樣具有複雜多樣性。初步分析，石刻用典形式變體之間的變化關聯
主要有同根、注解、顛倒、拆分、組合、簡縮、同音、異體、假借、
古今字、訛誤字、反義、近義替換、修飾關係、虛詞關係、取象差
異、媒介聯繫等。這些變化關聯性在石刻用典形式變體之間的關係部
分會得到進一步闡釋。

　　總之，確認石刻用典形式變體至少必須有三個條件：來源相同，

意義相同、相近或相關，形式上存在由此到彼的變化關聯性，三個條件缺一不可。

　　石刻用典形式變體在石刻語料里數量眾多，形式多樣，對其進行考察研究具有多方面的意義。首先，有助於石刻語料的整理、釋讀等。石刻用典形式變體類別及成因等方面的考察有助於石刻語料的訛誤辨析；有助於石刻用典形式的辨識及溯源等。其次，有助於石刻語言詞彙的研究。全面梳理魏晉南北朝隋唐五代石刻用典形式變體，分析其在形式上的發展變化，對考察用典形式的產生、發展、演變等都有重要意義。第三，有助於辭書的編纂。研究石刻用典形式變體，對辭書的立目、釋義、書證的選用等有實際意義。

二　石刻用典形式變體的提取

　　從某種意義上說，用典形式不僅是使用者創造的形式，也是研究者提取的形式。從理論上講，用典形式是言語作品中有來歷出處的語言形式，這種形式在具體的語境中應當是明確而具體的；實際上，絕大多數用典形式是人們的研究成果，是從言語作品裏提取出來的。也就是說，雖然用典形式與包含它的言語作品是相伴而生的，但實際上，研究者往往不能像熟悉語言中的詞語一樣瞭解用典形式，預先並不知道用典形式的存在，以及以什麼樣的形式存在，而是要先考察言語作品，再從中分析出用典形式。然而，時至今日，關於用典形式的提取還沒有公認的、可操作的標準。對具體書證的相同相關成分來說，由於多種因素的影響，人們提取的用典形式可能並不相同，有時甚至會出現同一個研究者提取的用典形式都不同的情形。這不僅會產生冗餘的用典形式，也會使用典形式的提取更加混亂無序，讓人無所適從。我們試舉《漢語典故大辭典》裏的數例來說明。

（一）朝鞭、贈朝鞭

《漢語典故大辭典》裏的這兩個用典形式較早見於《左傳・文公十三年》[8]:「晉人患秦之用士會也……乃使魏壽余偽以魏叛者，以誘士會。」計得逞，秦使士會歸晉，臨行，「繞朝贈之以策，曰:『子無謂秦無人，吾謀適不用也。』既濟，魏人噪而還。」

「朝鞭」，送別時所贈的馬鞭。《漢語典故大辭典》書證:〈柳亞子懷人詩十章〉之八:「贈汝朝鞭還灑淚，寸心未死為恩仇。」

「贈朝鞭」，借指臨別贈言或致送書信。《漢語典故大辭典》書證:〈柳亞子《懷人詩十章〉之八:「贈汝朝鞭還灑淚，寸心未死為恩仇。」

從使用書證的角度來看，「朝鞭」、「贈朝鞭」的書證相同;從提取用典形式的角度來看，同一個書證的相同相關成分提取了「朝鞭」、「贈朝鞭」兩個不同的用典形式。「贈汝朝鞭還灑淚，寸心未死為恩仇」，作為「朝鞭」的書證，無誤;作為「贈朝鞭」的書證，似乎多出「汝」字。這且不說，只是「朝鞭」、「贈朝鞭」意義不同，「贈汝朝鞭」在詩句裏是解作贈「朝鞭」，還是解作「贈朝鞭」呢?《漢語典故大辭典》編者顯然是以為兩解都可以，未知讀者諸君是否贊同。也不知編者是根據「朝鞭」、「贈朝鞭」來尋找書證呢，還是由書證裏提取出這兩個用典形式?如果是根據用典形式來尋找書證，那麼，用典形式從何而來呢?我們猜測，「朝鞭」、「贈朝鞭」當是從書證裏提取出來的用典形式，不巧的是，這裏的書證是同一個。如前分析，無論是從意義上來說，還是從形式上來說，從這個書證裏提取的用典形式只可是「朝鞭」、「贈朝鞭」中的一個，另一個或別尋書證，或忍痛割愛。

8　〔晉〕杜預注，〔唐〕孔穎達等正義:《十三經注疏・春秋左傳正義》（北京市:中華書局，2003年），頁1852。

（二）垂衣、垂衣御

　　《漢語典故大辭典》裏的這兩個用典形式較早見於《易‧繫辭下》[9]：「黃帝、堯、舜垂衣裳而天下治，蓋取諸乾坤。」

　　「垂衣」，謂無為而治。《漢語典故大辭典》書證：唐太宗〈元日詩〉：「恭己臨四極，垂衣馭八荒。」

　　「垂衣御」，謂無為而治。《漢語典故大辭典》書證：唐李适〈麟德殿宴百僚〉詩：「恭己臨群后，垂衣御八荒。」

　　比較「垂衣馭八荒」與「垂衣御八荒」，兩者結構相同，意義相同，形式相近，「馭」、「御」相通。細察這兩個書證，雖有微異，實則一矣。兩者作書證，從中所提取的用典形式應當一致，至少在結構上如此。《漢語典故大辭典》卻前者取「垂衣」，後者取「垂衣御」。既然後者取「垂衣御」，前者為何不取「垂衣馭」呢？實際上，無論是「馭」還是「御」，在結構上都和「八荒」相屬，而不和「垂衣」相屬，「垂衣馭」於此處書證而言是打破語言結構的不合理形式，編者或失察乎？石刻語料有「垂衣」用例。

　　北魏〈元頊墓誌〉：「祖獻文皇帝，垂衣馭宇。」（5.167）

　　隋〈澧水石橋碑〉：「我皇帝垂衣秉歷，紐地補天，二曜連暉，五精合彩。」（9.114）

　　隋〈蔡君妻張貴男墓誌〉：「軒丘誕聖，化表垂衣。炎漢膺圖，謀宣帷幄。」（10.012）

　　唐〈張晈墓誌〉：「至於虞庠致禮，乞言之道斯光；鄉塾垂衣，忠誨之方允洽。」（12.105）

9　〔魏〕王弼，〔晉〕韓康伯注，〔唐〕孔穎達等正義：《十三經注疏‧周易正義》（北京：中華書局，2003年），頁87。

唐〈太上老君石像碑〉：「時凝卷領，化軼垂衣。乾坤交泰，書軌同歸。」（17.034）（垂拱元年）

唐〈大周故常州司法參軍事上柱國李府君（則政）墓誌銘〉：「若迺軒丘受符，垂衣光其遠派；塗山御籙，執帛傳其令績。」（新出陝西2.064）（聖曆三年）

唐〈張思道墓誌〉：「夫功崇惟志，業廣惟勤，才子趨班，垂衣道長。」（21.151）（開元九年）

唐〈嵩陽觀碑〉：「乃敦清淨，復淳樸，於是乎偃甲垂衣，示於無欲。」（25.053）

（三）寢丘

「寢丘」，較早見於《呂氏春秋・異寶》[10]：「孫叔敖疾，將死，戒其子曰：『王數封我矣，吾不受也。為我死，王則封汝，必無受利地。楚、越之間有寢之丘者，此其地不利，而名甚惡。荊人畏鬼而越人信禨，可長有者，其唯此也。』」另《史記・滑稽列傳》亦載，文字簡略，微異。

「寢丘」，借喻貧瘠的土地。《漢語典故大辭典》書證：清錢謙益〈漳浦劉府事墓誌〉：「先尹分甘讓肥，所自予者，皆寢丘之田。」

從意義來看，「寢丘之田」較之「寢丘」更能準確地體現「貧瘠的土地」之意義；從形式來看，「寢丘之田」是一個完整的句法結構形式，「寢丘」是一個割裂形式；從語源來看，「寢丘」是地名，若用來借喻貧瘠的土地，不如「寢丘之田」更形象易懂；從實際使用來看，「寢丘之田」有不少用例。如石刻語料用例：

唐〈大唐故司空太子太師贈太尉揚州大都督上柱國英國公（李）

10 許維遹：《呂氏春秋集釋》（北京市：中華書局，2009年），頁229-230。

續墓誌銘〉：「是以寢丘之田，絕膏腴之利；文終之第，隔輪奐之美。邁公儀之拔葵，甘次卿之脫粟，此則廉於財也。」（新出陝西1.067）

我們以為，此書證應當提取的用典形式為「寢丘之田」，惜乎《漢語典故大辭典》無。石刻語料另有「寢丘之陋」。

東魏〈李挺墓誌〉：「公早歷清途，夙延嘉譽，年徑盛衰，世變朝市，禮樂係其廢興，縉紳仰而成則，辭豫章之美，懷寢丘之陋，當時罕為對，天下服其名。」（6.086）

若根據《漢語典故大辭典》書證與所提取的用典形式之間的關係，此處似乎也可提取石刻用典形式「寢丘」。

（四）天喪斯文

「天喪斯文」，較早見於《論語・子罕》[11]：「子畏於匡，曰：『文王既沒，文不在茲乎？天之將喪斯文也，後死者不得與於斯文也；天之未喪斯文也，匡人其如予何？』

「天喪斯文」，感歎文士命蹇。書證：唐張賁〈酬襲美先見寄倒來韻〉：「尋疑天意喪斯文，故選茅峰寄白雲。」

未知編者何以將「天意喪斯文」之「意」略去，似有尋找「天喪斯文」而不得，勉強以「天意喪斯文」充數之嫌。石刻語料有用例：

唐〈趙越寶墓誌〉：「材高位下，有道無聞，如何不淑，天喪斯文。」（19.040）

唐〈竇說墓誌〉：「嗟乎！道之不行，秀而不實，天殲其德，天喪斯文哉！」（26.023）

唐〈盧憕墓誌〉：「悲乎！苗而不實，天喪斯文，道將特於百夫，仕不階於一命，類鄧攸之無嗣，方顏生之短折。」（26.053）

11　〔魏〕何晏集解，〔宋〕邢昺疏：《十三經注疏・論語注疏》（北京市：中華書局，2003年），頁2490。

《漢語典故大辭典》裏類似這樣用典形式與書證相關部分不完全一致的例子為數不少，不再一一列舉。

綜上所述，用典形式與其書證相關部分的不一致既體現了人們提取用典形式的標準不一致，也反映了人們關於用典形式認識上的不一致。石刻語料中的用典形式表現形式多樣，極富變化，為了較全面、更科學地研究石刻用典形式，我們在石刻用典形式的提取方法和提取細則方面做了一些粗淺的探討。

石刻用典形式的提取可以從兩個方向進行：順向和逆向。順向提取是指從石刻語料入手，逐字逐句分析提取用典形式；逆向提取是指從《漢語典故大辭典》已有用典形式入手，選取其中的關鍵字，在石刻語料裏檢索出所有含有關鍵字的清晰明確用例，提取符合條件的用典形式。顯然，順向提取比較全面，較少遺漏，且能發現新來源用典形式，但比較耗時；逆向提取相對快捷，但會遺漏一些用典形式，特別是新來源用典形式。我們將兩者結合起來，以逆向為主，快速提取，輔之以順向提取，等將來時間充裕時再以順向為主，全面提取。

石刻用典形式變體的提取分兩個步驟：首先從《魏晉南北朝隋唐五代石刻語料庫》裏提取用典形式，建立《魏晉南北朝隋唐五代石刻用典形式庫》；再根據用典形式變體的三個條件，確定石刻用典形式變體，建立《魏晉南北朝隋唐五代石刻用典形式變體庫》。為了節約時間，這兩個步驟我們同時進行，在提取石刻用典形式的同時做好變體標記，最後由資料庫系統自動生成《魏晉南北朝隋唐五代石刻用典形式變體庫》。因此，我們將兩個步驟的提取細則合在一處，具體如下：

一、提取的語言形式必須是用典形式。這方面的條件在第一章已經作了相關說明，這裏不再重複。

二、提取的語言形式必須是完整的句法單位。完整的句法單位有

三層含義：一是指形式完整，即忠實文獻材料原貌，不缺字、隔字提取用典形式；二是指結構完整，即遵從用典形式在語句中的功能，不跨結構破取用典形式；三是所提取的語言形式一般有新的意義。我們舉例來說明這三層含義在提取用典形式變體時的實際應用。

1 唐〈李良墓誌〉：「君體質貞明，機神朗悞。三篋五車之義，六藝百家之言，莫不蘊納胸襟，運諸懷抱。」（11.194）（貞觀二十三年）

2 唐〈唐故使持節睦州諸軍事睦州刺史夏侯府君（絢）之墓誌銘〉：「雖惠載五車，張誦三篋，莫不秘靈臺而無墜，寫言泉而勿窮。」（新出陝西1.039）（永徽六年）

3 唐〈大唐故開府儀同三司特進戶部尚書上柱國莒國公唐君（儉）墓誌銘〉：「三篋不忘，百函無滯。」（新出陝西1.041）（顯慶元年）

4 唐〈張曄墓誌〉：「降茲英俊，蟬冕相仍，文蘩挾於兩京，學府窮於三篋。」（16.107）（調露元年）

5 唐〈皇甫君妻張氏墓誌〉：「祖懿，父匡，並學窮三篋，業擅於鏘金；義冠五車，聲馳於積玉。」（17.159）

6 唐〈王貞墓誌〉：「窮富平之三篋，充郤桂之一枝，制授均州司法參軍事，尋轉水衡監丞。」（18.023）

7 唐〈南玄暕墓誌〉：「君器宇沖邈，風神融朗，才惟天縱，學迺生知。包汝南之五行，掩河東之三篋。」（18.173）

以上七例，均含有「三篋」。「三篋」，較早見於《漢書·張安世傳》[12]：「安世字子儒，少以父任為郎。用善書給事尚書，精力於職，休沐未嘗出。上行幸河東，嘗亡書三篋，詔問莫能知，唯安世識之，具作其事。後購求得書，以相校無所遺失。上奇其材，擢為尚書令，遷光祿大夫。」「三篋」，指三篋書，借指眾多的典籍或廣博的學識。

---

12 〔漢〕班固撰，〔唐〕顏師古注：《漢書》（北京市：中華書局，1962年），頁2647。

但在上述七例中卻不能均僅提取「三篋」為用典形式，必須根據其形式、結構、意義區別對待。第一例提取「三篋五車之義」。首先是考慮結構的完整性，這裏「三篋」和「義」搭配，重點在義，不能單取「三篋」；但也不能只取「三篋之義」，因為這樣形式上不完整，而且「五車」也是用典形式，意義和「三篋」相近，所以最終提取的用典形式為「三篋五車之義」，指眾多典籍之意義。第二例提取「張誦三篋」，形容博聞強記。一方面和「惠載五車」相對應，在結構和形式上保持完整性；另一方面「張誦三篋」也較完整地概括了典故的主要內容，具有新的意義。第三例提取「三篋不忘」，形容博聞強記。也是從結構、形式的完整性和具有新的意義等方面考慮的。第四例提取「三篋」。因為「三篋」和前面的成分結合不是很緊密，在結構上可以獨立。第五例提取「學窮三篋」，指學問廣博。第六、七例分別提取「富平之三篋」、「河東之三篋」，都指眾多的典籍或廣博的學識。「富平」是張安世的爵位，他被封為「富平侯」；「河東」是他「識三篋書」時的地名。這樣提取既保持了結構的完整性，又分別賦予了爵位和地名等信息。《漢語典故大辭典》有「河東三篋」，「河東之三篋」與之在形式上微異。此處七例若均僅提取「三篋」為用典形式，勢必會割裂結構，增加「三篋」表義負擔，不僅不會取得因用典而在形式和意義上具有的簡潔含蓄性，反而會造成表義困難，晦澀幽深，讓人難於理解。

三、提取的石刻用典形式原則上至少有二個用例，其它文獻用例亦可。

四、同形石刻用典形式根據意義區分，根據來源分為不同的用典形式。

五、提取的石刻用典形式變體必須滿足石刻用典形式變體的三個條件。

　　我們將提取的石刻用典形式變體分為三大類：第一類是《漢語典故大辭典》已有的石刻用典形式變體，即石刻語料和《漢語典故大辭典》均有的用典形式變體，此類僅作為研究和描寫對象；第二類是來源見於《漢語典故大辭典》，但形式僅見於石刻語料的石刻用典形式變體；第三類是新用典形式變體，即來源不見於《漢語典故大辭典》的石刻用典形式。後兩類除作研究和描寫對象外，也為將來補充辭書的用典形式作準備。

　　《漢語典故大辭典》已有的石刻用典形式變體如：

　　「萋斐」、「萋菲」，較早見於《詩・小雅・巷伯》[13]：「萋兮斐兮，成是貝錦；彼譖人者，亦已大甚！」鄭玄箋：「喻讒人集作已過以成於罪，猶女工之集彩色以成錦文。」

　　這兩個用典形式意義相同，都是比喻誣陷他人、羅織成罪的讒言。《漢語典故大辭典》裏有這兩個詞條，石刻語料裏也有用例。如：

　　北魏〈元昭墓誌〉：「時縉紳嫉君能，衣冠妒君美，遂萋菲交構，收君封爵。」（4.160）

　　東魏〈李憲墓誌〉：「既而萋斐內構，瘢疵外成。反顧三河，龍門日遠。」（6.052）。

　　我們並不因為《漢語典故大辭典》已有就放棄此類石刻用典形式變體，以免影響材料搜集的完整性。

　　來源見於《漢語典故大辭典》，但形式僅見於石刻語料的石刻用典形式變體如：

　　「滅火」、「風滅火」，較早見於《後漢書・儒林傳上・劉昆》[14]：劉昆為江陵令，「時縣連年火災，昆輒向火叩頭，多能降雨止

13　〔漢〕毛亨傳、鄭玄箋，〔唐〕孔穎達等正義：《十三經注疏・毛詩正義》（北京市：中華書局，2003年），頁456。

14　〔南朝宋〕范曄：《後漢書》（北京：中華書局，1965年），頁2550。

風。……先是崤、黽驛道多虎災，行旅不通。昆為政三年，仁化大行，虎皆負子度河。帝聞而異之。二十二年，徵代杜林為光祿勳。詔問昆曰：『前在江陵，反風滅火；後守弘農，虎北度河，行何德政而致是事？』昆對曰：『偶然耳。』左右皆笑其質訥。帝歎曰：『此乃長者之言也。』」

這兩個用典形式變體的意義相同，都比喻施行德政。《漢語典故大辭典》裏沒有這兩個變體形式，石刻裏有。如：

北齊〈劉雙仁墓誌〉：「治均滅火，政等鳴琴，暴虎出奔，災蝗不入。」（8.008）

隋〈明雲騰墓誌〉：「襄惟蒞職，境內咸蘇，仁可攘災，德能滅火。」（10.118）

唐〈樂達墓誌〉：「士元才美，子奇譽休，江陵滅火，巫岫雲收。」（15.121）

唐〈賈守義墓誌〉：「公自出身事主，束髮從官，位列銅章，榮班墨綬，瞻星不殆，期月而成，屏詐銷奸，移風滅火。」（17.058）

唐〈李智墓誌〉：「躍魚之操，匪直萊蕪之郊；滅火之能，寧謝江陵之郡。」（20.112）

唐〈獨孤開遠墓誌〉：「公御吏以威，綏民以德。於是雨隨車而發詠，風滅火而興謠。」（11.105）

《漢語典故大辭典》裏有「反風滅火」與上述兩個變體形式相互對應。

隋〈隋汾州定陽縣令元公（伏和）墓誌銘〉：「除太山郡守。反風滅火，五袴兩岐，境有避役之牛，車逢夾軒之鹿。」（新出河南2.268）

唐〈劉庭訓墓誌〉：「百萬充擲，五丈聳巒，返風滅火，幕天席地。」（23.032）

新用典形式變體如：

「雁行」，較早來源為《莊子‧天道》[15]：「士成綺雁行避影，履行遂進而問：『修身若何？』」

「雁行」，側身而進，形容恭謹。

唐〈彭珍墓誌〉：「孔懷數十，怡怡之敬雁行；猶子五三，推梨之讓尤重。」（23.119）

唐〈沈浩豐墓誌〉：「君一人祿俸，盡給孤遺，諸子雁行而府君誨之，眾婦鵲巢而夫人訓之，同居克諧，光紹前烈。」（24.152）

因為我們是以石刻語料為研究對象，必須以石刻語料為主，同時兼顧已有成果。進行這種分類的目的就是為了既可提取《漢語典故大辭典》沒有的變體形式，又不影響研究的全面性。

三　石刻用典形式變體的數量分佈情況

經初步梳理，我們從《魏晉南北朝隋唐五代石刻語料庫》中共提取石刻用典形式四二一五個，其中魏晉南北朝時期有用例的用典形式有八四八個，隋唐五代有用例的用典形式有三八一六個，兩者均有用例的用典形式有四四九個。從四二一五個石刻用典形式中共提取石刻用典形式變體二八八八個，新用典形式八十八個。其中《漢語典故大辭典》已有的用典形式變體有一六〇七個，《漢語典故大辭典》沒有的用典形式變體有一二八一個。其中在魏晉南北朝有用例的用典形式變體有五一三個，在隋唐五代有用例的用典形式變體有二六三一個，二者均有用例的用典形式變體有二五六個。

上述數字表明，魏晉南北朝石刻語料中的用典形式無論是總量還是變體數量都遠遠少於隋唐五代石刻語料中的數量。不考慮共有用例

15　〔清〕郭慶藩撰，王孝魚點校：《莊子集釋》（北京市：中華書局，2004年），頁484。

數的影響，魏晉南北朝石刻語料中的用典形式總量和變體數量分別是隋唐五代石刻語料中相應數量的百分之二十二點二二和百分之十九點五。

這種分佈情況至少有三個明顯的原因。

第一是由於隋唐五代在時間上晚於魏晉南北朝，其用典形式的來源文獻比魏晉南北朝要多。魏晉南北朝以前成書的典籍，魏晉南北朝隋唐五代人都可以用，但諸多成書於魏晉南北朝及初唐時期的典籍，如《後漢書》、《三國志》、《晉書》、《宋書》、《南齊書》、《梁書》、《陳書》、《魏書》、《北齊書》、《周書》、《隋書》、《南史》、《北史》、《世說新語》等，魏晉南北朝人僅有少數使用，隋唐五代可資者明顯多於前人。

第二是由於魏晉時期發佈過三次禁碑令。一次是建安十年曹操頒佈的禁令。《宋書・禮志二》[16]：「漢以後，天下送死奢靡，多作石室石獸碑銘等物。建安十年，魏武帝以天下雕弊，下令不得厚葬，又禁立碑。」另一次是西晉咸寧四年，晉武帝司馬炎重申碑禁。《宋書・禮志二》[17]：「晉武帝咸寧四年，又詔曰：『此石獸碑表，既私褒美，興長虛偽，傷財害人，莫大於此。一禁斷之。其犯者雖會赦令，皆當毀壞。」第三次是裴松之議禁斷。《宋書・禮志二》[18]：「義熙中，尚書祠部郎中裴松之又議禁斷，於是至今。」禁令導致現在出土的魏晉南北朝石刻語料的數量遠遠少於隋唐五代石刻語料的數量。在《魏晉南北朝隋唐五代石刻語料庫》裏，魏晉南北朝有一五一九條記錄，隋唐五代有五〇七〇條記錄，魏晉南北朝的紀錄數是隋唐五代記錄數的百分之二十九點九六。如果從每條記錄的字數來看，這個比例還要低

---

16 〔南朝梁〕沈約：《宋書》（北京市：中華書局，1974年），頁407。
17 〔南朝梁〕沈約：《宋書》（北京市：中華書局，1974年），頁407。
18 〔南朝梁〕沈約：《宋書》（北京市：中華書局，1974年），頁407。

很多，因為魏晉南北朝石刻語料中很多記錄的字數大都很少。

第三是由於魏晉南北朝時期，從二二〇年至五八九年近四〇〇年的時間，只有西晉出現了三十多年短暫的全國統一局面，其餘時間大多為分裂對峙、戰亂動盪時期，社會生產力遭到嚴重破壞，人民生活艱難困苦；而隋、唐則實現了全國的大統一，持續了近四〇〇年的時間，戰亂較少，政治、經濟、文化等得到空前發展，人民生活比較安定。

四　石刻用典形式變體的關係類型

石刻用典形式變體之間的關係是指兩個或多個石刻用典形式變體之間的差異關係，主要有同根、注解、顛倒、拆分、組合、簡縮、同音、異體、假借、古今字、訛誤字、反義、同義近義替換、修飾關係、虛詞關係、取象差異、媒介聯繫等十七種類型。這裏僅舉例說明虛詞關係，其它十六種關係類型在第二節結合石刻用典形式變體組的關係類型具體闡釋，此不贅言。

虛詞關係，指石刻用典形式變體之間的差異是虛詞的有無、異同。主要的虛詞有「之、其、而、斯、將、雲、既、已、俄、遽、倏、頓」等。如：

一、「梁木頓摧」、「梁木斯摧」、「梁木摧」、「梁木將摧」、「梁木雲摧」、「梁木之摧」、「梁木既摧」、「梁木已摧」、「梁木其摧」、「梁木遽摧」、「梁木俄摧」、「梁木之遽摧」、「梁木倏摧」，較早來源為《禮記・檀弓上》[19]：「孔子蚤作，負手曳杖，消搖於門，歌曰：『泰山其

19　〔漢〕鄭玄注，〔唐〕孔穎達等正義：《十三經注疏・禮記正義》（北京市：中華書局，2003年），頁1283。

頹乎，梁木其壞乎，哲人其萎乎！』既歌而入，當戶而坐。子貢聞之，曰：『……梁木其壞，哲人其萎，則吾將安放！夫子殆將病也。』……夫子曰：『予疇昔之夜夢坐奠於兩楹之間，夫明王不興，而天下其孰能宗予？予殆將死也。』蓋寢疾七日而沒。」

「梁木頓摧」、「梁木斯摧」、「梁木將摧」、「梁木雲摧」、「梁木之摧」、「梁木既摧」、「梁木已摧」、「梁木其摧」、「梁木遽摧」、「梁木俄摧」、「梁木之遽摧」、「梁木倏摧」，稱賢德者逝世。「梁木摧」同。

北魏〈元略墓誌〉：「梁木頓摧，宿草奄積。歌笑停音，琴觴罷席。」（5.101）

北魏〈元延明墓誌〉：「天人匪厭，坅剗時來。死歸生寄，梁木斯摧。」（5.166）

隋〈□昂墓誌〉：「太山萎矣，梁木摧矣，嗚呼哀哉！」（10.143）

隋〈卞鑒墓誌〉：「誰知悊人其委，梁木將摧。忽遘膏肓，奄隨風燭。大業十二年八月三日終於家會節裏，春秋五十有五。」（10.152）

唐〈孫遷墓誌〉：「里仁鄰德，行高情曠。梁木雲摧，哲人其喪。」（12.034）

唐〈韓長墓誌〉：「縉紳悲慕，唯恨梁木之摧；裏闈空虛，但見哲人之跡。」（13.010）

唐〈王君妻馮氏墓誌〉：「梁木既摧，芳條早折。歡斯餘跡，神儀永絕。」（14.037）

唐〈王才及妻毛氏墓誌〉：「豈意薤歌先唱，溘從玉露之危；梁木已摧，遂樹奠楹之歎。」（14.101）

唐〈張行恭墓誌〉：「豈謂梁木其摧，哲人斯逝，春秋七十有九，於乾封元年十月十二日終於私第，嗚呼哀哉！」（15.016）

唐〈張祖墓誌〉：「戶電難常，窓駒易往，哲人長逝，梁木斯摧。」（15.162）

　　唐〈董軸墓誌〉:「既而兩楹奠警,奄嗟梁木之摧;二豎潛神,忽同隙駒之逝。春秋六十有四,咸亨二年三月五日,終於思順裏之私第。」(16.002)

　　唐〈杜才墓誌〉:「惟君敏德,梁木遽摧,芒山既□,泉路方開。」(16.160)

　　唐〈皇甫玄志墓誌〉:「梁木俄摧,芳草易歇,俗沉模楷,人失軌儀。」(17.133)

　　唐〈張金才墓誌〉:「輔仁斯爽,梁木俄摧,僚屬顧慕,行雲徘徊。」(18.094)

　　唐〈王詢墓誌〉:「豈謂高春落景,哲人將梁木共摧;逝箭奔流,寶玉與漢皋俱碎。」(19.097)

　　唐〈朱照墓誌〉:「不謂井桑流夢,梁木其摧,幽塗既隔,哲人永往。去神龍元年八月十日,卒於並府之官舍,春秋卅有七。」(20.024)

　　唐〈蕭紹遠墓誌〉:「道不行兮時莫用,時不興兮梁木摧。」(24.106)

　　唐〈楊璉妻源內則墓誌〉:「余痛天倫之終鮮,哀梁木之遽摧,敢圖遺芳,紀之泉壤。」(24.143)

　　唐〈沈朝磚志〉:「公以天期不永,梁木倏摧,嬰以沉痼,逾月不□,以寶□元年六月十七日終於私第,春秋六十有三。」(30.054)

　　虛詞在石刻用典形式中有多種作用:有的補充音節,無意義,如「梁木斯摧」、「梁木其摧」、「梁木之摧」;有的表達強烈的感情,如「梁木頓摧」、「梁木遽摧」、「梁木倏摧」;有的含有時間意味,如「梁木將摧」、「梁木既摧」、「梁木已摧」;有的為表達需要而增加虛詞,如「哲人將梁木共摧」,為配合「寶玉與漢皋俱碎」而作。

二、「毀方而瓦合」、「毀方瓦合」，較早見於《禮記・儒行》[20]：「舉賢而容眾，毀方而瓦合，其寬裕如此者。」鄭玄注：「去己之大圭角，下與眾人小合也。」

「毀方而瓦合」，喻屈己從眾，謂君子不遠人。「毀方瓦合」同。

唐〈楊孝恭碑〉：「是以坐不貸之圃，理幽憂之疾，嗇神以養和，毀方而瓦合。」（全集946）（開元十五年）

唐〈趙庭墓誌〉：「公克謙而從性，毀方而瓦合，門生自遠而味道，縉紳閉關而取則。」（24.088）（開元二十七年）

唐〈唐故昭武校尉左武衛將軍李府君（元簡）墓誌銘〉：「於嗟府君，秉德懿淳；毀方瓦合，道廣乾坤。」（新出河南2.292）（開成二年）

除上述兩組外，石刻語料裏還有「席上珍、席上之珍」，「驪龍珠、驪龍之珠」，「窮途泣、窮途之泣」，「九原可作、九原之可作」，「哲人萎、哲人其萎」，「泰山頹、泰山其頹」，「舟壑潛移、舟壑而潛移、舟壑之潛移」，「舟壑屢遷、舟壑之屢遷」等八組。

第二節　石刻用典形式變體組

一　石刻用典形式變體組的關係類型

全面研究石刻用典形式變體，瞭解其關係類型、構成方式、意義層次、發展演變、文化內涵等，有必要將同源的所有石刻用典形式變體放在一起進行系統研究，單一、個別地考察很難完成上述目標。我

---

20 〔漢〕鄭玄注，〔唐〕孔穎達等正義：《十三經注疏・禮記正義》（北京市：中華書局，2003年），頁1670。

們將來源相同的石刻用典形式變體分為一組，稱為石刻用典形式變體組，每組至少有兩個石刻用典形式變體，共有六四二組。根據石刻用典形式變體組裏變體之間關係類型的多少，可以將石刻用典形式變體組分為單一關係、二重關係、多重關係三類。單一關係石刻用典形式變體組裏的用典形式變體之間只有一種關係。二重關係、多重關係石刻用典形式變體組裏的用典形式變體之間的關係分別有兩種和兩種以上。不過，這種變體組關係類型的分類具有不穩定性，因為對任一石刻用典語言變體組來說，都可能存在我們還沒有發現的用典形式變體，如果後來它被發現，且和已有石刻用典形式變體的關係與已存在的關係不同，就會改變石刻用典形式變體組的關係類型，使單一關係變為二重關係，或使二重關係變為多重關係等。

初步分析，單一關係石刻用典形式變體組主要有同根變體組、注解關係變體組、顛倒變體組、拆分組合變體組、簡縮變體組、同音變體組、同義近義替換變體組、反義變體組、虛詞關係變體組、修飾關係變體組、取象差異變體組、媒介聯繫變體組等十二種類型。虛詞關係見第一節，這裏不再舉例。同根變體組、顛倒變體組、拆分組合變體組、簡縮變體組、虛詞關係變體組、修飾關係變體組等主要是從石刻用典形式變體在形式上的差異來分類的；注解關係變體組、同義近義替換變體組、反義變體組等主要是從石刻用典形式變體在意義上的聯繫來分類的；同音變體組、取象差異變體組、媒介聯繫變體組分別是從石刻用典形式變體的語音、取象、媒介方面來分類的。

（一）同根變體組

同根變體組裏的石刻用典形式變體都有一個共同的變體根。所謂變體根，是指用典形式變體共有的、反映典故主要構成因素的詞或短語。一般來說，變體根應當也是用典形式。變體根作為用典形式其用

例時代不一定是最早的，其用例時代早晚在同根變體組的分類中不是主要考慮的因素。以變體根為基礎，可以構成形式多變的用典形式變體。同根變體組在石刻語料裏有一三三組，加上特殊的同根變體組——注解關係變體組，共有一五七組，約占變體組總數的四分之一。略舉幾例說明。

一、「終識半面」、「半面十年」、「半面」、「十年半面」，較早來源為《後漢書・應奉傳》[21]「奉少聰明」李賢注引三國吳謝承《後漢書》：「奉年二十時，嘗詣彭城相袁賀，賀時出行閉門，造車匠於內開扇出半面視奉，奉即委去。後數十年於路見車匠，識而呼之。」

「終識半面」，形容人聰明強識。「半面十年」、「半面」、「十年半面」同。這幾個用典形式變體都以「半面」為變體根。

北魏〈元延明墓誌〉：「強於記錄，抑亦天啟。必誦全碑，終識半面。」（5.166）

唐〈李密墓誌〉：「公體質貞明，機神警悟，五行一覽，半面十年，雅善書劍，尤精文史。」（新出河南1.109）（武德二年）

唐〈關英墓誌〉：「神資爽悟，半面十年，詞翰雍容，五行非譬。」（11.188）（貞觀二十三年）

唐〈房玄齡碑〉：「吏部侍郎高孝基，察微之士也。半面申款，拭目異□。」（全集235）（永徽三年）（「半面」在《漢語典故大辭典》裏有完整用例，石刻語料用例殘泐。）

後唐〈毛璋墓誌〉：「十年半面，一日九遷。」（36.040）

當然，這個同根變體組也可看作二重關係變體組，因「半面十年」、「十年半面」是顛倒關係，但同根是其基本關係，類似這種情況的一般歸為同根變體組。

---

21 〔南朝宋〕范曄：《後漢書》（北京市：中華書局，1965年），頁1607-1608。

　　石刻語料裏有一種特殊的同根變體組，即注解關係變體組。所謂注解關係，是說兩個同根石刻用典形式變體的意義相同或相近，但變體根的形式意義與語境意義之間的聯繫不密切，另一個卻通過添加成分使得其形式意義與語境意義之間比較相似，如同為變體根作注解一般，故稱。這種石刻用典形式變體雖有囉嗦之嫌，但在表明語境意義方面具有直觀性。確認注解關係時，一般要注意用例時代之先後順序，被注解的用典形式變體的用例時間通常要早於注解用典形式變體（石刻無用例，其它文獻有亦可）。注解關係變體組在石刻語料裏共有28組（具有這種關係的用典形式變體更多）。如：

　　二、「下車」、「下車之始」，較早來源為《禮記・樂記》[22]：「武王克殷，反商，未及下車，而封黃帝之後於薊。」

　　「下車」，指官吏剛到任。「下車之始」，在「下車」後添加「之始」，表明官吏剛到任之義，如同為「下車」作注解般。

　　北魏〈王誦墓誌〉：「下車裁化，襃帷求瘼。剛柔迭用，寬猛兼治。」（5.104）

　　北魏〈元延明墓誌〉：「風宣入境，德被下車。豪強屏息，奸酷自引。」（5.166）

　　北魏〈元鑽遠墓誌〉：「轉為齊州東魏郡太守。爰始下車，威聲斯洽。」（5.190）

　　東魏〈李憲墓誌〉：「乃除建威將軍，趙郡內史。懷組下車，衣繡從政。」（6.052）

　　東魏〈蕭正表墓誌〉：「襃帷入境，豪族喪其精。問政下車，奸吏屏其跡。」（6.164）

22　〔漢〕鄭玄注，〔唐〕孔穎達等正義：《十三經注疏・禮記正義》（北京市：中華書局，2003年），頁1542。

唐〈楊士墓誌〉:「君首膺旌賁，待問王庭，尋除石州臨泉縣令。下車而仁風載穆，彈琴而頌聲自遠。」(13.099)

唐〈紇干承基墓誌〉:「露冕下車，塗聞五袴之詠；褰帷高視，野著兩岐之謠。」(13.143)

唐〈張仁墓誌〉:「是用授公上護軍，特加憂錫。然則絳灌英謀，下車慚撫字之衍；蒲密佳政，揚麾乏禦侮之功。」(16.113)

唐〈劉弘墓誌〉:「下車梁宋，問俗睢淮，盛德遠而猶傳，事業存而不朽。」(17.002)

唐〈張貞墓誌〉:「祖諱瑀字珪，隋任滄州鹽山縣令；儀鸞述職，捧雉從班，下車而囹圄清，上農而田疇闢。」(18.012)

唐〈令狐熙碑〉:「公下車之始，詞訟盈庭，銳情案察，奸無所隱。」(全集370)(乾封二年)

三、「吐鳳」、「吐鳳之才」，較早來源為《西京雜記》[23]卷二:「雄著《太玄經》，夢吐鳳凰，集《玄》之上，頃而滅。」

「吐鳳」，形容非凡的才華。「吐鳳之才」同。

隋〈曹植廟碑〉:「詞采照灼，子雲遙慚於吐鳳；文華理富，仲舒遠愧於懷龍。」(9.089)

唐〈強偉墓誌〉:「積善貽慶，綿係克昌。文稱吐鳳，武號鷹揚。」(14.124)(龍朔元年)

唐〈唐故內侍省內僕局令犍為費府君(智海)墓誌銘〉:「玄閣方登，佇聞祥於吐鳳；羽人斯降，旋遇疾於仙蛇。」(新出陝西2.053)(上元三年)

唐〈劉如璋墓誌〉:「靈和氤氳，載誕夫君，豢龍遺緒，吐鳳騰文。」(23.035)(開元十八年)

---

23 〔晉〕葛洪撰，周天遊　校注:《西京雜記》,(西安市:三秦出版社，2006年),頁92。

唐〈張璬墓誌〉：「邈哉懿範，實曰哲人，才標吐鳳，業著成麟。」（26.079）

後唐〈王禹墓誌〉：「筆妙換鵝，詞清吐鳳，綽有令譽，鬱為嘉賢。」（36.055）

後周〈大山岯山寺準敕不停廢記〉：「去非碑謝溲雞，文慚吐鳳，既高僧之固請，乃下筆以直書。」（36.159）

唐〈張弘墓誌〉：「虛襟泫露，聳仞幹霞，爰資吐鳳之才，式贊馴翬之局。」（15.171）

後漢〈祭瀆記〉：「自牧叨榮華幕，獲贊廉風，本無吐鳳之才，寧敘懸魚之化，直書盛事，恨乏好辭。」（36.120）

上述兩例是在石刻語料裏一個變體根僅見一個注解變體形式的情況，還有一個變體根有兩個或三個注解變體形式的情況。如：

四、「總角之年」、「總角之歲」、「總角」，較早來源為《詩‧齊風‧甫田》[24]：「婉兮孌兮，總角丱兮。」鄭玄箋：「總角，聚兩髦也。」孔穎達疏：「總角聚兩髦，言總聚其髦以為兩角也。」古時兒童束髮為兩結，向上分開，形狀如角，故稱總角。

「總角之年」、「總角之歲」是近義替換關係，指年少之時。年、歲義近，相互替換構成用典形式變體。

唐〈李則政墓誌〉：「嗣子芬，名高日下，孝自天資，行悲總角之年，旋奉鑿楹之誠。」（全集2302）（聖曆三年）

唐《於大猷墓碑》：「總角之歲，隱幔駭而不驚。」（18.187）（聖曆三年）

「總角之年」、「總角之歲」又與「總角」構成注解關係，但同根關係是主要關係，歸入同根變體組。

---

24 〔漢〕毛亨傳、鄭玄箋，〔唐〕孔穎達等正義：《十三經注疏‧毛詩正義》（北京市：中華書局，2003年），頁353。

唐〈李千里墓誌〉：「年在總角，職委荒隅；亟環星紀，載康夷落。」（全集1086）（景雲元年）

後漢〈邢德昭墓誌〉：「總角補太廟齋郎，弱冠調洛交簿，次坊州司馬。」（36.121）

其它文獻用例時代較早：晉陶淵明〈榮木〉[25]詩序：「總角聞道，白首無成。」

五、「知命」、「知命之紀」、「知命之年」、「知命之秋」，較早來源為《論語・為政》[26]：「五十而知天命。」

「知命」，代稱五十歲。「知命之紀」、「知命之年」、「知命之秋」同。

北齊〈義慈惠石柱頌〉：「年過知命，□□婚娶。」（7.1167.121）

隋〈明質墓誌〉：「年逾知命，志在丘園。情願掛冠，方圖致仕。」（10.155）

唐〈仇道妻袁氏墓誌〉：「年逾知命，孺慕方茲。」（12.026）

唐〈苻肅墓誌〉：「及再嬰丁罰，知命已過。留心道義之塗，止至家人之務。」（12.130）

唐〈姚義墓誌〉：「喪愛敬於齠年，侍姨母於知命。」（12.162）

唐〈劉嶷墓誌〉：「年垂知命，竟不陞遷。」（15.219）

唐〈陳叔度墓誌〉：「公堂構靡虧，箕裘莫墜，親侍丹禁，忠恪有聞，爰自冠年，迄乎知命。」（19.092）

唐〈崔孝昌墓誌〉：「曾未知命，哲人其萎。春秋卌三，以景雲二年八月卅日遘疾，終洛州永豐私第。」（20.143）

---

25 〔晉〕陶淵明撰，曹明綱標點：《陶淵明全集》（上海市：上海古籍出版社，1998年），頁2。

26 〔魏〕何晏集解，〔宋〕邢昺疏：《十三經注疏・論語注疏》（北京：中華書局，2003年），頁2461。

唐〈崔君妻鄭氏墓誌〉：「年未知命，奄離營魄，秦壤移墳，恒山改宅。」（21.080）

唐〈宋知感及妻張氏墓誌〉：「豈意巢鵩興災，飛鳶遘禍，聲伯徵瓊瑰之詠，宣父起梁木之歌，以開元十年正月二日薨於道光裏之私第，春秋知命有六。」（24.028）

唐〈張行滿墓誌〉：「知命之紀，道場遊觀。」（11.172）

唐〈張矩墓誌〉：「暨乎捧檄之歲，雅尚真宗；知命之年，融心釋典。」（19.063）

唐〈李庭訓墓誌〉：「公實俱美，而班秩匪崇，以知命之年，而命促遷化，則君子言命有是矣夫。」（26.034）

唐〈耿元晟墓誌〉：「奈何夢齡不永，才逾知命之年，隙駟難留，已契佳城之兆。」（32.088）

唐〈唐故游擊將軍守左領軍衛翊府郎將上柱國曹府君（惠琳）墓版文〉：「載五十四，逾知命之秋，遘疾不救，薨於通化裏之私第。」（新出陝西2.157）（大曆十四年）

「知命之紀」、「知命之年」、「知命之秋」是近義替換變體，同時又與「知命」構成注解關係，可以看作是多重關係變體組，但「知命」這一變體根是其共有，同根是主要關係，故歸入同根變體組。

（二）顛倒變體組

顛倒變體指石刻用典形式變體在形式上是相互顛倒的。共九組。

一、「萬里封侯」、「封侯萬里」，較早見於《東觀漢記·班超傳》[27]：「班超行詣相者，相者曰：『祭酒，布衣諸生耳，而當封侯萬

27　〔漢〕劉珍等撰，吳樹平校注：《東觀漢記》（北京市：中華書局，2008年），頁676-677。

里之外。』超問其狀，相者指曰：『生燕頷虎頸，飛而食肉，此萬里侯相也。』」班超後果立功異域，封定遠侯。

「萬里封侯」，謂立功封爵於邊遠之地。「封侯萬里」同。

唐〈於孝顯碑〉：「一室□掃，陳仲舉之生平；萬里封侯，班仲升之意氣。」（11.090）

唐〈朱遠墓誌〉：「萬里封侯之願，終屈志於風雲；百齡遷壑之斯，遽纏悲於霜露。」（15.184）

唐〈王承裕及妻高氏合祔誌〉：「方當掃淨三陲，封侯萬里，勒名麟閣，擢職鳳池。」（26.044）

二、「怙恃」、「恃怙」，較早見於《詩・小雅・蓼莪》[28]：「無父何怙，無母何恃！」

「怙恃」，指父母。「恃怙」同。

唐〈張仁褘墓誌〉：「歲序□淹，怙恃俱喪，在疚，屬屬纏哀。」（16.089）

唐〈孫通墓誌〉：「悲怙恃之長分，痛幽明而永隔。」（17.006）

唐〈長孫安墓誌〉：「孤女張氏妻，哀無怙恃，酷彼劬勞，淚終以血，氣竭而號。」（21.168）

唐〈王思齊墓誌〉：「長子行坊州中部縣丞元爕，不勝哀毀，永慕劬勞，泣血將畢於機筵，號穹竟悲於怙恃。」（22.138）

唐〈張文珪墓誌〉：「嗣子光裕，怙恃靡依，雕鐫見託，多慚不敏，敢紀哀詞。」（23.154）

唐〈崔君妻鄭敏墓誌〉：「嗣子友郎等，痛怙恃俱喪，將毀滅為期，因閉口以絕漿，每從心而泣血。」（24.125）

---

28 〔漢〕毛亨傳、鄭玄箋，〔唐〕孔穎達等正義：《十三經注疏・毛詩正義》（北京市：中華書局，2003年），頁459。

唐〈朱君妻梁無量墓誌〉：「哀哀昊蒼，殱君慈堂，子無怙恃，悲來易傷。」（26.129）

唐〈鄭忠墓碑〉：「怙恃合祔，毀瘠偏傷。途搖白旐，棺飾黃腸。」（27.043）

唐〈韋端妻王氏墓誌〉：「夫人少喪怙恃，終鮮昆弟，年十七，歸於下邽公。」（28.067）

唐〈趙君妻柳默然墓誌〉：「尊師生三歲而失怙恃，見育於祖母。」（31.069）

唐〈唐德業寺故尼明遠銘〉：「齠之年，崩於覆蔭；嬰孩之歲，早亡於恃怙。」（新出陝西1.046）（顯慶三年）

唐〈賈楚墓誌〉：「墳開宿草，階穿合杜，有想容聲，無復恃怙。」（19.059）（長安三年）

唐〈崔公妻李氏墓誌〉：「恃怙遠方，胤息伊女，凶訃去而絕倚門之望，喪儀備而無寢廬之人。」（32.003）

唐〈孫公乂墓誌〉：「年十四，初通兩經，隨鄉薦上第，未及弱冠，遽失恃怙。」（32.063）

唐〈盧絾妻崔氏墓誌〉：「夫人自失恃怙，歸於吾門，只奉蒸嘗，睦友娣姒，由中履順，德禮無違。」（32.140）

唐〈鄭紀及妻盧氏墓誌〉：「今二子以恃怙之靡及，咸茹荼泣血，卜擇良辰，以咸通二年夏五月廿三日，匍匐奉轝，合祔於邙山之故原先塋，禮也。」（33.006）

唐〈崔璘墓誌〉：「子之恃怙並失，昆弟俱喪，得非松柏陷於不善之地乎？」（33.145）

（三）拆分組合變體組

拆分組合變體組一般有三個石刻用典形式變體，其中一個與另外

兩個在形式上存在如下關係：AB＝A＋B。從出現時間的早晚來分析，有兩種情況：一種是拆分關係，即AB早出現，後分為A和B；一種是組合關係，即A和B早出現，後組合為AB。在石刻語料裏，組合關係多，拆分關係少。拆分組合變體組共有三組，但具有這種關係的石刻用典形式變體為數不少。

組合關係：組合後的石刻用典形式的意義相當於被組合的兩個石刻用典形式的總和。

一、「阜財」、「解慍」、「阜財解慍」，較早見於《孔子家語‧辯樂解》[29]：「昔者舜彈五弦之琴，造〈南風〉之詩，其詩曰：『南風之熏兮，可以解吾民之慍兮！南風之時兮，可以阜吾民之財兮！』」

「阜財」，謂為民帶來豐富富足財富。「解慍」，謂為民造福，消除怨怒。「阜財解慍」，指民安物阜，天下大治。

唐〈呂買墓誌〉：「盤溪垂釣，子牙定隆周之基；邯鄲阜財，不韋構強秦之業。」（12.013）

唐〈靈慶公神祠碑〉：「惟職方領地官之外權，惟評直守制使之成籌，奸氣不作，阜財有經。」（28.130）

唐〈高慈墓誌〉：「庇身可封之域，鶡弁司階；革面解慍之朝，虎賁陪輦。」（18.178）

後梁〈牛知業板築新子州牆記〉：「是知名邦大國，無其人，則曷能序三才，崇五教，奉六氣，制七情，移風易俗，阜財解慍歟？」（36.023）

二、「公才」、「公望」、「公才公望」，較早見於南朝宋劉義慶《世說新語‧品藻》[30]：「會稽虞騑，元皇時與桓宣武同俠，其人有才理勝

29　〔魏〕王肅注：《孔子家語》（上海市：上海古籍出版社，1990年），頁88。

30　〔南朝宋〕劉義慶撰，〔南朝梁〕劉孝標注，余嘉錫箋疏：《世說新語箋疏》（北京市：中華書局，2007年），頁1014-1015。

望。王丞相嘗謂騑曰：『孔愉有公才而無公望，丁潭有公望而無公才，兼之者其在卿乎？』」

「公才」，謂具有與三公相當的才能。「公望」，謂具有與三公相當的名望。「公才公望」，指具有三公相當的學識和名望。有時作「公材公望」。

北齊〈元子邃墓誌〉：「既有公才，非無公望，聲馳遠近，譽滿宮闕。」（全集986）

唐〈獨孤開遠墓誌〉：「允武允文，搢紳以之多士；公才公望，朝廷以為得人。」（11.105）

唐〈強偉墓誌〉：「鴻漸羽儀，俄形朔上，公才公望，重規沓矩。」（14.124）（麟德元年）

唐〈大唐故司空太子太師贈太尉揚州大都督上柱國英國公（李）績墓誌銘〉：「公材公望，朝野式瞻。」（新出陝西1.067）（總章三年）

唐〈劉寂墓誌〉：「府君降河嶽之靈，稟沖和之粹，公材公望，允武允文。」（20.041）（神龍二年）

唐〈張文珪墓誌〉：「庶以公才公望，為龍為光。」（23.154）

唐〈李朏墓誌〉：「公才公望，是則是傚，詞存風雅，無取於浮華；學究指歸，恥專於章句。」（26.142）

後來亦有拆分用例。

唐〈唐故銀青光祿大夫守司刑大常伯李公（爽）墓誌銘〉：「政宣明允，時推公望，紆紱禮闈，延裾武帳。」（新出陝西2.042）（總章元年）

唐〈高隆基墓誌〉：「並地靈標秀，天爵稱奇，建開邑之榮，執鏡持衡之貴。公才允屬，人望攸歸。」（19.082）（長安三年）

唐〈崔孝昌墓誌〉：「文毗臺明，地列方鎮，具瞻允公才之望，簡久稱賢人之業，保乂我後，為龍為光。」（20.143）（太極元年）

唐〈唐故肅州玉門縣令騫府君（思玄）墓誌銘〉：「父基，卓生公才，允迪家慶。既擅詞學，尤工法理。」（新出陝西2.095）（開元十八年）

唐〈唐故處士騫府君（如珪）墓誌文〉：「並挺其公才，生此王國。事光前烈，名重當時。」（新出陝西2.096）（開元十八年）

唐〈陸思本妻元氏墓誌〉：「外祖郝諱處俊，皇開府儀同三司、中書令、甑山公，獨輔聖朝，燮理無替，文武弈葉，將相聯華，雅望公才，天下咸許。」（25.066）（天寶二年）

唐〈李偵妻韋氏墓誌〉：「公望自遠，吏才兼優，來以何暮見歌，去以不留興詠。」（28.023）

唐〈田佽墓誌〉：「並公望驟歸，德映臺閣，冰壺表節，水鏡居心。」（28.048）（貞元三年）

唐〈唐故奉天定難功臣驃騎大將軍行右領軍衛大將軍兼御史大夫歸義郡王贈代州都督楊公（萬榮）墓誌銘〉：「瓜瓞綿綿，枝分派流，令望公才，滿於中州。」（新出陝西2.166）（貞元六年）

唐〈申屠暉光墓誌〉：「次子軫，弱年從事，明時盡忠，公才貞乾，仁勇多可述，職昭義軍節度要籍文林郎試左武衛兵曹參軍上柱國。」（29.111）（元和十一年）

唐〈梁守謙墓誌〉：「少負公才，早登翰苑，鯤鬐雖化，驥足未展。」（30.079）（大和二年）

唐〈唐故左三軍押衙兼監察御史何公（楚章）墓誌銘〉：「閨門藹崇隆之盛，公望振材器之名。」（新出陝西2.295）（咸通八年）

拆分關係：

三、「積善餘慶」、「餘慶」、「積善」，較早見於《易・坤》[31]：「積

---

31 〔魏〕王弼，〔晉〕韓康伯注，〔唐〕孔穎達等正義：《十三經注疏・周易正義》（北京市：中華書局，2003年），頁19。

善之家，必有餘慶；積不善之家，必有餘殃。」

　　「積善餘慶」，謂積德行善之家，恩澤及於子孫。後來拆分為「積善」、「餘慶」兩個變體形式。「積善」指積德行善，「餘慶」指恩澤及於子孫。

　　晉〈王浚妻華芳墓誌〉：「積善餘慶，福乃降之，誕生二胤，以構洪基。」（2.071）

　　隋〈張濤妻禮氏墓誌〉：「志在周窮，而積善餘慶，遂延遐孝。」（10.053）

　　唐〈郭提墓誌〉：「既應弓旌，庶幾隆寵。公侯必復，積善餘慶。」（11.051）

　　唐〈韓仲良碑〉：「積善餘慶，人物邁於三□，庭訓有方，世德光於萬石。」（12.149）

　　唐〈元則墓誌〉：「弈弈嘉苗，綿綿長族。積善餘慶，榮茲寵祿。」（13.034）

　　唐〈李誗墓誌〉：「嘗聞天道，積善餘慶。庶翼臺華，方隆鼎盛。」（14.046）

　　唐〈田博妻桑氏墓誌〉：「豈謂惟德是輔之說，妄飾前經；積善餘慶之談，徒編舊史。」（15.003）

　　唐〈張對墓誌〉：「惟君積善餘慶，始驗無徵，構疾一宵，遂殞私第。」（15.062）

　　唐〈張義墓誌〉：「積善餘慶，聞之古人，矧伊今日，德亦有鄰。」（15.180）

　　隋〈董穆墓誌〉：「子穆任縣主薄（簿），積善無徵，盛年棄世。」（10.039）

　　隋〈陳氏墓誌〉：「宮人陳氏，家傳禮秩，世載衣纓，積善相資。」（10.049）

唐〈劉粲墓誌〉：「屬君年邁從心，身憑杖力，遂致仕堯世，味道莊篇。所謂積善延齡，夙淑資福。」（11.010）

唐〈賈仕通墓誌〉：「年未辰巳，夢楹俄及。積善無徵，斯言信矣。」（11.094）

唐〈胡寶墓誌〉：「豈期積善無驗，祜德徒言，以廿二年卒於京，春秋卅有五。」（11.181）

唐〈張寶墓誌〉：「宗由積善，緒傳餘慶。」（12.010）

唐〈張君妻成公氏墓誌〉：「豈謂積善徒言，輔仁虛說。忽以大唐永徽二年十二月廿七日遘疾，終於里第，春秋五十有四。」（12.043）

唐〈李君妻呂華墓誌〉：「夫人宿基積善，故得自天祐之，永徽已來，亟蒙恩錫。」（13.016）

唐〈樊寬及妻韓氏合葬誌〉：「門承積善，餘慶方隆。鍾鼎代襲，蟬聯靡終。」（13.145）

唐〈黑齒俊墓誌〉：「高閣連雲，華貂疊映，享此積善，冀傳餘慶。」（20.033）

唐〈大雲寺功德碑〉：「頓漸成學，廣施積善。道彌有路，義總無餘。」（20.139）

唐〈朱齊之墓誌〉：「餘慶蟬聯，弈世不絕。」（21.077）

唐〈裴君妻李芳墓誌〉：「是積餘慶，方貽後昆。」（21.160）

唐〈裴墓誌〉：「盛德行於弈葉，餘慶歸其有後。」（21.161）

唐〈李瑱墓誌〉：「洪源薄於終古，餘慶昭彰於錫胤。」（22.004）

唐〈董虔運墓誌〉：「至若紆青拖紫，鳳舉鷹揚，地望通榮，家承餘慶矣。」（22.013）

唐〈田嵩墓誌〉：「緝熙茂業，代有餘慶。」（22.017）

唐〈楊君妻李氏墓誌〉：「源夫青牛演訓，紫氣沖關，周王旌柱下之材，宣父歎乘雲之異，代纂餘慶，為龍為光。」（22.020）

　　唐〈敬昭道墓誌〉:「昭昭令族兮世濟其美,遠垂餘慶兮斯人多祉。」(22.088)

　　四、「臥轍攀轅」、「攀轅」、「臥轍」,較早來源為《後漢書‧侯霸傳》[32]。載:東漢侯霸為淮平大尹,政理有能名。「更始元年,遣使徵霸,百姓老弱相攜號哭,遮使者車,或當道而臥。皆曰:『願乞侯君復留期年。』」

　　「臥轍攀轅」,謂百姓挽留或眷戀良吏,稱頌有德官吏。「攀轅、臥轍」同。

　　唐〈張傑墓誌〉:「德均去獸,化洽霄魚,何直臥轍攀轅,實亦劭父杜母而已。」(15.204)

　　唐〈成永師墓誌〉:「出掌分符,攀轅是屬。」(16.168)

　　唐〈房誕墓誌〉:「望斷沖牛之氣,行遷埋劍之墟。邑老攀轅,村童臥轍。」(20.055)

(四) 簡縮變體組

　　簡縮變體即精簡石刻用典形式而形成的變體形式。其主要考慮因素除形式的精簡外,還要注意用例的時代和典故的內容。一般來說,被精簡的石刻用典形式變體多直接取自典故,且用例時代早。簡縮變體組共有六組。

　　一、「齊大非偶」、「齊偶」,較早見於《左傳‧桓公六年》[33]:「齊侯欲以文姜妻鄭大子忽,大子忽辭。人問其故,大子曰:『人各有耦,齊大,非吾耦也。』」

32　〔南朝宋〕范曄:《後漢書》(北京市:中華書局,1965年),頁901。

33　〔晉〕杜預注,〔唐〕孔穎達等正義:《十三經注疏‧春秋左傳正義》(北京市:中華書局,2003年),頁1750。

「齊大非偶」，指辭婚者表示自己門第或勢位卑微，不敢高攀。「齊偶」同。

唐〈公孫達墓誌〉：「降生君子，特挺風神。美人齊偶，芬馥同塵。」（12.095）

唐〈陶禹墓誌〉：「不辭齊偶，因大吾門，九族於是增輝，六條由其必復。」（23.043）

唐〈王君妻范如蓮花墓誌〉：「每驚齊大非偶，能用鳴謙自牧，舉事必承先意，服勤嘗不告勞。」（25.060）

《漢語典故大辭典》「齊大非偶」用例時代早：南朝梁沈約《奏彈王源》：「臣聞齊大非偶，著乎前誥；辭霍不婚，垂稱往烈。」

二、「棘人欒欒」、「欒棘」，較早見於《詩‧檜風‧素冠》（〔漢〕毛亨傳、鄭玄箋，〔唐〕孔穎達等正義：《十三經注疏‧毛詩正義》，中華書局2003年，第382頁）：「庶見素冠兮，棘人欒欒兮，勞心慱慱兮。」毛傳：「棘，急也。欒欒，瘠貌。」意謂居父母之喪因哀痛而瘦瘠。

「棘人欒欒」，形容孝子的哀痛。「欒棘」同。「棘人欒欒」直接取自典故內容，且用例時代早於「欒棘」。

唐〈大唐故贈司空荊州大都督上柱國趙王（李福）墓誌銘〉：「子建平王穆等，夙鍾荼蓼，哀纏欒棘。」（新出陝西1.071）（咸亨二年）

唐〈大唐故越國太妃燕氏墓誌銘〉：「創巨與霜露俱深，欒棘共苫苴交實。」（新出陝西1.072）（咸亨二年）

唐〈唐故契苾夫人墓誌銘〉：「痛深欒棘，在疚。」（新出陝西1.107）（開元九年）

唐〈唐故金紫光祿大夫行鄜州刺史贈戶部尚書上柱國河東忠公楊府君（執一）墓誌銘〉：「雖苴蘽外改，而欒棘內殷，心既憂而理深，言不文而人化。」（新出陝西2.087）（開元十五年）

　　唐〈張漪墓誌〉:「無幾而太妃薨,棘人欒欒,哀毀滅性。」
(23.115)(開元二十一年)

　　唐〈盧友度墓誌〉:「嗣子逖詹等,棘人欒欒,哀毀殆絕,終天靡
訴,遷兆何階?」(25.059)(天寶二年)

　　唐〈周敬本墓誌〉:「嗣子彥瑰,次子彥珣,泣血絕漿,伊古人之
竊比,蓼莪欒棘,實當代之無儔。」(新出河南1.433)(天寶十一年)

　　唐〈張登山墓誌〉:「慈顏緬而永翳,欒棘標而崩心,彼天長兮地
久,此貞石兮無侵。」(26.139)(天寶十四年)

　　唐〈姚貞諒墓誌〉:「嗣子上寅等,欒棘其形,哀至泣血。」(全
集3029)(永泰二年)

　　唐〈張清妻李氏(剡國大長公主)墓誌〉:「嗣子怙,痛深欒棘,
哀結寒泉,號毀絕漿,崩摧泣血。」(28.049)(貞元三年)

　　唐〈唐故元從定難功臣金紫光祿大夫行左金吾衛大將軍兼試殿中
監上柱國彭城縣開國侯劉府君(升朝)墓誌銘〉:「夫人李氏,欒棘纏
悲,循陔興感。」(新出陝西2.172)(貞元十三年)

　　唐〈薛迅墓誌〉:「後重禍釁,殆不勝喪,三年之中,哭無旦夕,
泣盡繼血,欒棘其形,亦可謂至孝於心矣。」(28.156)(貞元十七年)

(五)同音變體組

　　同音變體組裏的石刻用典形式變體讀音相同。在石刻語料裏共有
十七組。這裏又細分為幾種情況:一是異體字變體;二是假借字變
體;三是古今字變體;四是訛誤字變體。

　　異體字變體,指石刻用典形式變體之間的差異主要是使用不同的
異體字。

一、「韞匵」、「韞櫝」，較早見於《論語・子罕》[34]：「有美玉於斯，韞匵而藏諸？求善賈而沽諸？子曰：『沽之哉，沽之哉！我待賈者也。」何晏集解引馬融曰：「韞，藏也；匵，匱也，謂藏諸匵中。沽，賣也。得善賈寧肯賣之邪。」邢昺疏：「此章言孔子藏德待用也……言人有美玉於此，藏在匵中而藏之，若求得善貴之賈寧肯賣之邪。」

「韞匵」，比喻懷才待用或懷才隱退。「韞櫝」同。「匵」、「櫝」異體。

唐〈高木盧墓誌〉：「實貞松之操，逸秀雲霄；良玉之德，含輝韞匵。」（全集2690）（開元十八年）

唐〈董昭墓誌〉：「曾祖穎府君，大父操府君，列考難府君，皆高尚其志，淑慎其身，韞櫝藏諸，不求善價，良弓必復，其大後昆。」（25.121）（天寶六年）

唐〈劉珵墓誌〉：「若夫控弦而不得抨，玉韞櫝而不得發，七劄之勢，積於彀中；連城之輝，掩於泉下。」（32.133）

二、「貽厥孫謀」、「詒厥孫謀」，較早見於《詩・大雅・文王有聲》[35]：「詒厥孫謀，以燕翼子。」毛傳：「燕，安。翼，敬也。」鄭玄箋：「傳其所以順天下之謀，以安敬事之子孫。」

「貽厥孫謀」，謂為子孫的將來作好安排。「詒厥孫謀」同，「貽」、「詒」異體字。

北魏〈元孟輝墓誌〉：「貽厥孫謀，及爾君子，播構川河，令問不已。」（4.085）

---

34 〔魏〕何晏集解，〔宋〕邢昺疏：《十三經注疏・論語注疏》（北京：中華書局，2003年），頁2490。

35 〔漢〕毛亨傳、鄭玄箋，〔唐〕孔穎達等正義：《十三經注疏・毛詩正義》（北京市：中華書局，2003年），頁527。

唐〈馬志道墓誌〉:「夐矣長源,派流多族。貽厥孫謀,學宦彌篤。」(11.116)

唐〈郭肅宗墓誌〉:「夫慶源舒派。聲規弈葉,羽儀今古,貽厥孫謀,舊史詳焉,可略言矣。」(17.053)

唐〈許行本及妻崔氏合葬志〉:「珪璋疊秀,簪裾閒起,貽厥孫謀,以宴翼子。龍章五色,隼千里,好爵縻之,令問不已。」(18.054)

唐〈鄭紀及妻盧氏墓誌〉:「夫人華宗胄胤,德門懿賢,自歸於鄭門,閨閫內則,可貽厥孫謀矣。」(33.006)

唐〈成朗墓誌〉:「詒厥孫謀,保□爾後。代毓雄傑,克光前緒。」(13.097)

唐〈閻虔福墓誌〉:「並卷懷上德,棲遲下位,陰施陽報,詒厥孫謀,積行累仁,鍾美於後。」(20.059)

假借字變體,指石刻用典形式變體之間的差異主要是使用假借字而成。

一、「踐阼」、「踐阼」,較早見於《禮記·曲禮下》[36]:「踐阼,臨祭祀。」孔穎達疏:「踐,履也;阼,主人階也。天子祭祀升阼階……履主階行事,故雲踐阼也。」

「踐阼」,指即位;登基。「踐阼」同。從石刻語料看,「踐阼」用例時代早於「踐阼」。《史記》裏「踐阼」、「踐阼」都有用例。典故本作「踐阼」,「阼,辭故反。主階也。」引申為登基、即位後,亦作「踐阼」。「祚,才故切。祿也,保也。」當為同音通假。

晉〈臨辟雝碑〉:「暨聖上踐阼,崇光前軌,闡五帝之絕業,邁三代之弘風。」(2.043)

---

36 〔漢〕鄭玄注,〔唐〕孔穎達等正義:《十三經注疏·禮記正義》(北京市:中華書局,2003年),頁1260。

隋〈劉則墓誌〉:「公夙承階陛,即預驅馳,及受終踐阼,參侍帷辰。雖有鵬飛逸翮,終因鴻漸於郊。」(10.048)

隋〈馬稱心墓誌〉:「大隋啟運,龍飛踐阼。」(10.106)

唐〈唐故宗正卿右翊衛大將軍河北道行臺左僕射左武衛大將軍玄戈軍將開府儀同三司上柱國司空公淮安靖王(李壽)墓誌〉:「我皇踐阼,其命惟新,優禮元功,惇敘九族。」(新出陝西2.019)(貞觀五年)

唐〈李孝同墓碑〉:「高祖踐阼,授柱國武鄉縣開國公,邑二千戶。」(15.113)(咸亨元年)

唐〈大唐故越國太妃燕氏墓誌銘〉:「永徽踐阼,恩睦宗枝。念同氣於磐石,順因心於曾岵。」(新出陝西1.072)(咸亨二年)

唐〈修定寺記碑〉:「自後周氏無道,神器授隨,文皇踐阼,大弘佛法。」(21.115)(開元七年)

唐〈公孫思觀墓誌〉:「神龍元年,中宗踐阼,加階依本官。」(21.120)

唐〈白羨言墓誌〉:「始皇踐阼,思武安大業,封太原侯,今為太原人也。」(23.150)

唐〈李輔光墓誌〉:「元和初,皇帝踐阼,旌寵殊勳,復遷內常侍兼供奉官。」(29.099)

唐〈王文幹墓誌〉:「憲宗踐阼,時公年始童舞,入趨紫闥,出踐丹墀,敷奏詳明;鬱為俊彥,遂拜供奉官。」(31.133)

二、「學植」、「學殖」,較早見於《左傳・昭公十八年》[37]:「夫學,殖也;不殖將落。」杜預注:「殖,生長也;言學之進德,如農之殖苗,日新日益。」

---

37 〔晉〕杜預注,(唐)孔穎達等正義:《十三經注疏・春秋左傳正義》(北京市:中華書局,2003年),頁2086。

「學植」，泛指學業、學問。「學殖」同。

北周〈豆盧恩碑〉：「枕藉禮闈，留連學植。策參帷帳，功披荊棘。」（全集128）

唐〈崔長先墓誌〉：「金聲玉振，貽慶流則。著美清貞，有聞學植。」（11.006）

唐〈曹君妻慕容麗墓誌〉：「英賢弈葉，學植紛綸。克生淑媛，載誕夫人。」（13.064）

唐〈王羅墓誌〉：「公誕秀瓊林，若驪泉而啟照；端儀瑁圛，方玉水以瑰流。生知非學植所工，庶幾豈琢磨致悉。」（14.045）

唐〈杜慶墓誌〉：「藻生知於學植，窮奧旨於禮經，莊好問於玄同，賈鉤深於於擊。」（15.055）

唐〈秦朗墓誌〉：「忠孝仁義，得自天資；學植文理，稟於家訓。」（18.130）

唐〈陳周子墓誌〉：「雖學植未周，而靈機頓啟，才有擅於豐麗，體頗長於閒逸。」（25.043）

唐〈張建章墓誌〉：「詞鋒沒於逝川，學植權為朽壤，悲夫！」（34.013）

唐〈李良墓誌〉：「莫不世濟清通，家傳學殖。華夷挹其風味，緇素崇其楷模。」（11.194）

三、「夜漁」、「夜魚」，較早見於《呂氏春秋・具備》[38]：「三年，巫馬旗短褐衣弊裘而往觀化於亶父，見夜漁者，得則舍之。巫馬旗問焉，曰：『漁為得也，今子得而舍之，何也？』對曰：『宓子不欲人之取小魚也。所舍者，小魚也。』巫馬旗歸，告孔子曰：『宓子之德至矣。』」

---

38 許維遹：《呂氏春秋集釋》（北京市：中華書局，2009年），頁507。

「夜漁」，稱頌地方官施行德政。「夜魚」同，「魚」通「漁」。

唐〈王順孫墓誌〉：「君亟裁美錦，屢典名邦。威惠垂風，清白馳譽。化流馴稚，道洽夜魚。」（12.021）

唐〈王貞墓誌〉：「父義，唐文林郎守并州太原縣丞，夜魚不犯，道贊烹鮮，朝雉調弦，政□馴翟。」（19.054）

西魏〈西魏故假節督東荊州諸軍事征虜將軍東荊州刺史鄧君之墓誌〉：「導德齊禮，威愛並施，擊析畫休，夜漁仍爾。」（9.003）

唐〈大唐故左驍衛大將軍幽州都督琅玡公（牛秀）墓誌〉：「時雉馴雛，夜漁沉小。」（新出陝西1.034）（永徽二年）

唐〈袁希範墓誌〉：「有命自天，惟德而祿，方使中牟狎雉，表神化於魯恭；單父夜漁，諧至仁於子賤。」（17.097）（垂拱四年）

古今字變體，指石刻用典形式變體之間的差異主要是使用古今字而成。

「共敝」、「共弊」，較早見於《論語・公冶長》[39]：「子路曰：『願車馬，衣輕裘，與朋友共，敝之而無憾。』」

「共敝」，指同甘共苦。「共弊」同。「敝」、「弊」古今字。

隋〈陳叔毅修孔子廟碑〉：「因頌成功，遂歌美績。共敝穹壤，永固金石。」（10.051）

唐〈李迪墓誌〉：「衣無常主，財非己物，裘馬則朋友共弊，飲食常四海必招。」（25.133）

訛誤字變體，指石刻用典形式變體之間的差異主要是使用訛誤字而成。

一、「青緗」、「青箱」，較早見於《宋書・王準之傳》[40]：「曾祖彪

---

39 〔魏〕何晏集解，〔宋〕邢昺疏：《十三經注疏・論語注疏》（北京：中華書局，2003年），頁2475。

40 〔南朝梁〕沈約：《宋書》（北京市：中華書局，1974年），頁1623-1624。

之……博聞多識，練悉朝儀，自是家世相傳，並諳江左舊事，緘之青箱，世人謂之『王氏青箱學』。」

「青箱」，指傳家的史學。「青緗」同。「緗，思良切。桑初生色。」「青緗」，當為同音訛誤。

唐〈柳君妻蕭媖墓誌〉：「若夫彤管摛英，應柔只而載德；青緗騰茂，闡陰訓而垂範。」（13.003）

唐〈孫澄墓誌〉：「蘊青箱則研精圖緯，該百氏而知幾；飛彩劄則組織風雲，包九能而擅妙。」（17.123）

唐〈杜舉墓誌〉：「汝南人物，授青箱者不窮；豫北衣冠，乘朱輪者無絕。」（17.132）

唐〈楊承胤墓誌〉：「亦有青箱秘說，理奧言微；黃絹貞碑，詞幽旨遠。」（20.050）

唐〈王感墓誌〉：「青箱就學，黃綬從班，體物緣情，劉公幹之有氣；才高位下，桓君山之不樂。」（20.091）

二、「隨侯明月」，較早見於《淮南子・覽冥訓》[41]：「順之者利，逆之者凶。譬如隋侯之珠，和氏之璧，得之者富，失之者貧。」高誘注：「隋侯，漢東之國姬姓諸侯也。隋侯見大蛇傷斷，以藥傅之，後蛇於江中銜大珠以報之，因曰『隨侯之珠』，蓋明月珠也。」又晉干寶《搜神記》[42]卷二十：「歲餘，蛇銜明珠以報之。珠盈徑寸，純白，而夜有光明，如月之照，可以燭室，故謂之『隋侯珠』，亦曰『靈蛇珠』，又曰『明月珠』。」

「隨侯明月」，為寶珠。亦泛指至珍之物。《漢語典故大辭典》有「隋侯明月」。

---

41 〔漢〕劉安等編撰，高誘注：《淮南子》（上海市：上海古籍出版社，1989年），頁63。

42 〔晉〕干寶撰，汪紹楹校注：《搜神記》（北京市：中華書局，1979年），頁238。

唐〈智通塔銘〉:「非隨侯明月難掇,有卞氏連城增價,不其然乎?」(26.115)

(六)同義近義替換變體組

同義近義替換指石刻用典形式變體由意義相同或相近的字、詞替換而成。在石刻語料裏共有五十組。

一、「牽裾」、「引裾」,較早來源為《三國志・魏志・辛毗傳》[43]:「帝欲徙冀州士家十萬戶實河南。時連蝗民饑,群司以為不可,而帝意甚盛。毗與朝臣俱求見,帝知其欲諫,作色以見之,皆莫敢言。……帝不答,起入內;毗隨而引其裾,帝遂奮衣不還,良久乃出,曰:『佐治,卿持我何太急邪?』毗曰:『今徙,既失民心,又無以食也。』帝遂徙其半。」

「引裾」,指直言極諫。「牽裾」同。

唐〈王素墓誌〉:「斷鞅犯顏,引裾迕旨。」(12.117)

唐〈劉齊賢墓誌〉:「金擢彩,累進於牽裾;玉諜傳榮,獨優於綸誥。」(19.051)(長安三年)

唐〈大唐故右監門衛將軍上柱國朔方郡開國公兼尚食內供奉執失府君(善光)墓誌銘〉:「牽裾出閣,借筋成籌。亟申妙略,遽展嘉謀。」(新出陝西1.109)(開元十一年)

二、「一繩匪維」、「一繩靡維」,較早來源為《後漢書・徐穉傳》[44]:「臨決去,謂容曰:『為我謝郭林宗,大樹將顛,非一繩所維,何為棲棲不遑寧處?』」

---

43 〔晉〕陳壽撰,〔南朝宋〕裴松之注:《三國志》(北京市:中華書局,1982年),頁696-697。

44 〔南朝宋〕范曄:《後漢書》(北京市:中華書局,1965年),頁1747。

「一繩靡維」，比喻崩潰的形勢非一人所能挽救。「一繩匡維」同。

北魏〈元彧墓誌〉：「屬天未悔禍，妖徒方熾，千城棄律，一繩靡維。」（5.140）

北魏〈元徽墓誌〉：「而天未悔禍，時屬道消，一繩匡維，我言不用。」（5.174）

三、「祖龍之焚」，較早來源為《史記・秦始皇本紀》[45]：「（三十六年）秋，使者從關東夜過華陰平舒道，有人持璧遮使者曰：『為吾遺滈池君。』因言曰：『今年祖龍死。』」裴駰集解引蘇林曰：「祖，始也；龍，人君象。謂始皇也。」

「祖龍之焚」，指秦始皇焚書坑儒。《漢語典故大辭典》有「祖龍之虐」，二者來源、意義相同，不同之處僅「焚」、「虐」之異，這兩個字表義相近，都指始皇焚書事，故稱。

後晉〈移文宣王廟記〉：「念伯魚之學時，可知家法，想祖龍之焚處，自墜皇圖。」（36.115）

（七）反義關係變體組

反義關係變體組是指石刻用典形式變體由意義相反的字、詞等構成。在石刻語料中僅見一組。

「治命」、「亂命」，較早見於《左傳・宣公十五年》[46]：「魏武子有嬖妾，無子。武子疾，命顆（武子之子）曰：『必嫁是。』疾病，則曰：『必以為殉。』及卒，顆嫁之，曰：『疾病則亂，吾從其治也。』及輔氏之役，顆見老人結草以亢杜回，杜回躓而顛，故獲之。夜夢之曰：『余，而所嫁婦人之父也。爾用先人之治命，余是以報。』」

---

45 〔漢〕司馬遷：《史記》（北京市：中華書局，1982年），頁259。

46 〔晉〕杜預注，（唐）孔穎達等正義：《十三經注疏・春秋左傳正義》（北京市：中華書局，2003年），頁1888。

「治命」，指人死前神志清醒時的遺言。「亂命」反之。

唐〈西門珍墓誌〉：「以明年七月廿日壬寅遷窆於長安縣承平鄉先修之塋，從其治命也。」（29.133）

唐〈王君妻蘇氏墓誌〉：「且甥侄之情，何心忍視，不從亂命，無爽禮經。」（31.129）

（八）修飾關係變體組

修飾關係，是指石刻用典形式變體之間的差異在於有沒有修飾成分。在石刻語料裏有八組。

一、「賈余勇」、「賈勇」，較早見於《左傳・成公二年》[47]：「齊高固入晉師，桀石以投人，禽之，而乘其車，係桑本焉。以徇齊壘，曰：『欲勇者，賈余餘勇。』」杜預注：「賈，買也。言己勇有餘，欲賣之。」

「賈勇」，謂竭盡全力，鼓足勇氣。「賈餘勇」同。

北周〈匹婁歡墓誌〉：「運籌帳裏，擐甲軍中；投醪感惠，賈勇稱雄。」（8.161）

隋〈伍道進墓誌〉：「方騁奇節，賈勇戎行，遽辭華屋，永即玄堂。」（10.124）

唐〈張琮墓碑〉：「起武安以振威，邁淮陰以賈勇。」（11.080）

唐〈獨孤開遠墓誌〉：「二衛望隆，八屯寄重。料敵制勝，臨戎賈勇。」（11.105）

唐〈段志玄墓碑〉：「斬良賈勇，括羽定功。」（11.111）（貞觀十六年）

---

47 〔晉〕杜預注，（唐）孔穎達等正義：《十三經注疏・春秋左傳正義》（北京市：中華書局，2003年），頁1894。

唐〈大唐故右武衛大將軍使持節都督涼甘肅伊瓜沙等六州諸軍事涼州刺史上柱國同安郡開國公鄭府君（仁泰）墓誌銘〉：「莫不賈勇推鋒，先鳴虮銳。」（新出陝西1.056）（麟德元年）

唐〈田博妻桑氏墓誌〉：「渡狼河而賈勇，則萬騎停驂；指鹿塞以鳴弦，則三軍敢敵。」（15.003）（乾封元年）

唐〈張仁楚墓誌〉：「若乃策名委質，環衛警於龍樓；賈勇先登，權謀逸於鼃壑。」（19.083）

唐〈王承裕及妻高氏合祔志〉：「其在朔方也；盡變通之要，得節制之宜，俗且知方，人盡賈勇，裹糧坐甲，秣馬利兵，塞垣無虞，公之力也。」（26.044）

唐〈永泰寺碑〉：「復有沙門法意敬一等，至樂大乘，沉心不二，一日必葺，當賈勇而行，諸六時精勤，縱力極而不廢。」（26.061）（天寶十一年）

唐〈大唐故朝議郎行河南府士曹參軍敦煌張公（仲暉）墓誌銘〉：「他日趨庭，得伯魚之聞禮；當年賈勇，慕夏侯之拾青。」（新出陝西1.123）（天寶十二年）

後梁〈謝彥璋墓誌〉：「被犀挺釖，每出先登，涉血履腸，恒賈餘勇。」（36.020）

二、「蹐地」、「蹐厚地」，較早見於《詩·小雅·正月》[48]：「謂天蓋高，不敢不局。謂地蓋厚，不敢不蹐。」

「蹐地」，比喻謹慎戒懼。「蹐厚地」同。

唐〈皇甫安定墓誌〉：「暨乎移天瘞質，蹐地無依，振孀節於煢孤，勖母儀於幽弱。」（14.077）

---

48 〔漢〕毛亨傳、鄭玄箋，〔唐〕孔穎達等正義：《十三經注疏·毛詩正義》（北京市：中華書局，2003年），頁443。

唐〈沈士公墓誌〉：「有子行琛，慟不天而嬰罰罰，踣厚地而不自勝。」（12.145）

唐〈皇甫安定墓誌〉：「訴曾旻而摽氣，踣厚地而崩心。」（14.077）

（九）取象差異變體組

取象差異變體組裏的石刻用典形式變體之間的關係不像上述八種關係那樣容易區分，我們從其在典故中選取對象不同這一點出發，將這些難以明確關係的石刻用典形式變體歸入取象差異變體組。在石刻語料裏有五十二組。

一、「蹄涔」、「牛涔」，較早見於《淮南子・氾論訓》[49]：「夫牛蹄之涔，不能生鱣鮪。」高誘注：「涔，雨水也，滿牛蹄跡中，言其小也。」

「蹄涔」，指容量、體積等微小。「牛涔」同。用典者從典故中選取「蹄」和「牛」這兩個不同的對象，與「涔」構成用典形式變體。

唐〈張玄弼墓誌〉：「乃升州部，平反著績，孰謂蹄涔，能申海擊。」（17.171）

唐〈姚元之造像記〉：「牛涔效淺，每以弄鳥勤侍，思反哺而馳魂。」（19.079）

二、「遲日」、「遲光」，較早見於《詩・豳風・七月》[50]：「春日遲遲。」毛傳：「遲遲，舒緩也。」

「遲日」，指春光。「遲光」同。

唐〈唐故萬泉縣主薛氏（豆盧君夫人）墓誌銘〉：「妙唱徐吟，駐

---

49 〔漢〕劉安等編撰，高誘注：《淮南子》（上海市：上海古籍出版社，1989年），頁145。

50 〔漢〕毛亨傳、鄭玄箋，〔唐〕孔穎達等正義：《十三經注疏・毛詩正義》（北京市：中華書局，2003年），頁389。

遲光於綺榭﹔商弦暫拊，弄清月於華軒。」（新出陝西2.074）（景雲元年）

　　唐〈李君妻盧氏墓誌〉：「天之不弔，幼而終始，遲日西沒，逝水東流。」（29.117）（元和十二年）

　　唐〈王逖墓誌〉：「行雲動色，遲日無光，荷今追古，哀深感長。」（30.097）

　　唐〈崔公妻李氏墓誌〉：「薤歌咽而悲意淒斷，秋雲凝而遲日無輝。」（32.003）（大中元年）

　　唐〈唐故正議大夫行內侍省宮闈局令員外置同正員上柱國太原郡食邑三百戶賜緋魚袋致仕王公（怡政）墓誌銘〉：「逝川東注，遲日西輪。蒼蒼隴樹，冪冪郊雲。」（新出陝西2.267）（大中八年）

（十）媒介聯繫變體組

　　媒介聯繫，是指石刻用典形式變體之間是通過典故中的媒介物而發生聯繫。在石刻語料裏有一組。

　　「薤水」、「置薤之言」，較早來源為《後漢書・龐參傳》[51]：「參為漢陽太守。郡人任棠者，有奇節，隱居教授。參到，先候之。棠不與言，但以薤一大本，水一盂，置戶屏前，自抱孫兒伏於戶下。主簿白以為倨。參思其微意，良久曰：『棠是欲曉太守也。水者，欲吾清也。拔大本薤者，欲吾擊強宗也。抱兒當戶，欲吾開門恤孤也。』」

　　「置薤之言」，謂期望地方官吏打擊豪強，實行仁政。「薤水」，表示人民對官吏公正清廉，敢於打擊豪強的期望。兩個用典形式變體通過媒介物「薤」相互聯繫。

　　唐〈張胤墓碑〉：「輕浮載革，敬讓爰興。聊遵置薤之言，俄喧伐枳之詠。」（13.061）

51　〔南朝宋〕范曄：《後漢書》（北京：中華書局，1965年），頁1689。

唐〈郭思訓墓誌〉：「曾祖興，周上黨郡守、平東將軍，青綬登朝，朱旗絳野，執霜戈而問罪，方薤水而澄心。」（20.137）

（十一）二重關係變體組

二重關係變體組，顧名思義，即是石刻用典形式變體之間僅有兩種關係。在石刻語料裏有四十五組。

一、「拔葵去織」、「去織」、「公儀之拔葵」，較早見於《史記・循吏列傳》[52]：「（春秋魯相公儀休）奉法循理，無所變更，百官自正。使食祿者不得與下民爭利，受大者不得取小……食茹而美，拔其園葵而棄之。見其家織布好，而疾出其家婦，燔其機，云：『欲令農士工女安所讎其貨乎？』」《漢書・董仲舒傳》亦載其事。

「拔葵去織」、「去織」是同根關係，謂居官不與民爭利。

北魏〈張猛龍碑〉：「乃辭金退玉之貞耿，拔葵去織之信義，方之我君，今猶古□。」（4.121）

隋〈皇甫深墓誌〉：「酌泉而治，去織葴民，口馥椒蘭，心澄水鏡。」（10.079）

「拔葵去織」、「公儀之拔葵」也是同根關係。這就表明「拔葵」、「去織」都是變體根，辭書有「拔葵」，石刻語料中不見用例。

唐〈大唐故司空太子太師贈太尉揚州大都督上柱國英國公（李）績墓誌銘〉：「是以寢丘之田，絕膏腴之利；文終之第，隔輪奐之美。邁公儀之拔葵，甘次卿之脫粟。此則廉於財也。」（新出陝西1.067）

二、「蒲車」、「蒲輪」、「蒲輪之征」，較早見於《史記・平津侯主父列傳》[53]《漢書・武帝紀》[54]：「遣使者安車蒲輪，束帛加璧，徵魯

---

52 〔漢〕司馬遷：《史記》（北京市：中華書局，1982年），頁3101-3102。

53 〔漢〕司馬遷：《史記》（北京市：中華書局，1982年），頁2964。

54 〔漢〕班固撰，〔唐〕顏師古注：《漢書》（北京市：中華書局，1962年），頁157。

申公。」顏師古注：「以蒲裏輪，取其安也。」

「蒲車」，指尊老聘賢所用的車子。借指徵聘賢士。「蒲輪」同。二者之間是取象差異關係。

東魏〈邑主造石像碑〉：「蒲車岩阿，訪逸求賢。」（6.150）

隋〈楊秀墓誌〉：「資明略於心曲，吐逸氣於胸襟，遂得受詔蒲輪，高才入選。」（10.038）

唐〈張綱墓誌〉：「公乃秉超世之殊操，固金石而不移。學冠朝倫，行為稱首。豈束帛而可徵，縱蒲輪而弗降。」（11.135）

唐〈封祀壇碑〉：「蒲輪欲馭，芝誥俄從。」（18.075）

唐〈吳福將墓誌〉：「雅情好古，養素丘園，攀桂樹以淹留，枉蒲輪而不去。」（26.012）

「蒲輪之征」，附加「之征」，直接表明其「徵聘賢士」之意義。與「蒲輪」構成注解關係。

唐〈趙宗墓誌〉：「或銷聲陋巷，鏟跡岩阿，薄受蒲輪之征，微就生芻之禮。」（15.007）

（十二）多重關係變體組

多重關係變體組其實是一個源自相同典故的變體群，其中的各個石刻用典形式變體之間的關係錯綜複雜，至少有三種關係。多重關係變體組在石刻裏共有一六三組，集中考察多重關係變體組中的石刻用典形式變體，可以較全面分析典故和石刻用典形式變體之間在形式、意義等方面的關係，對研究石刻用典形式變體的發展變化也有幫助。

「荃蹄」、「筌蹄」、「忘筌」、「筌忘蹄忘」，較早見於《莊子‧外物》[55]：「荃者所以在魚，得魚而忘荃；蹄者所以在兔，得兔而忘

55　〔清〕郭慶藩撰，王孝魚點校：《莊子集釋》（北京市：中華書局，2004年），頁944、946。

蹄。」成玄英疏:「筌,魚笱也,以竹為之,故字從竹。亦有從草者,蓀荃也,香草也,可以餌魚,置香於柴木蘆葦之中以取魚也。蹄,兔罝也,亦兔弶也,以係係兔腳,故謂之蹄。此二事,譬也。」

「荃蹄」、「筌蹄」是同音變體,意義相同,比喻達到目的的手段或工具。《中古漢字流變》[56]:「荃,趨緣切。香草也。」又「筌,且沿切。捕魚笱。」在按語中,引《篆隸萬象名義》:「荃,香草。筌字。」可見,「荃」、「筌」同音,形近。魚笱、香草都是捕魚之憑藉,故用典者取「荃」、「筌」皆可。我們據現代漢語讀音將之歸入同音變體類。

唐〈大唐故中大夫紫府觀道士薛先土(賾)墓誌銘〉:「夫體道觀妙,言象之所未宣;忘情懸解,筌蹄之所不係。」(新出陝西1.032)(貞觀二十年)

唐〈劉裕墓誌〉:「遠惟日角,啟洪胄於唐季;近膺龍顏,固靈根於漢葉。既有彰油素,亦無待荃蹄。」(12.079)(永徽四年)

唐〈李護墓誌〉:「懷橘之年,括筌蹄於嬴角;對日之歲,表機悟於家禽。」(14.029)

唐〈羅端墓誌〉:「兼以尤精法□,備窮沿革之規;推好玄宗,深了筌蹄之旨。」(14.121)

唐〈孔子廟碑〉:「新莽泛日,能對於楚賓;舊骨淪風,旋訓於越使,藏往知來之際,微妙玄通之旨,不可以龜策求,不可以筌蹄得。」(15.020)

唐〈張沖兒墓誌〉:「陵轢賈馬,嘯傲曹劉,洞筌蹄之奧義,□希夷之秘旨。」(16.020)

唐〈房逸墓誌〉:「考策,唐處士;擯落軒裳,筌蹄名理。」(18.151)

---

56 臧克和:《中古漢字流變》(上海市:華東師範大學出版社,2008年),頁1048、1139。

唐〈龍龕道場銘〉：「可以神事，像絕於筌蹄；難以名言，理歸於冥寂。」（18.154）

「忘筌」直接取自典故之「忘荃」，比喻忘卻達到目的之憑藉。「忘筌」顛倒即「筌忘」，與「筌忘蹄忘」為改造之後再拆分之關係。

唐〈尉遲恭墓碑〉：「既而俯鑒忘筌，景文成之茂蜀，深惟滿器，躡太傅之高蹤。」（13.104）

唐〈魏法師碑〉：「若乃妙符懸解，深體至精，韞大白之高量，步中黃之前軌，悠然配極，邈天古以為鄰，港乎養空，清谷神而內保，得忘筌於真宰，抑有仁靜魏師歟？」（16.063）

唐〈程玄景墓誌〉：「寒松比操，秋桂飼芳，即色非色，筌忘蹄忘。」（18.031）

唐〈魏靖墓誌〉：「至於懸鏡虛舟，忘筌遺象，入無出有，不將不迎。冥懷于吉凶，取樂於名教，如川之有江海，如山之有嵩華。」（22.114）

唐〈憫忠寺寶塔頌〉：「樹茲幢相，遊刃忘筌；割淨貲以檀舍，施珍俸於慈緣。」（27.003）

「荃蹄」、「筌蹄」與「忘筌」、「筌忘蹄忘」之間不僅在意義上有聯繫，也在形式上通過「筌」建立媒介聯繫，故此四個石刻用典形式都是變體。

二　石刻用典形式變體組研究的全面系統性

石刻用典形式變體組是同源的所有石刻用典形式變體的組合。石刻用典形式變體組研究是一種全面、系統的研究方法。因為我們的調查覆蓋整個石刻語料庫，能夠檢索任一關鍵字的所有相關用例，較全面提取同源所有的石刻用典形式變體；我們不僅考察單個的石刻用典

形式變體，而且將同源所有的石刻用典形式變體作為一個整體來研究，觀察它們之間的差異，思考它們之間的聯繫，探究它們的構成方式、產生原因及特點等，從來源、形式、意義、書證等多方面考量。

我們試舉一例來說明石刻用典形式變體組研究的全面系統性，並向大家報告我們逆向提取、分析石刻用典形式變體的具體步驟、方法等。

《莊子・大宗師》[57]：「夫藏舟於壑，藏山於澤，謂之固矣。然而夜半有力者負之而走，昧者不知也。」

《漢語典故大辭典》以此為來源共有「藏舟去壑」、「藏壑」、「藏山夜半失」、「藏舟」、「藏舟夜半」、「藏舟夜壑」、「壑舟」、「夜半有力」、「夜壑」、「夜壑藏舟」、「舟藏萬壑春」、「舟壑」、「舟壑潛移」等十三個用典形式。

首先，我們從中選取「藏舟」、「去壑」、「藏壑」、「藏山」、「夜半」、「夜壑」、「壑舟」、「舟藏」、「舟壑」等九個關鍵字在《魏晉南北朝隋唐五代石刻語料庫》裏檢索，共得到含有這些關鍵字的清晰明確用例二六二個。其中含有「舟壑」的七十七例；含有「藏舟」的七十三例；含有「夜壑」的五十四例；含有「壑舟」的二十二例；含有「藏山」的二十二例；含有「舟藏」的七例；含有「藏壑」的五例；含有「去壑」的二例；含有「夜半」的〇例。

第二步，分別從這些用例中分析出含有關鍵字的完整句法形式，計有二〇三個。

含有「藏舟」的計有「藏舟易遠」六（六為用例數，下同。僅有一例的省略不標）、「藏舟易往」四、「藏舟不固」二、「藏舟靡固」二、「巨壑藏舟」二、「大壑藏舟」二、「藏舟夜徙」、「壑徙藏舟」二、「藏舟遽移」二、「遽切藏舟」、「藏舟夜速」、「藏舟已去」、「藏舟

---

57 〔清〕郭慶藩撰，王孝魚點校：《莊子集釋》（北京市：中華書局，2004年），頁243。

驟徙」、「藏舟難固」、「運彼藏舟」、「藏舟忽運」、「送藏舟而不輟」、「藏舟易淪」、「藏舟匪固」、「藏舟之夜往」、「藏舟遽遠」、「藏舟已運」、「始欲藏舟」、「奄運藏舟」、「藏舟徙於大川」、「奄喻藏舟」、「欻爾藏舟」、「倏爾藏舟」、「藏舟徙壑」、「藏舟忽謝」、「藏舟之喻」、「共泣藏舟」、「徙藏舟於夜壑」、「藏舟易轉」、「懼迫藏舟」、「藏舟易徙」、「藏舟遂遠」、「藏舟不駐」、「徙藏舟之夜壑」、「藏舟易謝」、「奄惜藏舟」、「藏舟忽往」、「藏舟於壑」、「藏舟未固」、「壑其藏舟」、「藏舟已失」、「藏舟閱水」、「藏舟遽驚其遷壑」、「藏舟之夜失」、「藏舟去壑」、「藏舟貿壑」、「藏舟之任」、「閱水藏舟」、「藏舟詎存」、「藏舟既遠」、「藏舟欲固」、「共此藏舟」、「藏舟易失」、「藏舟有謝」等五十九個完整句法形式。

　　含有「舟藏」的計有「川逝舟藏」二、「遽歎舟藏」二、「舟藏夜壑」、「水閱舟藏」、「至瘞舟藏」等五個完整句法形式。

　　含有「舟壑」的計有「舟壑潛移」七、「舟壑有遷」五、「舟壑遷改」三、「舟壑潛徙」二、「舟壑易徙」二、「奄移舟壑」二、「舟壑易遷」二、「舟壑移」二、「遷舟壑」二、「舟壑遽遷」二、「舟壑或遷」二、「舟壑屢遷」二、「舟壑之屢遷」二、「舟壑徂遷」二、「舟壑難藏」二、「舟壑潛運」二、「舟壑夜遷」二、「舟壑之潛運」、「舟壑雲徙」、「遽徙舟壑」、「舟壑推遷」、「舟壑互變」、「徙舟壑」、「舟壑雖改」、「舟壑異徙」、「舟壑既遷」、「舟壑而潛移」、「舟壑之運俄遷」、「舟壑將惠日光沉」、「舟壑遷移」、「舟壑變遷」、「痛藏舟壑」、「舟壑遷亡」、「舟壑推運」、「俄化遷於舟壑」、「舟壑推移」、「舟壑雖變」、「舟壑貿遷」、「警千秋於舟壑」、「舟壑之遽徙」、「舟壑之運」、「冥冥舟壑」、「舟壑夕遷」、「舟壑未攻」、「舟壑斯淪」、「舟壑之潛移」、「舟壑忽遷」、「莊生興舟壑之譏」、「潛移舟壑」、「舟壑倏遷」、「舟壑之藏」等五十一個完整句法形式。

含有「壑舟」的計有「壑舟夜徙」三、「夜徙壑舟」二、「壑舟遽徙」、「遽徙壑舟」、「壑舟潛徙」、「大壑舟遷」、「壑舟奔夜」、「壑舟已往」、「壑舟俄往」、「壑舟靡固」、「壑舟難駐」、「壑舟易往」、「壑舟仍謝」、「奄移壑舟」、「壑舟夜驚」、「壑舟難止」、「壑舟闇徙」、「壑舟兮徙夜」、「壑舟俄徙」等十九個完整句法形式。

含有「夜壑」的計有「夜壑遷舟」七、「舟遷夜壑」五、「舟移夜壑」三、「夜壑俄遷」二、「夜壑舟移」二、「夜壑兮移舟」、「夜壑舟隱」、「沉暉夜壑」、「隨夜壑而淑淑」、「痛夜壑之移舟」、「忽驚夜壑」、「夜壑舟遷」、「璿驚夜壑」、「悲遷夜壑」、「悲哉夜壑」、「夜壑舟徙」、「垂芳夜壑」、「夜壑飛湍」、「夜壑難藏」、「嶽移夜壑」、「遽遷夜壑」、「因從夜壑」、「夜壑移舟」、「永移夜壑」、「背青春兮歸夜壑」、「俄遷夜壑」、「夜壑默遷」、「法船移於夜壑」、「遷夫夜壑」、「奄芳聲於夜壑」、「夜壑藏」、「遷舟於夜壑」、「魂歸夜壑」、「夜壑非保」、「風生兮夜壑」、「赴夜壑」、「玉匣將臻於夜壑」、「遷夜壑於東溟」、「夜壑風悲」、「悲沉夜壑」等四十個完整句法形式。

含有「藏山」的計有「藏山易謝」、「藏山非固」、「藏山遽移」、「藏山潛運」、「歸骨藏山」、「不固藏山之澤」、「藏山靡固」、「藏山徙崿」、「藏山奄謝」、「有寐於藏山」、「藏山徙澤」、「靡固於藏山」、「藏山易往」、「藏山匪固」、「藏山之疊」、「大澤藏山」、「澤不固於藏山」、「澤無藏山」、「藏山不留」、「藏山易負」、「藏山冥改」、「藏山遷壑」等二十二個完整句法形式。

含有「藏壑」的計有「泉悲藏壑」、「藏壑難留」、「遷藏壑之舟」、「藏壑易遷」、「遽怨藏壑」等五個完整句法形式。

含有「去壑」的計有「舟遷去壑」、「舟去壑」等二個完整句法形式。

第三步，按形式及意義分析整理所得到的完整句法形式（同時代、同用典形式僅取一個用例）。

　　一、「藏舟」類：「奄惜藏舟」、「懼迫藏舟」、「共泣藏舟」、「遽切藏舟」、「欻爾藏舟」、「倏爾藏舟」、「奄喻藏舟」、「藏舟之喻」、「閱水藏舟」、「藏舟閱水」、「共此藏舟」、「藏舟已失」、「藏舟已去」、「藏舟詎存」、「始欲藏舟」。

　　《漢語大詞典》：「藏舟」，用以比喻客觀事物不斷變化，不可固守。《漢語典故大辭典》：「藏舟」，同「藏壑」，比喻客觀事物不斷變化，難以固守。常用以哀悼死者。從石刻語料用例來看，「藏舟」體現的是典故中「藏舟於壑，然而夜半有力者負之而走」這層含義，重心是「藏舟不固而失去」。我們認為，「事物不斷變化，不可固守」是典故的深層含義，而石刻語料中的用典形式體現的是其比喻義，因此，「藏舟」，比喻生命逝去。「藏舟已失」、「藏舟已去」直接體現失去義，比喻生命逝去；「藏舟詎存」以反問的方式體現生命逝去義；「始欲藏舟」之「藏舟」，似僅有藏住生命之義，當屬個例。「奄惜藏舟」、「共泣藏舟」、「遽切藏舟」、「欻爾藏舟」、「倏爾藏舟」、「奄喻藏舟」、「藏舟之喻」、「閱水藏舟」、「藏舟閱水」、「共此藏舟」、「藏舟欲固」、「藏舟之任」等之「藏舟」均為此義。

　　隋〈蔡君妻張貴男墓誌〉：「居諸忽往，風燭難留。俄悲撤瑟，遽切藏舟。」（10.012）

　　唐〈楊達妻張氏墓誌〉：「隱恤孤遺，免於只悔，方敦母則，欻爾藏舟。春秋七十有七，越以麟德二年十二月廿四日，終於私第。」（15.004）

　　「藏舟」，亦比喻自然界的遷移變化。

　　唐〈張金才墓誌〉：「子玄貞等，悲深泣血，懼迫藏舟，敢煩客卿，為其銘曰。」（18.094）

　　二、「藏舟不固」類：「藏舟不固」二、「藏舟靡固」二、「藏舟匪固」、「藏舟未固」、「藏舟難固」、「藏舟不駐」。

「藏舟不固」，比喻自然界的遷移變化。「藏舟不駐」同。

唐〈胡儼墓誌〉：「所懼藏舟不固，陵谷易遷。勒銘旌行，式甄泉戶。」（11.042）

唐〈秦佾墓誌〉：「嗟乎！逝水無停，藏舟不駐，今來古往，陵徙谷遷。」（18.144）

「藏舟難固」，謂客觀事物易於變化，難以固守，比喻生命易逝，難以長久。「藏舟匪固」、「藏舟未固」、「藏舟靡固」同。

隋〈李元墓誌〉：「閒居養志，不屈己於徒勞；詩書自娛，乃肥身於道勝。而藏舟難固，過隙易往，春秋六十有二，大業八年七月十七日遘疾卒於家館。」（10.142）

唐〈沈士公墓誌〉：「厭離塵滓，歸誠道場。藏舟匪固，逝水難防。」（12.145）（永徽六年）

唐〈楊基及妻能氏墓誌〉：「豈謂藏舟未固，徒燃西國之香；逝水驚濤，俄赴東山之籙。延載元年九月十九日卒於私第，春秋八十有五。」（全集2285）（神功元年）

唐〈唐故郯王（李經）墓誌銘〉：「而逝水不留，藏舟靡固。皇情軫悼，縟禮飾終。」（新出陝西2.229）（大和八年）

三、「藏舟移、徙」類：「藏舟遽移」二、「藏舟驟徙」、「藏舟遽遠」、「藏舟忽往」、「藏舟忽運」、「藏舟忽謝」、「藏舟已運」、「藏舟既遠」、「藏舟遂遠」、「藏舟夜徙」、「藏舟之夜往」、「藏舟有謝」。

「藏舟驟徙」，謂客觀事物突然發生變化，比喻生命逝去。「藏舟忽運」、「藏舟遽遠」、「藏舟遽移」、「藏舟忽謝」、「藏舟忽往」同。

隋〈董敬墓誌〉：「藏舟驟徙，遇隙無停，俄懸素蓋，奄閉玄坰。」（10.006）

唐〈張萬善墓誌〉：「方欲享茲遐算，貽厥孫謀，而風樹不停，藏舟忽運。」（12.059）

唐〈徐君通墓誌〉：「藏舟遽遠，殲良奄泊。」（12.173）

唐〈郭義本墓誌〉：「文韜陸海，書控張池，夢楹俄奠，藏舟遽移。」（16.012）

唐〈張客墓誌〉：「雅趣何窮，藏舟忽謝。」（16.040）

唐〈韋君妻裴首兒墓誌〉：「門成化，闡虞堂而薦賞；藏舟忽往，掩莊壑而俄淪。以神龍三年三月六日遘疾，終於合宮道德里之私第，春秋七十六。」（20.048）

「藏舟之夜往」，比喻生命逝去。「藏舟已運」、「藏舟遂遠」、「藏舟既遠」、「藏舟夜徙」、「藏舟有謝」同。

唐〈唐故邛州別駕隴西公李君（紹）墓誌銘〉：「而息馬晨驅，藏舟夜徙。以貞觀十六年八月卅日，終於雍州萬年縣安興裏之私第，春秋五十七。」（新出陝西2.022）（貞觀十六年）

唐〈高儼仁墓誌〉：「傷薤露之晨晞，歎藏舟之夜往。慮碧瀛之或變，疏翠石於泉壤。」（12.174）

唐〈吳素墓誌〉：「輔德空傳，藏舟已運。春秋六十有九，顯慶二年三月戊戌，終於嘉善里第。」（13.036）（顯慶二年）

唐〈唐故彭國太妃王氏墓誌銘〉：「而藏舟有謝，交臂莫留，俄舍高堂，遽悲長夜。」（新出陝西2.035）（龍朔二年）

唐〈許公妻王氏墓誌〉：「餘慶不追，藏舟遂遠，鏡鸞獨舞，龍劍孤沉。」（18.136）（聖曆二年）

後唐〈張滌妻高氏墓誌〉：「藏舟既遠，逝水俄驚。孝友，相顧哀鳴。」（36.059）

四、「藏舟易遠」類：「藏舟易遠」六、「藏舟易往」四、「藏舟易徙」、「藏舟易淪」、「藏舟易失」、「藏舟易謝」、「藏舟易轉」。

「藏舟易淪」，謂客觀事物易於變化，難以固守，比喻生命易逝，難以長久。「藏舟易往」、「藏舟易遠」、「藏舟易轉」、「藏舟易徙」、「藏舟易謝」、「藏舟易失」同。

唐〈顏相墓誌〉：「禍淫無爽，福期疏契。藏舟易淪，若華遄翳。」（12.124）

唐〈李文墓誌〉：「豈知天不愁遺，殲良奄及，藏舟易往，隙馬難留，薤露一朝，生平萬古。以永徽二年十月廿九日卒於私第，春秋七十有一。」（14.099）

唐〈孟君妻李娘墓誌〉：「豈謂風炬難留，藏舟易遠，以光宅元年十月廿五日終於洛陽縣毓財坊之私第，春秋六十一。」（17.018）

唐〈齊朗墓誌〉：「藏舟易轉，露草難停，忽辭芳室，永入佳城。」（18.056）

唐〈蓋暢墓誌〉：「閱水難停，藏舟易徙，夢瓊殘息，奄頹千月之靈；連石餘輝，俄陟九原之路。」（18.123）

唐〈王進墓誌〉：「嗟乎君子！釋俗隨流，夢奠俄摧，藏舟易謝，粵以聖曆元年七月十六日寢疾，終於滄州官第。」（18.158）（聖曆二年）

唐〈大周故隰州刺史建平公於公（遂古）墓誌銘〉：「逝川難駐，藏舟易失。辰巳臨年，人琴喪質。」（新出陝西1.091）（聖曆二年）

五、「藏舟」與「壑」的關係類：「巨壑藏舟」二、「大壑藏舟」二、「藏舟於壑」、「壑其藏舟」、「壑徙藏舟」二、「藏舟徙壑」、「藏舟去壑」、「藏舟貿壑」、「藏舟遽驚其遷壑」、「徙藏舟於夜壑」、「徙藏舟之夜壑」。

「巨壑藏舟」，謂客觀事物易於變化，難以固守，比喻生命易逝，難以長久。「大壑藏舟」同。

唐〈梁有意墓誌〉：「豈謂巨壑藏舟，與傾義而俱逝。以永徽三年十二月十九日終於洛陽私第。」（12.080）

唐〈索義弘墓誌〉：「高門列戟，未申王浚之占；大壑藏舟，俄起□生之論。」（16.135）

唐〈盧含墓誌〉:「嗟乎！大壑藏舟，荒塋拱樹。」(26.093)

「藏舟於壑」，謂客觀事物易於變化，難以固守。「壑其藏舟」同。

唐〈董守貞墓誌〉:「藏舟於壑，自謂之固，神移半宵，跡躡千露。」(22.019)

唐〈崔羨墓誌〉:「駟其過隙，壑其藏舟，藏則已夜，過則不留。」(23.021)

「藏舟徙壑」，比喻生命逝去。「壑徙藏舟」、「徙藏舟於夜壑」、「徙藏舟之夜壑」、「藏舟遽驚其遷壑」、「藏舟去壑」、「藏舟貿壑」同。「藏舟去壑」，《漢語典故大辭典》釋義:「比喻客觀事物不斷變化，不可固守」，石刻語料意義有別。

唐〈王郎墓誌〉:「擅譽荀龍，馳芳邴鶴，迅風飄景，藏舟徙壑。」(15.220)

唐〈皇甫君妻張氏墓誌〉:「風危夜燭，壑徙藏舟，塵裏鵲鏡，波閱龜藻。」(17.159)

唐〈關師墓誌〉:「白馬戒塗，青烏已卜，徙藏舟於夜壑，轉飛蓋於朝陽。」(18.039)

唐〈慕容諾賀鉢（勒豆可汗）後李氏（弘化大長公主）墓誌〉:「豈謂巽風清急，馳隙駟之晨光；閱水分流，徙藏舟之夜壑。」(18.157)

唐〈姚珝墓誌〉:「而無妄興疾，勿藥嘗委其天真；閱川長逝，藏舟遽驚其遷壑。以開元廿二年十二月十有三日，終於杭州之官舍，春秋六十有九。」(23.152)

唐〈趙庭墓誌〉:「豈圖夢奠頹梁，藏舟去壑，與善無慶，彼蒼者天。」(24.088)

唐〈康庭蘭墓誌〉:「曰仁曰義，家聲有融，藏舟貿壑，舍筏歸空。」(24.127)

　　六、「藏舟」其它類：「藏舟夜速」、「運彼藏舟」、「送藏舟而不輟」、「藏舟徙於大川」、「奄運藏舟」、「藏舟之夜失」。

　　「藏舟夜速」，謂客觀事物變化迅速，比喻生命較早逝去。

　　北魏〈和邃墓誌〉：「景應未徵，齡命短促，息馬長驅，藏舟夜速。」（5.074）

　　「運彼藏舟」，比喻生命逝去。「奄運藏舟」、「藏舟徙於大川」、「藏舟之夜失」同。

　　唐〈薛朗墓誌〉：「天道玄秘，與善無徵。運彼藏舟，同茲閱水。」（11.190）（貞觀二十三年）

　　唐〈房玄齡碑〉：「太宗俯閱巨川，悼藏舟之夜失；今上緬惟過隙，痛愛景之宵沉。」（全集235）（永徽三年）

　　唐〈劉君妻賈令珪墓誌〉：「豈謂蓋□池鷗，桂輪委苑，門無怛化，奄運藏舟。春秋六十有二，龍朔二年三月十三日卒於私第。」（14.036）（龍朔二年）

　　唐〈孟師墓誌〉：「隙駟不停，奔羲墜於昧谷；朽壤頹圮，藏舟徙於大川。」（14.118）

　　「送藏舟而不輟」，謂客觀事物不斷變化，難以固守。

　　唐〈顏相墓誌〉：「所冀期頤永壽，福善是憑。何謂委壑驚波，送藏舟而不輟；經天逝景，鶩陽鳥而無顧。寢疾不留，遂淹歲月。如何不愁，殲我良善。」（12.124）

　　七、「舟藏」類：「川逝舟藏」二、「遽歎舟藏」二、「水閱舟藏」、「至瘞舟藏」、「舟藏夜壑」。

　　「舟藏」，《漢語大詞典》、《漢語典故大辭典》均無。從石刻語料用例來看，「舟藏」，比喻自然界的遷移變化；或比喻生命逝去。「川逝舟藏」、「遽歎舟藏」、「水閱舟藏」、「至瘞舟藏」之「舟藏」同。

　　隋〈張盈墓誌〉：「儒高鄒魯，文邁班楊，如何不愁，川逝舟藏。」（10.082）

唐〈於孝顯碑〉:「俄悲谷徙,遽歎舟藏。」(11.090)

「舟藏夜壑」,謂客觀事物易於變化,難以固守,比喻生命易逝,難以長久。

隋〈尒朱端墓誌〉:「塵生冬草,舟藏夜壑。兆發青烏,賓隨白鶴。」(9.073)

八、「舟壑」類:「冥冥舟壑」、「舟壑未攻」、「警千秋於舟壑」、「舟壑將惠日光沉」。

「舟壑」,《漢語大詞典》釋為「藏在山谷中的船。後借指世事」。《漢語典故大辭典》謂「比喻世事」。「世事」義與石刻語料不合。「舟壑」,不是指「藏在山谷中的船」,亦非「藏著船的壑」,而是「舟」、「壑」兼指,強調兩者之間的運動關係,比喻客觀事物易於變化,難以固守。「冥冥舟壑」、「舟壑未攻」、「警千秋於舟壑」、「舟壑將惠日光沉」之「舟壑」義同。

唐〈王君及妻楊摩耶墓誌〉:「冀妙理可憑,心跡與法流俱映;愛河方濟,舟壑將惠日光沉。」(12.166)

九、「舟壑移、徙」類:「舟壑潛移」七、「舟壑之潛移」、「舟壑移」二、「舟壑潛徙」二、「舟壑潛運」二、「舟壑之潛運」、「舟壑而潛移」、「舟壑遷移」、「舟壑遷改」三、「舟壑變遷」、「舟壑有遷」五、「舟壑或遷」二、「舟壑推遷」、「舟壑貿遷」、「舟壑推移」、「舟壑屢遷」二、「舟壑之屢遷」二、「舟壑異徙」、「舟壑既遷」、「舟壑雲徙」、「舟壑推運」、「舟壑遷亡」、「舟壑夕遷」、「舟壑夜遷」二、「舟壑徂遷」二、「舟壑遽遷」二、「舟壑忽遷」、「舟壑倏遷」、「舟壑之遽徙」。

「舟壑潛移」,《漢語典故大辭典》有,比喻世事在不知不覺中發生變化。「舟壑潛徙」、「舟壑而潛移」、「舟壑潛運」、「舟壑之潛運」、「舟壑之潛移」同。

隋《常泰妻房氏墓誌》：「如何春秋遞運，蘭桂摧落，舟壑潛移，川流速逝，永去椒宮，長埋蒿里，書斯玄石，勒此芳猷。」（10.157）

唐〈陳護墓誌〉：「恐舟壑潛移，莫辨滕公之室；海田斯變，不曉原氏之阡。」（17.085）

唐〈張伯墓誌〉：「舟壑潛徙，指薪密謝，遽掩高堂，俄歸玄夜。」（11.044）

唐〈陳君妻楊氏墓誌〉：「恐舟壑而潛移，慮徽猷之靡托。故鐫茲翠石，用固芳塵。」（12.050）

唐〈皇甫相貴墓誌〉：「既而桑榆已晏，遽辭榮寵，舟壑潛運，勞息不停。」（14.049）

唐〈梁師亮墓誌〉：「嗣子齊望，嬰號越月，孺慕彌年，悲懷袖之靡依，慨舟壑之潛運。」（18.100）

唐〈盧燈墓誌〉：「緬想桓山，有懷荊樹，恐陵谷之遷易，懼舟壑之潛移，願紀芳猷，式傳徽烈，直詞無愧，短筆多慚。」（26.053）

「舟壑異徙」，比喻自然界的遷移變化。「舟壑既遷」、「舟壑徂遷」、「舟壑遷亡」、「舟壑之屢遷」、「舟壑遷改」、「舟壑推遷」、「舟壑遷移」、「舟壑變遷」、「舟壑屢遷」、「舟壑有遷」、「舟壑或遷」、「舟壑倏遷」、「舟壑推移」、「舟壑貿遷」、「舟壑之遽徙」、「舟壑移」、「舟壑忽遷」同。

北魏〈元瞻墓誌〉：「懼圓方改度，舟壑異徙，乃托玄石，語之不朽。」（5.089）

北魏〈尒朱紹墓誌〉：「千秋易往，萬古難追，舟壑既遷，陵谷方貿，故刊石泉門，以圖永久。」（5.127）

北魏〈元頊墓誌〉：「舟壑徂遷，丘陵迥徙。白楸若見，青編未毀。」（5.167）

唐〈張浚墓誌〉：「但氣序輪換，舟壑遷亡，金石不存，修名何紀。」（11.043）

唐〈尹貞墓誌〉：「恐舟壑之屢遷，懼市朝之數變。故勒銘於泉戶，庶休烈之永傳。」（11.144）

唐〈趙榮墓誌〉：「將恐舟壑遷改，山河變移。敬勒徽猷，用旌不朽。」（11.186）

唐〈楊昭墓誌〉：「將恐陵谷虧改，舟壑推遷，乃追錄芳猷，樹之幽壤。」（11.189）

唐〈王君妻郭氏墓誌〉：「恐丘隴磨滅，舟壑遷移，故勒清徽。」（12.170）

唐〈張金剛墓誌〉：「既而舟壑變遷，報施□□。」（13.025）

唐〈張振墓誌〉：「將恐泉源陑改，舟壑屢遷，勒石幽扃，庶傳不朽。」（13.138）

唐〈二品宮人墓誌〉：「慮其岸谷生變，舟壑有遷，勒石幽扃，庶傳不朽。」（13.158）（顯慶五年）

唐〈唐故內侍省內寺伯段君（伯陽）墓誌銘〉：「恐桑溟忽變，舟壑或遷，茂實莫傳，乃為銘曰。」（新出陝西2.034）（龍朔元年）

唐〈大唐故梓州刺史贈使持節都督幽州諸軍事幽州刺史李公（震）墓銘〉：「舟壑倏遷，春秋非我。悲九泉之永夕，歎萬古之無追。」（新出陝西1.058）（麟德二年）

唐〈九品亡宮墓誌〉：「慮陵谷遷變，舟壑推移，勒石玄扃，用傳不朽。」（14.140）（麟德二年）

唐〈張寬墓誌〉：「恐舟壑徂遷，丘壟磨滅，追述高行，式贊徽芳。」（14.170）

唐〈周君妻成氏墓誌〉：「恐舟壑貿遷，芳音不紀，勒茲玄石，用播無窮。」（15.195）

唐〈韓昂墓誌〉：「嗣子楚元等，哀纏風樹，痛結寒泉，悲舟壑之遽徙，悼桑海之遞遷，刊哲人之勝躅，播芳猷於永年。」（16.023）

唐〈蘇永墓誌〉：「常恐山沉水淺兮舟壑移，水為山兮山作池。」（18.029）

唐〈劉奉芝墓誌〉：「舟壑忽遷，孰知桑海，唯公令名，終古不改。」（27.025）

「舟壑雲徙」，比喻生命逝去。「舟壑推運」、「舟壑夜遷」、「舟壑夕遷」同。

唐〈□遠墓誌〉：「既而舟壑雲徙，報施相愆，春秋七十。」（11.050）

唐〈李兒墓誌〉：「宜其與善，永保垂堂，天道茫昧，舟壑推運，貞觀十二年五月十三日，奄然遷逝，時年五十有六。」（13.103）

唐〈申守墓誌〉：「孰謂舟壑夜遷，望風柯而結恨；薤歌朝引，睎陟岵而增悲。」（18.053）

唐〈賈令琬墓誌〉：「帷堂晝哭，初終穆伯之喪；舟壑夜遷，遽合周公之葬。」（25.095）

唐〈李辛女墓誌〉：「天乎不弔，慶善無徵，舟壑夕遷，蕣華朝墜，宗姻少長，雪涕同悲。」（25.012）

「舟壑遽遷」，謂自然界的急劇變化，比喻生命逝去。

唐〈唐故右驍衛大將軍兼檢校羽林軍贈鎮軍大將軍荊州大都督上柱國薛國公阿史那貞公（忠）墓誌銘〉：「而光陰不駐，舟壑遽遷，宜被哀榮，式旌幽壤。」（新出陝西1.074）

十、「移、徙舟壑」類：「奄移舟壑」二、「遷舟壑」二、「遽徙舟壑」、「徙舟壑」、「潛移舟壑」。

「奄移舟壑」，比喻生命逝去。「遽徙舟壑」、「徙舟壑」、「遷舟壑」、「潛移舟壑」同。

隋〈董君妻衛美墓誌〉：「奄移舟壑，俄同川逝。明鏡長捐，紅妝永替。」（10.139）

　　唐〈潘孝長墓誌〉：「安時處煩，髓道含真。奄移舟壑，俄散風塵。」（11.091）

　　唐〈解深墓誌〉：「遽徙舟壑，俄盡指薪。階留帶草，箱餘角巾。」（11.052）

　　唐〈樊興碑〉：「皇家躍龍而啟千載，剪鴻而清九野，叱吒而會風雲，抑揚而徙舟壑。」（12.009）

　　唐〈敬守德墓誌〉：「惜其位初三命而不踐階臺，壽不百年而遷舟壑，痛矣夫！」（24.105）（開元二十八年）

　　唐〈唐故雁門郡雁門縣尉攝蔚州司馬兼河東道支度營田鑄錢判官韓君（忠節）墓誌銘〉：「克著勳庸，潛移舟壑。」（新出河南2.284）（天寶元年）

　　十一、「舟壑」其它類：「舟壑易徙」二、「舟壑易遷」二、「舟壑難藏」二、「痛藏舟壑」、「舟壑之藏」、「舟壑互變」、「舟壑雖改」、「舟壑之運俄遷」、「俄化遷於舟壑」、「舟壑雖變」、「舟壑之運」、「舟壑斯淪」、「莊生興舟壑之譏」。

　　「舟壑易徙」，謂客觀事物易於變化，難以固守。「舟壑難藏」、「舟壑易遷」、「舟壑之譏」同。

　　北魏〈李遵墓誌〉：「以舟壑易徙，縑竹難常，敬刊幽石，勒美玄堂。」（4.184）

　　唐〈楊昭墓誌〉：「金石易朽，舟壑難藏，一辭昭世，永促幽裝。」（11.189）

　　唐〈房有非墓誌〉：「舟壑易遷，隙□難止，古往今來，有生還死。」（26.047）

　　唐〈孫君墓誌〉：「嗚呼！釋氏有奔湍之論，莊生興舟壑之譏，蓋以火宅不窮，浮涯有限，前蹤後轍，欵可既耶？」（33.101）

　　「舟壑雖改」，比喻生命逝去。「藏舟壑」、「舟壑之運」、「化遷於舟壑」、「舟壑斯淪」、「舟壑之藏」同。

北魏〈孫遼浮圖銘記〉:「崇功去劫,樹善來因。舟壑雖改,永幡天人。」(4.168)

唐〈曹君妻慕容麗墓誌〉:「痛藏舟壑,空悲陟岵之情;想變桑田,遽勒佳城之記。」(13.064)

唐〈楊貴墓誌〉:「雖利見之忘彌銳,舟壑之運俄遷。」(12.134)

唐〈張伯通墓誌〉:「豈其福兮禍倚,奄息勞於宰壙;生也若浮,俄化遷於舟壑。」(14.035)

唐〈元振墓誌〉:「牛刀方割,驥足未伸,梁木何壞,舟壑斯淪,風猶在草,跡已成塵。」(25.071)(天寶三年)

唐〈唐故雲麾將軍右龍武軍將軍同正員廬江縣開國伯上柱國何公(德)墓誌銘〉:「舟壑之藏,形神忽謝。大樹無春,重泉有夜。」(新出陝西2.133)(天寶十三年)

「舟壑互變」,比喻自然界的遷移變化。「舟壑雖變」同。

唐〈禹藝墓誌〉:「既而舟壑互變,時代更移。爰勒芳銘,昭融景行。」(11.192)

唐〈黃君妻孫智墓誌〉:「□疏霧斂,隧古風悲,舟壑雖變,芳猷在茲。」(15.048)

十二、「壑舟往、徙」類:「壑舟夜徙」三、「壑舟遽徙」、「壑舟潛徙」、「壑舟闇徙」、「壑舟俄徙」、「壑舟已往」、「壑舟俄往」。

「壑舟已往」,比喻生命逝去。「壑舟夜徙」、「壑舟闇徙」同。

唐〈□德墓誌〉:「豈謂積善徵,良醫罕暫□之效;壑舟已往,藤公興駟馬之悲。」(15.166)

唐〈杜行寶墓誌〉:「咸以壑舟夜徙,薤露朝晞,天不慭遺,溘然長謝。」(16.053)

唐〈劉君妻王光贊墓誌〉:「豈謂壑舟闇徙,匣劍孤飛,孀居如昨,□窮星紀。」(26.076)

「壑舟潛徙」，比喻世事在不知不覺中發生變化。

唐〈李靖墓碑〉：「壑舟潛徙，國棟俄傾。」（13.080）

「壑舟遽徙」，謂客觀事物易於變化，難以固守。「壑舟俄往」、「壑舟俄徙」同。

唐〈李志墓誌〉：「壑舟遽徙，風枝靡固，日落霞朝，翼摧雲路。」（15.181）

唐〈張君妻邢氏墓誌〉：「勞宣靡效，獻壽徒言，壑舟俄往，隙駟何存。」（17.114）（永昌元年）

唐〈唐故朝散大夫行少府監中尚署令王府君（定）墓誌銘〉：「壑舟俄徙，逝景難留。年來歲去，天回地遊。」（新出陝西2.063）（萬歲登封元年）

十三、「壑舟」其它類：「夜徙壑舟」二、「遽徙壑舟」、「大壑舟遷」、「壑舟奔夜」、「壑舟靡固」、「壑舟難駐」、「壑舟易往」、「壑舟仍謝」、「奄移壑舟」、「壑舟夜驚」、「壑舟難止」、「壑舟兮徙夜」。

「壑舟」，《漢語大詞典》和《漢語典故大辭典》均有，比喻客觀事物在不知不覺中不停地變化遷移。

唐〈程璇墓誌〉：「壑舟難止，隙馬易過，□□松路，翻聞薤歌。」（24.122）

「大壑舟遷」，比喻生命逝去。「壑舟奔夜」、「夜徙壑舟」、「壑舟仍謝」、「壑舟夜驚」同。

唐〈馮安墓誌〉：「□其逝川驚箭，大壑舟遷，天不愁留，淹然辭代。」（14.128）

唐〈張君妻朱氏墓誌〉：「壑舟奔夜，澤菌浮朝，風枝遽謐，□菫□□。」（15.093）

唐〈劉儉墓誌〉：「晨哥梁木，淩雲之逸氣徒存；夜徙壑舟，遊岱之飛魂長往。」（18.045）

唐〈周義墓誌〉:「慈親清河房氏,承顏膝下,扶侍東征,痛風樹不停,壑舟仍謝,春秋七十有一,開元十六年二月四日,終於所任之公館。」(23.034)

唐〈張若訥墓誌〉:「昔為道生,今因道散。壑舟夜驚,牖電欻煥。」(24.086)

「壑舟兮徙夜」,比喻自然界的遷移變化。

唐〈張師墓誌〉:「履霜露兮遽感,陟岵屺兮何望。慮壑舟兮徙夜,勒貞徽兮永亮。」(新出河南1.063)

「壑舟靡固」,謂客觀事物易於變化,難以固守。「壑舟難駐」、「遽徙壑舟」、「壑舟易往」同。

唐〈李叔墓誌〉:「恐壑舟靡固,陵谷行遷,式紀清猷,略刊玄石。」(17.128)

唐〈康智墓誌〉:「壑舟難駐,滔滔有逝水之悲;隟駟易馳,黯黯軫傾義之恨。」(18.033)

唐〈孔元墓誌〉:「豈謂天忱不與,人事長乖;奔晷難留,俄遷隟駟,逝川不捨,遽徙壑舟;寢疾孺留,忽焉大漸。」(18.169)

唐〈樂永墓誌〉:「物不常泰,人不常生。壑舟易往,隟駟難停。」(21.060)

「奋移壑舟」,義難歸屬,存疑。

唐〈周義墓誌〉:「賦命有心,偕老同休,書盡朝露,奋移壑舟。」(23.034)

十四、「夜壑」類:「夜壑風悲」、「悲沉夜壑」、「玉匣將臻於夜壑」、「因從夜壑」、「垂芳夜壑」、「奄芳聲於夜壑」、「背青春兮歸夜壑」、「魂歸夜壑」、「悲哉夜壑」、「沉暉夜壑」、「隨夜壑而潎潎」、「忽驚夜壑」、「璿驚夜壑」、「夜壑飛湍」、「嶽移夜壑」、「永移夜壑」、「遷夫夜壑」、「赴夜壑」、「夜壑藏」、「法船移於夜壑」、「風生兮夜壑」。

　　「夜壑」,《漢語大詞典》和《漢語典故大辭典》均有,比喻客觀事物的變化;《漢語大詞典》另有「墳墓」義。石刻語料中「夜壑」多指墳墓。「夜壑風悲」、「悲沉夜壑」、「玉匣將臻於夜壑」、「因從夜壑」、「垂芳夜壑」、「奄芳聲於夜壑」、「背青春兮歸夜壑」、「魂歸夜壑」、「悲哉夜壑」、「沉暉夜壑」、「隨夜壑而溦溦」、「永移夜壑」、「遷夫夜壑」、「赴夜壑」、「夜壑藏」、「法船移於夜壑」、「風生兮夜壑」之「夜壑」義同。

　　唐〈唐華原縣丞王公故美人李氏(二娘)墓誌銘〉:「佳城月苦,夜壑風悲。痛深存沒,萬古哀思。」(新出陝西2.125)

　　亦比喻客觀事物的變化。「忽驚夜壑、璿驚夜壑、夜壑飛湍、嶽移夜壑」之「夜壑」義同。

　　唐〈杜慶墓誌〉:「忽驚夜壑,俄促朝暉,雲擁柳之鳴,風入松而挽響,春秋四十有五,越以乾封二年閏十二月九日,終於立行坊私第。」(15.055)

　　十五、「遷夜壑」類:「舟遷夜壑」五、「舟移夜壑」三、「悲遷夜壑」、「俄遷夜壑」、「遽遷夜壑」、「遷舟於夜壑」、「遷夜壑於東溟」。

　　「遷夜壑」,比喻生命逝去。「悲遷夜壑」、「俄遷夜壑」、「遽遷夜壑」、「遷夜壑於東溟」之「遷夜壑」義同。「舟遷夜壑」、「舟移夜壑」、「遷舟於夜壑」同。

　　唐〈李君羨妻劉氏墓誌〉:「如何不祐,悲遷夜壑,鏡絕孤鸞,庭賓弔鶴。」(16.026)

　　隋〈李元墓誌〉:「舟遷夜壑,水逝朝川。道存運去,有□無年。」(10.142)

　　唐〈楊行褘墓誌〉:「豈其舟移夜壑,洹水流災,露歇晨桐,佳城兆壘,以總章元年七月五日遘疾,終於虔州之部里第,嗚呼哀哉!」(15.096)

唐〈李濟墓誌〉：「才膺傑出，佇和鼎於臺階；力不圖來，奄遷舟於夜壑。於戲！享齡七十四，天寶八載閏六月十日，終於東京嘉慶裏之私第。」（26.013）

「舟遷夜壑」，亦比喻自然界的遷移變化。

唐〈多寶塔碑〉：「使夫舟遷夜壑，無變度門，劫箅墨塵，永垂貞範。」（26.064）

十六、「夜壑遷、移」類：「夜壑遷舟」七、「夜壑俄遷」二、「夜壑舟移」二、「夜壑兮移舟」、「夜壑舟遷」、「夜壑舟徙」、「夜壑移舟」、「夜壑默遷」、「痛夜壑之移舟」。

「夜壑遷舟」，比喻生命逝去。「夜壑之移舟」、「夜壑舟遷」、「夜壑俄遷」、「夜壑舟徙」、「夜壑移舟」、「夜壑默遷」、「夜壑舟移」、「夜壑兮移舟」同。

唐〈周仲隱墓誌〉：「修途方騁，奔駒已逝。夜壑遷舟，朝霜掩桂。」（11.200）

唐〈王端墓誌〉：「白驥行嘶，恨晨曦之不再；青鳥已兆，痛夜壑之移舟。」（15.040）

唐〈李泰墓誌〉：「而乃晨疏電滅，夜壑舟遷，沈君發夢絹之征，孔公應梁摧之兆，粵以大唐麟德二年十月廿日終於私第，春秋七十有二。」（15.080）

唐〈程碩墓誌〉：「不謂夜壑俄遷，奄傾闉範。以總章二年八月十三日卒於樂成裏之第，春秋七十有四。」（15.132）

唐〈孫義普墓誌〉：「夜壑舟徙，悲泉景昃，闘蟻翻聲，巢鴬鈌翼。」（17.004）

唐〈劉君妻郭賓墓誌〉：「詎言夜壑移舟，朝光徙隙，藥石無效，霜露忽侵，委德喪仁，行悲路哭。」（18.079）

唐〈張茂墓誌〉：「何圖夜壑默遷，朝輝遽掩，春秋五十五，永淳元年六月廿六日，忽焉大漸而終。」（19.086）

　　唐〈朱守臣妻高墓誌〉：「繁霜早降，蘭苕斯折，夜壑舟移，高唐雨絕。」（22.037）（開元十一年）

　　唐〈唐故右衛率府胄曹參軍裴府君夫人河南元氏墓誌銘〉：「作合於裴，實維我特。韶年兮不留，夜壑兮移舟。」（新出陝西2.178）（貞元十五年）

　　十七、「夜壑」其它類：「夜壑舟隱」、「夜壑難藏」、「夜壑非保」。

　　「夜壑舟隱」，比喻生命逝去。

　　唐〈祁讓墓誌〉：「夜壑舟隱，朝薤露晞。世路俄阻，窀穸長歸。」（12.003）

　　「夜壑難藏」，謂客觀事物易於變化，難以固守。「夜壑非保」同。

　　唐〈賈守義墓誌〉：「生涯易往，夜壑難藏，寒松鬱鬱，苦霧蒼蒼。」（17.058）

　　唐〈李盈墓誌〉：「白駒不停，夜壑非保，唯貞石可以示後嗣，故克石以紀雲。」（27.135）

　　十八、「藏山」類：「歸骨藏山」、「有寐於藏山」。

　　「藏山」，《漢語大詞典》和《漢語典故大辭典》均無，比喻客觀事物易於變化，難以固守。

　　唐〈王寶墓誌〉：「飛旐翻蓋，回軌，嗟有寐於藏山，愴無歸於閱水。」（16.061）

　　亦指墳墓。

　　唐〈董君妻任氏墓誌〉：「形神運化，歸骨藏山。金烏落照，埏戶長關。」（14.001）

　　十九、「藏山」其它類：「藏山非固」、「藏山匪固」、「藏山靡固」、「靡固於藏山」、「澤不固於藏山」、「不固藏山之澤」、「藏山易謝」、「藏山奄謝」、「藏山遽移」、「藏山潛運」、「藏山徙崿」、「藏山徙澤」、「藏山易往」、「藏山之譽」、「大澤藏山」、「澤無藏山」、「藏山不留」、「藏山易負」、「藏山冥改」、「藏山遷壑」。

「藏山非固」，謂客觀事物易於變化，難以固守。「不固藏山之澤」、「藏山靡固」、「靡固於藏山」、「藏山匪固」、「大澤藏山」、「澤不固於藏山」同。

隋〈趙齡墓誌〉：「藏山非固，高臺易傾，魂招舊國，窆定新城。」（9.080）

唐〈支敬倫墓誌〉：「慮藏山靡固，偃斧不存，故式贊鴻徽，寄諸堅石。」（14.157）

唐〈袁弘毅墓誌〉：「所恐天長地久，不固藏山之澤；物是人非，將凋載事之簡。」（14.122）

唐〈趙勤墓誌〉：「雖□崗葉筮，懼靡固於藏山；龍地允臧，慮有遷於幽谷。」（16.191）

唐〈劉胡墓誌〉：「藏山匪固，逝川何疾，一歎俱沉，千年永畢。」（18.176）

唐〈王行果墓誌〉：「坳堂積水，無運於吞舟；大澤藏山，寧期於仰止。」（20.089）

唐〈孟俊墓誌〉：「仰惟懿範，畢世不追，恐田有成於變海，澤不固於藏山，消沉德業，絕滅輝光，托文言兮有美，刻貞烈兮傳芳。」（22.129）

「藏山易謝」，謂客觀事物易於變化，難以固守，比喻生命易逝，難以長久。「藏山易往」、「藏山易負」同。

隋〈趙齡墓誌〉：「而藏山易謝，逝水難留，福善無徵，輔仁終爽。齊天保九年十月十三日，寢疾薨於漁陽郡之官舍。」（9.080）

唐〈衡義整墓誌〉：「不謂藏山易往，逝水不留，以永昌元年四月廿一日薨於官舍。」（17.137）（天授二年）

唐〈大唐故雍王（李賢）墓誌銘〉：「藏山易負，去日難維，九原不追，百身奚贖。」（新出陝西1.099）（神龍二年）

「藏山不留」，比喻生命逝去。「藏山遽移」、「藏山徙崿」、「藏山奄謝」、「藏山徙澤」、「藏山之豐」、「澤無藏山」、「藏山冥改」、「藏山遷壑」同。

唐〈唐雍州萬年縣大明府校尉劉氏妻（郝氏）之墓誌銘〉：「然則閬水遽侵，藏山冥改，終期怛化，信矣難指。以永徽三年七月十五日，終於永昌坊之本宅。」（新出陝西2.025）（永徽三年）

唐〈王君妻李總持墓誌〉：「初凝婦則，終擅母儀。驚川不捨，藏山遽移。」（13.055）（顯慶二年）

唐〈杜君綽碑〉：「豈意逝川□反，遽歎涉洹之歌；藏山不留，俄深遊岱之恨。」（全集336）（麟德元年）

唐〈謝慶夫墓誌〉：「藏山徙崿，逝水驚湍，風生谷冷，日落松寒。」（15.151）（咸亨二年）

唐〈關君妻王氏墓誌〉：「閬水無歸，藏山奄謝，孔丘真宅，莊生物化。」（15.221）

唐〈李慎墓誌〉：「藏山徙澤，閬水驚川，空嗟大夢，俄畢小年。」（16.146）

唐〈閻基墓誌〉：「大江八月，方騰入鬥之潮；長淮三秋，忽慟藏山之豐。以聖曆二年八月三日，春秋七十五，終於官舍。」（18.177）

唐〈張漪墓誌〉：「隙有奔駟，澤無藏山，以開元廿年十一月廿五日寢疾，怛化於靖安裏之私館，春秋六十二。」（23.115）（開元二十一年）

唐〈唐故朝散大夫行內作省內給事周公（惠）墓誌銘〉：「藏山遷壑，既迫大期。」（新出陝西2.155）（大曆十二年）

「藏山潛運」，比喻世事在不知不覺中發生變化。

唐〈賈德茂墓誌〉：「但恐藏山潛運，高岸力移，茂實英聲，寂寥無紀。」（13.185）

（20）「藏壑」類：「泉悲藏壑」、「藏壑難留」、「遷藏壑之舟」、「藏壑易遷」、「遽怨藏壑」。

「藏壑」，《漢語大詞典》無。《漢語典故大辭典》有。「藏壑」，比喻客觀事物不斷變化，難以固守。「泉悲藏壑」、「遽怨藏壑」之「藏壑」義同。

唐〈侯忠墓誌〉：「風嘯宰枝，似送禪林之韻；泉悲藏壑，疑分法水之音。」（13.191）

「藏壑難留」謂客觀事物易於變化，難以固守，比喻生命易逝，難以長久。「藏壑易遷」同。

唐〈宋君妻王氏墓誌〉：「方期輔仁可怙，永保遐齡，而藏壑難留，俄悲大夜。以永淳二年正月三日終於私第，春秋七十六。」（17.014）（光宅元年）

唐〈大唐故右威衛將軍上柱國安府君（元壽）墓誌銘〉：「然以逝川不駐，藏壑易遷，方延刻玉之期，奄遘盈壞之釁。」（新出陝西1.082）（光宅元年）

「遷藏壑之舟」，比喻生命逝去。

唐〈唐故朝散大夫曹州長史上柱國渤海高府君墓誌銘〉：「未展齊霄之翰，竟遷藏壑之舟。晦呼哀哉！以太極元載三月十四日，終於濟陰郡之官舍，春秋五十有二。」（新出河南2.270）

二十一、「去壑」類：「舟遷去壑」、「舟去壑」。

「舟遷去壑」，比喻自然界的遷移變化。

唐〈董昭墓誌〉：「前臨河潠，水閱成川；卻背山陽，舟遷去壑。」（25.121）

「舟去壑」，比喻生命逝去。

唐〈崔眾甫墓誌〉：「老氏藏室何寂寞，吳江之潠又遼廓，哲人其萎舟去壑。」（27.165）

第四步，整理用典形式，確定用典形式變體。

　　根據石刻用典形式變體的三個條件，我們將這些用典形式變體整理出八個小組：

　　1 藏舟、藏舟徙壑、壑徙藏舟、徙藏舟於夜壑、徙藏舟之夜壑、藏舟遽驚其遷壑、藏舟去壑、舟去壑、藏舟貿壑、藏舟已運、藏舟之夜往、藏舟遂遠、藏舟既遠、藏舟夜徙、藏舟有謝、運彼藏舟、奄運藏舟、藏舟徙於大川、藏舟之夜失、藏舟遽移、藏舟驟徙、藏舟忽運、藏舟遽遠、藏舟忽謝、藏舟忽往、藏舟夜速；

　　2 舟壑雲徙、舟壑推運、舟壑夜遷、舟壑夕遷、奄移舟壑、遽徙舟壑、徙舟壑、遷舟壑、潛移舟壑、舟壑雖改、藏舟壑、舟壑之運、化遷於舟壑、舟壑斯淪、舟壑之藏、舟壑遽遷；壑已往、壑舟夜徙、壑舟闇徙、大壑舟遷、壑舟奔夜、夜徙壑舟、壑舟仍謝、壑舟夜驚；

　　3 夜壑遷舟、夜壑之移舟、夜壑舟遷、夜壑俄遷、夜壑舟徙、夜壑移舟、夜壑默遷、夜壑舟移、夜壑兮移舟、夜壑舟隱、遷夜壑、舟遷夜壑、舟移夜壑、遷舟於夜壑；

　　4 藏山遽移、藏山徙崿、藏山奄謝、藏山徙澤、藏山之豐、澤無藏山、藏山不留、藏山冥改、藏山遷壑；

　　5 藏舟不固、藏舟不駐、藏舟靡固、藏舟匪固、藏舟未固、藏舟難固、巨壑藏舟、大壑藏舟、藏舟易遠、藏舟易淪、藏舟易往、藏舟易轉、藏舟易徙、藏舟易謝、藏舟易失、藏舟於壑、壑其藏舟、送藏舟而不輟；

　　6 舟藏、舟藏夜壑、夜壑難藏、夜壑非保、夜壑；

　　7 藏山、藏山易謝、藏山易往、藏山易負、藏山非固、不固藏山之澤、藏山靡固、靡固於藏山、藏山匪固、大澤藏山、澤不固於藏山、藏山潛運；藏壑、藏壑難留、藏壑易遷、遷藏壑之舟；

　　8 舟壑、舟壑異徙、舟壑既遷、舟壑徂遷、舟壑之屢遷、舟壑遷改、舟壑遷亡、舟壑推遷、舟壑遷移、舟壑變遷、舟壑屢遷、舟壑有遷、舟壑推移、舟壑貿遷、舟壑之遽徙、舟壑移、舟壑忽遷、舟壑倏

遷、舟壑或遷、舟遷去壑、舟壑易徙、舟壑難藏、舟壑易遷、舟壑之譏、舟壑互變、舟壑雖變、舟壑潛移、舟壑潛徙、舟壑之潛運、舟壑而潛移、舟壑潛運、舟壑之潛移；壑舟遽徙、壑舟俄往、壑舟俄徙、壑舟靡固、壑舟難駐、遽徙壑舟、壑舟易往、壑舟潛徙、壑舟、壑舟兮徙夜。

上述用典形式共有一五四個，其中見於《漢語大詞典》或《漢語典故大辭典》的有「藏舟去壑」、「藏壑」、「藏舟」、「壑舟」、「夜壑」、「舟壑」、「舟壑潛移」等七個。這些用典形式涉及典故六個方面的內容：藏舟於壑、藏山於澤、藏而不固、夜半而失、有力者負之而走、昧者不知；在石刻語料中主要體現了六個方面的意義：或比喻生命逝去、或比喻生命易逝難以長久、或比喻自然界的變化、或謂客觀事物易於變化難以固守、或比喻世事在不知不覺中發生變化、或指墳墓。這六個方面的意義幾乎涵蓋了典故內容的各個方面：

從形式方面來看，典故中的關鍵元素，如「藏舟」、「藏山」、「壑」、「澤」、「固」、「夜」、「走」、「昧」等都包涵在用典形式中。這些用典形式之間呈現出多種聯繫，比較突出的是同義近義替換。如表遷移運動變化的「徙」，同義近義替換字有「遷」、「貿」、「移」、「往」、「改」、「變」等；表否定的「非」，同義近義替換字有「不」、「靡」、「未」、「匪」等；表示快速驚歎的「倏」、「忽」、「遽」、「驟」等；表示已然的「遂」、「既」、「已」等。亦有反義替換，如「有」、「無」、「難」、「易」等。替換之外，也有顛倒，如「藏舟、舟藏」、「舟壑、壑舟」、「舟壑潛移、潛移舟壑」、「壑舟夜徙、夜徙壑舟」、「藏舟徙壑、壑徙藏舟」、「壑舟遽徙、遽徙壑舟」、「夜壑舟移、舟移

夜壑」、「夜壑舟遷、舟遷夜壑」。有的只是部分顛倒，如「舟壑潛徙、壑舟潛徙」、「遽徙壑舟、遽徙舟壑」、「夜壑舟移、夜壑移舟」、「夜壑遷舟、夜壑舟遷」等。其它聯繫如「虛詞關係」、「媒介聯繫」等，茲不贅舉。這些形式上的聯繫在一定程度上反映了石刻語料的用典方式，我們將在石刻用典形式變體的構成方式裏詳細探討。

從發展變化來看，魏晉南北朝時期僅見北魏、東魏石刻語料中有「藏舟夜速」、「舟壑異徙」、「舟壑既遷」、「舟壑徂遷」、「舟壑易徙」、「舟壑雖改」等六個用典形式，形式缺少變化；僅涉及「藏舟於壑」、「夜半而失」、「有力者負之而走」三個方面的內容；體現了「生命逝去；自然界的變化；客觀事物易於變化，難以固守」三個方面的意義；沒有涉及典故中的關鍵元素「藏山」、「澤」、「固」等；忽略了「藏山於澤」、「藏而不固」、「昧者不知」等典故內容，屬於該典故在石刻語料中被運用的早期階段。隋代石刻用典形式在數量上有所增加，有「藏舟」、「藏舟難固」、「藏舟驟徙」、「舟藏」、「舟藏夜壑」、「舟壑潛移」、「奄移舟壑」、「舟遷夜壑」、「藏山非固」、「藏山易謝」等十個。雖然增加不多，但涉及「藏舟於壑」、「藏而不固」、「夜半而失」、「有力者負之而走」、「昧者不知」等五個方面的內容；除「墳墓」意義沒有體現外，其它五方面意義均有體現；而且典故中的關鍵元素只有「澤」沒有涉及。可以說隋代是該典故石刻用典形式發展變化的關鍵時代，於典故內容、意義等多有發掘，有承上啟下的作用。唐五代石刻語料中有一三八個用典形式，涵蓋該典故所有內容、意義和關鍵元素，在形式上採用多種方式，千變萬化，達到石刻用典形式的鼎盛時期。

可見，石刻用典形式變體組研究是全面系統的研究方法，能較全面提取石刻用典形式變體，不僅細緻分析單個用典形式，而且整體考察同源所有的石刻用典形式變體：從形式上的聯繫探究石刻語料的用

典方式；從意義的闡釋來研討石刻用典形式的意義層次；從形式和意
義兩方面分析石刻用典形式對典故內容的攝取；並能綜合考察石刻用
典形式的歷史發展變化。

第三節 石刻用典形式變體的構成方式、形成原因和特點

一 石刻用典形式變體的構成方式

從理論上講，所有石刻用典形式變體都應當直接從典故中提煉相
關內容。然而，我們在較全面提取石刻語料中的用典形式變體後，從
大量有變化規律的石刻用典形式變體中發現，在石刻語料裏，再加工
已有用典形式形成石刻用典形式變體是實際存在的一種現象。初步分
析，石刻用典形式變體的形成，有自覺和不自覺兩種情況。不自覺的
情況下，使用者沒有特別關注已有用典形式，僅從典故本身和自己的
表達需要等方面出發，無意識地形成了石刻用典形式變體。自覺的情
況下，使用者比較關注已有用典形式，有意識地直接加工已有用典形
式，從而形成變體。石刻用典形式變體的產生也許存在冥契情況，使
用者不自覺地提煉出與已有用典形式類似的形式，這種情況應該不會
很多。一般來說，石刻用典形式變體在早期形成的時候主要以直接從
典故中提煉為主；有了可資加工的用典形式以後，主要以再加工已有
用典形式為主。因此，石刻用典形式變體的構成方式主要包括對典故
內容的攝取方式和對已有用典形式的加工方式等。我們在第一章介紹
了用典形式的形成方式，是關於用典形式構成成分與典故之間的關係
方面的總體性介紹。這裏，我們主要從石刻用典形式變體之間的差異
方面歸納石刻用典形式變體的構成方式。可能有的構成方式與前面介

紹的方式相同，因為考察的角度不同，故在此一併列出，不作區分。
石刻用典形式變體的構成方式主要有九種：顛倒或調整已有用典形式
的順序；用同義或近義成分替換已有用典形式的相關部分；用異體
字、古今字、通假字、同音字等替換已有用典形式中的相應字；在變
體根前面增添與變體根有關的人的姓、名或其組合；添加能體現石刻
用典形式語境意義的成分；精簡已有用典形式，選取有代表性的字、
詞，構成精鍊的石刻用典形式變體；截取已有用典形式的一部分；拆
分或組合已有用典形式；聯合意義相同或相近的已有用典形式。

一、顛倒或調整已有用典形式的順序。

1 「漏盡鐘鳴」、「鐘鳴漏盡」，較早見於《三國志‧魏志‧田豫
傳》[58]：「年過七十而以居位，譬猶鐘鳴漏盡而夜行不休，是罪人也。」

「漏盡鐘鳴」，比喻衰殘暮年。「鐘鳴漏盡」同。「鍾、鍾」異體。

隋〈馬穉墓誌〉：「鑿石見火，流電過隙；漏盡鐘鳴，箭馳風迫。」
（9.131）

唐〈唐故原州太谷戍主彭城劉府君墓誌銘〉：「日薄星回，長年增
墓之感[59]；鐘鳴漏盡，達（達）人知止足之分。」（新出陝西2.077）
（開元八年）

唐〈劉思友墓誌〉：「人之世，浮屠氏以為夢幻。吾目雖可視，耳
雖可聽，齒之衰矣，常汲汲營營不知鐘鳴漏盡。」（33.092）（咸通十
一年）

2 「星使」、「使星」，較早見於《後漢書‧李郃傳》[60]：「和帝即
位，分遣使者，皆微服單行，各至州縣，觀采風謠。使者二人當到益

---

58 〔晉〕陳壽撰，〔南朝宋〕裴松之注：《三國志》（北京市：中華書局，1982年），頁
279。

59 這裏疑脫文，拓片如此。

60 〔南朝宋〕范曄：《後漢書》（北京市：中華書局，1965年），頁2717-2718。

部，投部候舍。時夏夕露坐，部因仰觀，問曰：『二君發京師時，寧知朝廷遣二使邪？』二人默然，驚相視曰：『不聞也。』問何以知之。部指星示云：『有二使星向益州分野，故知之耳。』」

「星使」，稱朝廷的使者。「使星」同。

唐〈大唐故右監門衛大將軍上柱國贈涼州都督清河恭公斛斯府君（政則）之墓誌銘〉：「鷟斯徵節，光彼使星，既洽藩情，頗怡聖慮。」（新出陝西1.070）（咸亨元年）

唐〈豆盧建墓誌〉：「當彌留也，天醫視疾；及先遠也，星使護喪。」（25.064）（天寶三年）

唐〈唐故金紫光祿大夫行潭州別駕上柱國扶風郡開國公馬府君（浩）墓誌銘〉：「銜命星使，當寒沍之月，處徹凍之晨，跋涉海隅，露霜霰。」（新出陝西2.177）（貞元十四年）

唐〈侯績墓誌〉：「應奉親朋，往來公子，未嘗不竭其所有以充其欲，雖冠蓋憧憧，星使落驛，公處之有術，人忘其勞，此亦公之若政也。」（30.181）（大和九年）

後周〈宋彥筠墓誌〉：「才到棠陰，方思布政，忽聞星使，又遷禦戎。」（36.156）

3 「難弟難兄」、「難兄難弟」，較早見於南朝宋劉義慶《世說新語・德行》[61]：「陳元方子長文有英才，與季方子孝先，各論其父功德，爭之不能決，諮之太丘。太丘曰：『元方難為兄，季方難為弟。』」劉孝標注：「一作『元方難為弟，季方難為兄』。」

「難弟難兄」，指兄弟兩人才德俱佳，難分高下。「難兄難弟」同。

隋〈程諧墓誌〉：「子世榮等，既伯既叔，難弟難兄，念扣首於日岩，追痛心於聖善。」（10.135）

---

61 〔南朝宋〕劉義慶撰，〔南朝梁〕劉孝標注，余嘉錫箋疏：《世說新語箋疏》（北京市：中華書局，2007年），頁13。

隋〈龍華碑〉：「二驥二龍，誰能擬德；難兄難弟，復見今談。」
（10.175）

唐〈陳才墓誌〉：「故得文韜晉乘，□軼□編，難弟難兄，處士即
其後也。」（15.021）

唐〈李知墓誌〉：「則難兄難弟，元方季方，友於之情，忠義為
美。」（24.047）

唐〈蕭子昂合祔志〉：「自勉等難兄難弟，含孝含忠，毀滅過情，
傷乎天性。」（29.141）

二、用同義或近義成分替換已有用典形式的相關部分。

1 「聚螢」、「收螢」、「囊螢」，較早來源為《晉書・車胤傳》[62]：
「胤恭勤不倦，博學多通。家貧不常得油，夏月則練囊盛數十螢火以
照書，以夜繼日焉。」

「聚螢」，形容勤學苦讀。「收螢」、「囊螢」同。

東魏〈張滿墓誌〉：「勤如映雪，屬比聚螢。」（6.045）

唐〈宋榮墓誌〉：「加以汲引忘疲，同常時之置驛；披玩無厭，類
武子之聚螢。」（11.183）

唐〈陽昕墓誌〉：「載誕君子，桂馥蘭馨。文兼刻鶴，勤類收
螢。」（13.192）（顯慶六年）

唐〈唐故處士騫君（紹業）墓誌銘〉：「聚螢成學，返鵲為文。」
（新出陝西2.067）（長安三年）

唐〈車諤妻侯氏墓誌〉：「雖學襲聚螢，而夭隨顏氏，苗而不秀，
未齒先殂，次東塋也。」（26.082）（天寶十二年）

唐〈支詢墓誌〉：「公以□饑抱寒，苦心焦思，聚螢求學，倚馬為
文，崇業肥家，行貫鄉族，通經應薦，必究根源，勵節事親，孝聞中
外。」（32.129）

---

62 〔唐〕房玄齡、褚遂良等：《晉書》（北京市：中華書局，1974年），頁2177。

唐〈鄭墓誌〉：「允也君子，才惟良麗，囊螢就學，金得第。」
（33.137）

2 「人琴俱逝」、「人琴俱死」、「人琴俱亡」、「人琴俱已」，較早來源為南朝宋劉義慶《世說新語・傷逝》[63]：「王子猷、子敬俱病篤，而子敬先亡……子敬素好琴，便逕入坐靈床上，取子敬琴彈，弦既不調，擲地云：『子敬！子敬！人琴俱亡。』因慟絕良久，月餘亦卒。」

「人琴俱逝」，睹物思人，痛悼亡故弟兄或友人。「人琴俱死」、「人琴俱亡」、「人琴俱已」同。

唐〈王郎墓誌〉：「嗟乎！人琴俱逝，終切王子之哀；膏蘭共盡，猶傷楚老之□。」（15.220）

唐〈丁範墓誌〉：「辯發懸河，瓊飛落紙，形識雙化，人琴俱死。」（17.030）

唐〈王天墓誌〉：「星歲無憩運之時，芝木非駐年之術，劍履並喪，人琴俱亡。」（20.145）

唐〈董嘉斤墓誌〉：「大名未躋，過隙不幾，棟樑斯折，人琴俱已。」（21.078）（開元五年）

唐〈大唐故蘄州蘄春原尉孟府君（孝立）墓誌銘〉：「過禮送終，安排知止。人琴俱逝，平生已矣。」（新出陝西1.111）（開元十五年）

唐《崔詹墓誌》：「古之所恨，人琴俱亡。今之所歎，精短靡常。」（34.048）（天祐四年）

三、用異體字、古今字、通假字、同音字等替換已有用典形式中的相應字。

1 「貽厥」、「詒厥」，較早見於《詩・大雅・文王有聲》[64]：「詒

---

63 〔南朝宋〕劉義慶撰，〔南朝梁〕劉孝標注，余嘉錫箋疏：《世說新語箋疏》（北京市：中華書局，2007年），頁759。

64 〔漢〕毛亨傳、鄭玄箋，〔唐〕孔穎達等正義：《十三經注疏・毛詩正義》（北京市：中華書局，2003年），頁527。

厥孫謀，以燕翼子。」毛傳：「燕，安。翼，敬也。」鄭玄箋：「傳其所以順天下之謀，以安敬事之子孫。」

「貽厥」，指後嗣、子孫；或留給後嗣、子孫。「詒厥」同。

北魏〈元悅妃馮季華墓誌〉：「留連垂帶，貽厥方來，在河無，居城自頹。」（4.173）

東魏〈閻伯升及妻元仲英墓誌〉：「昔大電啟祥，壽丘生聖，貽厥繁茂，代雄朔野。」（6.068）

唐〈唐上開府賀蘭寬長史故蘇君（水安）之墓誌〉：「當朝美其隆盛，貽厥傳其緒業。」（新出陝西2.014）（武德八年）

唐〈長孫仁及妻陸氏墓誌〉：「故能貽厥繁衍，垂之長久。」（11.072）（貞觀十一年）

唐〈楊士漢墓誌〉：「貽厥重世，周而復始。」（11.087）

唐〈賈德茂墓誌〉：「三代貽厥，令聞令望。」（13.185）

唐〈張氏墓誌〉：「松筠在節，桑榆已昏，貽厥先則，垂裕後昆。」（15.106）

唐〈柳侃妻杜氏墓誌〉：「而斷機昭訓，徙宅□仁，教義有方，克昌貽厥。」（17.126）

唐〈王慶祚墓誌〉：「雖位屈安卑，而福流貽厥。」（18.149）

唐〈韋頊墓誌〉：「既崇德以貽厥，固綿永而浸昌。」（21.090）

唐〈白鹿泉神君祠碑〉：「顧惟我郡，願無闕□，伐石鑽銘，貽厥來裔。」（24.006）

唐〈趙瓊琰墓誌〉：「其先造父封於趙城，其後世祿不絕，公侯餘業，詒厥無窮。」（24.138）

唐〈崔沔妻王方大墓誌〉：「休門畜德兮詒厥修令，碩人其頎兮誕敷淑性。」（27.161）

2　「反風滅火」、「返風滅火」，較早見於《後漢書·儒林傳上·

劉昆》[65]：劉昆為江陵令，「時縣連年火災，昆輒向火叩頭，多能降雨止風。……先是崤、黽驛道多虎災，行旅不通。昆為政三年，仁化大行，虎皆負子度河。帝聞而異之。二十二年，徵代杜林為光祿勳。詔問昆曰：『前在江陵，反風滅火；後守弘農，虎北度河，行何德政而致是事？』昆對曰：『偶然耳。』左右皆笑其質訥。帝歎曰：『此乃長者之言也。』」

「反風滅火」，稱頌官吏實行德政。「返風滅火」同。

隋〈隋汾州定陽縣令元公（伏和）墓誌銘〉：「除太山郡守。反風滅火，五袴兩岐，境有避役之牛，車逢夾軒之鹿。」（新出河南2.268）

唐〈劉庭訓墓誌〉：「百萬充擲，五丈聳巒，返風滅火，幕天席地。」（23.032）

3 「哲人其委」、「哲人其萎」，較早來源為《禮記·檀弓上》[66]：「孔子蚤作，負手曳杖，消搖於門，歌曰：『泰山其頹乎，梁木其壞乎，哲人其萎乎！』既歌而入，當戶而坐。子貢聞之，曰：『……梁木其壞，哲人其萎，則吾將安放！夫子殆將病也。』……夫子曰：『予疇昔之夜夢坐奠於兩楹之間，夫明王不興，而天下其孰能宗予？予殆將死也。』蓋寢疾七日而沒。」

「哲人其委」，稱賢者病逝。「哲人其萎」同。

北周〈王德衡墓誌〉：「豈謂傳家之感，翻致恭伯之悲，何華先落，哲人其萎，春秋卅一薨於長安。」（全集906）

唐〈支彥墓誌〉：「既而積善無徵，輔仁虛說。梁木斯壞，哲人其萎。」（12.023）

---

65 〔南朝宋〕范曄：《後漢書》（北京市：中華書局，1965年），頁2550。
66 〔漢〕鄭玄注，〔唐〕孔穎達等正義：《十三經注疏·禮記正義》（北京市：中華書局，2003年），頁1283。

　　唐〈焦松墓誌〉:「惜乎石折武簣，星亡處士，梁木斯壞，哲人其萎。」（17.167）

　　唐〈許摳墓誌〉:「三題興座，四引旌麾，東川閟水，西嶮奔曦，梁木其折，哲人其萎。」（19.006）

　　唐〈崔孝昌墓誌〉:「曾未知命，哲人其萎。」（20.143）

　　唐〈李仁德墓誌〉:「何居昊天不憖，哲人其萎！」（23.099）

　　唐〈汲奉一墓誌〉:「哲人其萎，邦國殄瘁。」（24.129）

　　唐〈崔澄墓誌〉:「未騁長途，旋歸夜臺，哲人其萎，邦國共哀。」（26.069）

　　唐〈元舒溫墓誌〉:「洎乎貞疾不利，視死如休，哲人其萎，梁木斯壞。」（26.094）

　　唐〈吳延陵季子廟碑〉:「玄風可想，至德興歎美之詞；哲人其萎，表墓著嗚呼之篆。」（27.190）

　　北魏〈於纂墓誌〉:「哲人其委，百身焉及。」（5.052）

　　唐〈劉節墓誌〉:「哲人其委，百身何贖！」（11.034）

　　唐〈王素墓誌〉:「惠君長逝，百里同哀；哲人其委，三千掩泣。」（12.117）

　　唐〈張義墓誌〉:「哲人其委，息黶惟芳。」（12.169）

　　唐〈王惠墓誌〉:「豈謂苗而不秀，瓊淚霄零，奄邁膏盲，哲人其委。」（14.149）

　　唐〈董本墓誌〉:「梁木斯折，哲人其委，連城碎趙，明月吞隨。」（17.179）

　　唐〈賈元恭墓誌〉:「陵移谷徙，水閟舟藏，奔景不留，哲人其委。」（23.077）

　　唐〈高定方墓誌〉:「悲乎！蟋蟀在堂，歲聿其暮，梁木其壞，哲人其委，克播遺塵，以刊茲石。」（23.134）

4「切瑳」、「切磋」，較早來源為《詩・衛風・淇奥》[67]：「有匪君子，如切如磋，如琢如磨。」

「切磋」，比喻道德學問方面互相研討勉勵。「切瑳」同。

北魏〈元瞻墓誌〉：「及夫切瑳為寶，佩瑜象德，游演應頑，相羊適度。」（5.089）

隋〈王衮墓誌〉：「惟此吾賢，幼標令美，切磋道藝，優柔文史。」（10.119）

唐〈崔璘墓誌〉：「況切磋之道，獨厚於他人。」（33.145）

四、在變體根前面增添與變體根有關的人的姓、名或其組合。

1「陋巷」、「顏回之陋巷」、「顏氏之陋巷」，較早見於《論語・雍也》[68]：「一簞食，一瓢飲，在陋巷，人不堪其憂，回也不改其樂。賢哉回也！」

「陋巷」，借指貧寒或貧寒之家。「顏回之陋巷」、「顏氏之陋巷」同。

唐〈姚孝寬墓誌〉：「泊隨紊不網，抽簪辭秩。逍遙陋巷，養素丘園。交則拔俗俊民，談必超世雄略。騁千里而非遠，亙萬尋而詎高。」（11.114）

唐〈宋榮墓誌〉：「安貧陋巷，樂以忘憂。」（11.183）

唐〈公孫達墓誌〉：「光流陋巷，暉映閨門，如賓允洽，婦禮斯敦。」（12.095）

唐〈張貴墓誌〉：「君幽而機悞，稟訓家庭，仁義溫恭，見重鄉曲，情歡陋巷，居不求安。」（13.049）

---

67 〔漢〕毛亨傳、鄭玄箋，〔唐〕孔穎達等正義：《十三經注疏・毛詩正義》（北京市：中華書局，2003年），頁321。

68 〔魏〕何晏集解，〔宋〕邢昺疏：《十三經注疏・論語注疏》（北京市：中華書局，2003年），頁2478。

　　唐〈房寶子墓誌〉：「養素蓬門，既詢詢於鄉黨；怡神陋巷，豈戚戚於賤貧。」（14.022）

　　唐〈賈信墓誌〉：「少有英奇，長多懿德，敦詩悅禮，守義懷廉。居陋巷而忘憂，擁瓢飲而無怨。」（14.152）

　　唐〈趙宗墓誌〉：「或銷聲陋巷，劃跡岩阿，薄受蒲輪之征，微就生芻之禮。」（15.007）

　　唐〈韓昂墓誌〉：「貞非遁俗，隱異違親，晦明略於危邦，體安排於陋巷。」（16.023）（上元二年）

　　唐〈唐故內寺伯祁府君（日進）墓誌銘〉：「曾祖、遠祖並克慎厥德，優遊自閒，陋巷卜居，不改其樂。」（新出陝西2.159）（建中元年）

　　唐〈盧宏及妻崔氏墓誌〉：「士師卑秩，不遇兮無傷，陋巷高閒，克終兮何盛！」（32.151）（大中十二年）

　　唐〈唐故雲麾將軍右龍武軍將軍同正上柱國南浦縣開國男屈府君（元壽）墓誌銘〉：「祖徹，恥子貢之高車，樂顏回之陋巷，不辱其志，以潔其身。」（新出陝西2.126）（天寶九年）

　　唐〈蔡雄墓誌〉：「守先人之清貧，寄顏氏之陋巷。」（28.181）（貞元十九年）

　　2　「負米」、「仲由負米」，較早見於《孔子家語・致思》[69]：「子路見於孔子曰：『負重涉遠，不擇地而休；家貧親老，不擇祿而仕。昔者由也，事二親之時，常食藜藿之實，為親負米百里之外。親歿之後，南游於楚，從車百乘，積粟萬鍾，累茵而坐，列鼎而食，願欲食藜藿，為親負米，不可復得也。』」

　　「負米」，謂躬身孝親。「仲由負米」同。

69　〔魏〕王肅注：《孔子家語》（上海市：上海古籍出版社，1990年），頁20。

隋〈吳嚴墓誌〉：「念履霜而增感，歎負米之莫追，揚名於後世，足為孝子之事親終矣。」（10.022）

唐〈張伯墓誌〉：「有子文朗，早奉慈訓，孝敬幼彰，負米躬耕，溫枕扇席。」（11.044）

唐〈張叡墓誌〉：「哀子寬、仁等，感嚴父享豕之訓，戀慈母徙宅之仁，痛風樹之不止，嗟負米之無及。」（11.045）

唐〈李仲賓墓誌〉：「長子世權，仕至監門直長；次負米躬耕，並□養晨昏，溫枕扇席。」（11.113）

唐〈苻肅墓誌〉：「所以息心干祿，詠南陔以固懷；志不求榮，思負米而為樂。」（12.130）

唐〈潘公妻張簾墓誌〉：「怨代耕之無養，思負米其何從。」（13.092）

唐〈李泰墓誌〉：「嗣子善崇、次子行德，悲風樹之既遠，泣負米而莫追，孝性感於冰魚，精誠移於烈火。」（15.080）

唐〈陳懷儼墓誌〉：「負米終親，漱流辭秩，一丘一壑，已極筌蹄之賞；常道常名，將超是非之路。」（16.030）

唐〈郭本墓誌〉：「嗣子威等，擁鐮追養，負米尋忠。」（17.104）

唐〈趙本質墓誌〉：「有子思問等，循陔靡及，陟岵何依，思負米而增悲，感累茵而長息。」（17.168）

唐〈張懷寂墓誌〉：「子禮臣等扣心泣血，茹粒僅存，負米無期，過庭絕訓。」（18.032）

唐〈張建章墓誌〉：「仲由負米，毛義捧檄，孝敬之行也。」（34.013）

五、添加能體現石刻用典形式語境意義的成分。

注解關係變體多以此方式構成，在石刻語料中常見。如：

1 「帶礪」、「帶礪之誓」、「帶礪之功」，較早來源為《史記・高

祖功臣侯者年表序》[70]：「封爵之誓曰：『使河如帶，泰山若厲。國以永寧，爰及苗裔。』」裴駰集解引應劭曰：「封爵之誓，國家欲使功臣傳祚無窮。帶，衣帶也。厲，砥石也。河當何時如衣帶，山當何時如厲石，言如帶厲，國乃絕耳。」

「帶厲」，喻江山永固、國祚長久；亦喻受皇家恩封，永繼無窮。「帶厲之誓」，謂封爵與國共存，傳之無窮。「帶厲之功」，喻受皇家恩封，永繼無窮。

隋〈尒朱端墓誌〉：「奄有山川，永同帶厲。」（9.073）

唐〈溫彥博墓誌〉：「兆發螭龍，軼有周之得士；賞窮帶厲，邁炎漢之疇庸。」（11.075）

唐〈郭義本墓誌〉：「柏庭風急，松門露垂，彼帶厲之可盡，庶芳猷之不虧。」（16.012）

唐〈李才仁墓誌〉：「桑田易變，帶厲難憑，敢勒斯銘，沉之玄室。」（16.170）

唐〈劉弘墓誌〉：「任切中山，寄深磐石。帶厲斯重，幼名不易。」（17.002）

唐〈高慈墓誌〉：「禦侮傳諸翼子，帶厲施於謀孫，此謂立功，斯為不朽。」（18.178）（聖曆三年）

武周〈張壽墓誌〉：「乃至漢朝承相，家傳帶厲之功，晉國司空，門襲珪璋之業。」（新出河南1.102）（大足元年）

唐〈龐履溫碑〉：「將盟帶厲，畫像雲臺，圖兼衛崔之容，仕遂漢光之願。」（24.002）（開元二十四年）

唐〈唐故內寺伯祁府君（日進）墓誌銘〉：「因地以賜姓，旌賢以報功，俾子孫其昌，帶厲惟永。」（新出陝西2.159）（建中元年）

---

70 〔漢〕司馬遷：《史記》（北京市：中華書局，1982年），頁877。

　　唐〈梁守謙墓誌〉：「上引其帶礪之誓，念以翼輔之功，省表歔欷，難輟斯任。」（30.079）（大和二年）

　　二、「拔幟」、「拔幟之功」，較早見於《史記・淮陰侯列傳》[71]載：韓信率漢軍擊趙，趙王、成安君陳餘聚兵井陘口，號稱二十萬。漢軍將至井陘口，先挑選輕騎二千，人持一赤幟，抄小路埋伏於趙營附近。接著背水列陣以誘趙。趙軍出擊，漢軍佯敗而走，趙軍果空營追擊。「信所出奇兵二千騎，共候趙空壁逐利，則馳入趙壁，皆拔趙旗，立漢赤幟二千。」趙軍進擊不能勝，欲回營，見營中盡是漢軍赤幟，大驚，「以為漢皆已得趙王將矣」，於是潰不成軍，終於為信所滅。

　　「拔幟」，指建立顯著戰功。「拔幟之功」同。

　　隋〈劉德墓誌〉：「屢縶左賢，頻開右地，舊絳揮戈，新田拔幟。」（10.058）

　　隋〈劉德墓誌〉：「崇墉閞陝，還等拔幟之功；高壘徐登，不勞懸布之力。」（10.058）

　　唐〈李密墓誌〉：「至於上天入地之奇，拔幟擁沙之妙，莫不動如神化，應變無窮。」（新出河南1.109）（武德二年）

　　唐〈唐故幽州都督邢國公王公（君愕）墓誌〉：「出左入右，飄若凌風；拔幟斬旗，倏如奔電。」（新出陝西1.031）（貞觀十九年）

　　唐〈董文墓誌〉：「祖武，唐任車騎將軍；武冠三軍，雄志謀於七略；分麾力勇，拔幟奮於先鋒。」（16.048）（儀鳳元年）

　　唐〈黃師墓誌〉：「申威玉帳，職總鈐牟，拔幟而下平城，申績銘於燕岫。」（17.035）

　　唐〈劉公綽墓誌〉：「故能申許歷之辯，建虎彌之輪，據鴨水而沉沙，登兔城而拔幟。」（19.016）

71　〔漢〕司馬遷：《史記》（北京市：中華書局，1982年），頁2615-2616。

　　六、精簡已有用典形式，選取有代表性的字、詞，構成精鍊的石刻用典形式變體。

　　1 「瓜瓞綿綿」、「瓜綿」，較早見於《詩・大雅・綿》[72]：「綿綿瓜瓞，民之初生，自土沮漆。」

　　「瓜瓞綿綿」，喻子孫昌盛。「瓜綿」同。

　　東魏〈元湛妃王令媛墓誌〉：「榛枯濟濟，瓜瓞綿綿；降鳳岐嶺，御鵠伊川。」（6.108）

　　唐〈張妃墓誌〉：「峩峩嵩阜，灛灛長川。簪裾濟濟，瓜瓞綿綿。」（11.060）（貞觀八年）

　　唐〈唐故奉天定難功臣驃騎大將軍行右領軍衛大將軍兼御史大夫歸義郡王贈代州都督楊公（萬榮）墓誌銘〉：「瓜瓞綿綿，枝分派流，令望公才，滿於中州。」（新出陝西2.166）（貞元六年）

　　唐〈王袞墓誌〉：「王氏之先，上賓於天，子孫宜昌，瓜瓞綿綿。」（30.127）（大和六年）

　　唐〈李氏殘墓誌〉：「周封微子，實曰旌賢，彌綸代祀，瓜瓞綿綿。」（33.178）

　　唐〈唐故奉天定難功臣驃騎大將軍行右領軍衛大將軍兼御史大夫歸義郡王贈代州都督楊公（萬榮）墓誌銘〉：「派別枝分，瓜綿自遠，衣冠相提，世有明德，國史詳矣。」（新出陝西2.166）（貞元六年）

　　2 「貪泉必酌」、「酌泉」、「酌貪泉」，較早見於《晉書・良吏傳・吳隱之》[73]：「朝廷欲革嶺南之弊，隆安中，以隱之為龍驤將軍、廣州刺史、假節，領平越中朗將。未至州二十里，地名石門，有水曰貪泉，飲者懷無厭之欲。隱之既至，語其親人曰：『不見可欲，使心

72　〔漢〕毛亨傳、鄭玄箋，〔唐〕孔穎達等正義：《十三經注疏・毛詩正義》（北京市：中華書局，2003年），頁509。

73　〔唐〕房玄齡、褚遂良等：《晉書》（北京市：中華書局，1974年），頁2341-2342。

不亂。越嶺喪清，吾知之矣。』乃至泉所，酌而飲之，因賦詩曰：
『古人云此水，一歃懷千金。試使夷齊飲，終當不易心。』及在州，
清操逾厲，常食不過菜及乾魚而已，帷帳器服皆付外庫，時人頗謂其
矯，然亦終使不易。」酌泉，謂清廉自守，磨礪節操。

「貪泉必酌」，謂清廉自守，磨礪節操。「酌泉」、「酌貪泉」同。

北魏〈元頊墓誌〉：「脂膏不潤，貪泉必酌。」（5.167）

隋〈皇甫深墓誌〉：「酌泉而治，去織薶民，口馥椒蘭，心澄水
鏡。」（10.079）

唐〈董力墓誌〉：「借珠合浦，助酌貪泉，願言孔歡，尚想莊筌。」
（16.074）

唐〈王美暢妻長孫氏墓誌〉：「或名高去病，或聲重隱之，乍酌貪
泉，□論兵法。」（19.093）

七、截取已有用典形式的一部分。

1 「珪璋特達」、「珪璋」，較早見於《禮記·聘義》[74]：「圭璋特
達，德也。」孔穎達疏：「行聘之時，唯執圭璋特得通達，不加於
幣。言人之有德亦無事不通，不須假他物而成。言圭璋之特同人之有
德，故雲德也。」

「珪璋特達」，喻人資質優異，才德出眾。「珪璋」，喻高尚的品
德或傑出的人才。

隋〈謝嶽墓誌〉：「祖慶，魏荊州刺史，志性深沉，珪璋特達，淨
如水鏡，芘若椒蘭。」（9.105）

隋〈王榮及妻劉氏墓誌〉：「副君羽化，泠然輕舉，珪璋世載，冠
冕相承。」（9.162）

---

74 〔漢〕鄭玄注，〔唐〕孔穎達等正義：《十三經注疏·禮記正義》（北京市：中華書
局，2003年），頁1694。

隋〈朱氏墓誌〉:「家傳軒冕,世挺珪璋,爰自高第,入奉飛香。」（10.044）

隋〈皇甫深墓誌〉:「君稟靈景宿,志操醇和。珪璋隱採,瑚璉成器。」（10.079）

隋〈陳常墓誌〉:「弱齡珪璋,挺映少歲。」（10.092）

隋〈蕭翹墓誌〉:「猗歟淑德,是稱挺秀。岐嶷夙成,珪璋早茂。」（10.140）

唐〈賈通墓誌〉:「君資慶緒,特秀珪璋,身蘊孝行,門敷義方。」（11.047）

唐〈長孫仁及妻陸氏墓誌〉:「公稟秀氣於嶽靈,含英華以挺質。擅珪璋於弱歲,振鋒穎於妙年。」（11.072）

唐〈楊士漢墓誌〉:「俊乂踵武,珪璋爛庭。」（11.087）

唐〈霍漢墓誌〉:「蟬冕肩隨,珪璋鱗次。」（11.132）

唐〈樂善文墓誌〉:「武陵令問,吏部流芳。烈祖顯考,代有珪璋。」（11.163）

2　「陵谷變遷」、「陵谷變」,較早來源為《詩·小雅·十月之交》[75]:「高岸為谷,深谷為陵。」毛傳:「言易位也。」鄭玄箋:「易位者,君子居下,小人處上之謂也。」

「陵谷變遷」,比喻自然界或世事巨變。「陵谷變」同。

唐〈邢仙姞墓誌〉:「將恐水塵易處,陵谷變遷。敬勒徽猷,樹斯泉戶。」（12.089）

唐〈張行恭墓誌〉:「恐山川貿易,陵谷變遷,故勒斯銘,庶存不朽。」（15.016）

75　〔漢〕毛亨傳、鄭玄箋,〔唐〕孔穎達等正義:《十三經注疏·毛詩正義》（北京市:中華書局,2003年）,頁446。

　　唐〈傅思諫墓誌〉：「豈圖天未悔禍，日不留隙，風霜搖落，崑崙之珠樹忽凋；陵谷變遷，夷甫之瑤林長瘞。」（18.132）

　　唐〈柳知微妻陳蘭英墓誌〉：「慮陵谷變遷，失其所在，遂書石紀事，置諸墓門云爾。」（32.055）

　　唐〈李君妻田氏墓誌〉：「恐年代遠，陵谷變，遂刻石紀銘。」（30.047）

　　後周〈周朔方軍節度使中書令衛王故馮公（暉）墓誌銘〉：「太傅以父母及諸骨肉封樹紀跡，誌銘流芳，俾陵谷變而長標，使天地恒而不泯。」（新出陝西1.142）

　　八、拆分或組合已有用典形式。

　　1「陞堂入室」、「陞堂」、「入室」，較早見於《論語・先進》[76]：「子曰：『由之瑟奚為於丘之門？』門人不敬子路。子曰：『由也陞堂矣，未入於室也。』」

　　「陞堂入室」，原比喻學習所達到的境地有程度深淺的差別。後用以稱讚在學問或技藝上的由淺入深，漸入佳境。「陞堂」、「入室」同。

　　北齊〈報德像碑〉：「乘車食肉，不假長鋏之謠；陞堂入室，無勞囊維之請。」（7.048）

　　隋〈封祖業妻崔長暉墓誌〉：「昔文學而世重當時，篆籀入室。英才而聲高海內，瑗寔陞堂。」（9.050）

　　唐〈孫遷墓誌〉：「暨乎專門志學，睹奧陞堂。九流萬卷，鉤深致遠。」（12.034）

　　唐〈房基墓誌〉：「義究三冬，文窮百遍。雖顏子入室，無以過也。」（12.146）

76　〔魏〕何晏集解，〔宋〕邢昺疏：《十三經注疏・論語注疏》（北京市：中華書局，2003年），頁2499。

唐〈賈統墓誌〉:「列孔肆以陞堂,游鄭鄉而入室。」(13.011)

唐〈張敬之墓誌〉:「楊童不秀,顏子未實,妙跡參微,神機入室。」(17.173)

唐〈朱行墓誌〉:「識用詳正,風徽秀舉,禮備趨庭,道光入室。」(18.001)

唐〈楊升墓誌〉:「珪璋重寶,燭廡馳光,梁棟宏材,入室騰譽。」(18.078)

唐〈陳泰墓誌〉:「友十哲而陞堂,契四科而入室。」(20.044)

唐〈侯莫陳大師壽塔銘〉:「法衷思妙,相中求實,未得其門,何階入室?」(21.023)

2　「獻可替否」、「獻可」、「替否」,較早來源為《左傳·昭公二十年》[77]:「君所謂可,而有否焉,臣獻其否,以成其可。君所謂否,而有可焉,臣獻其可,以去其否。」

「獻可替否」,謂進獻可行的,廢去不可行的,指對君主進諫,勸善規過。亦泛指議論國事興革。「獻可」,進獻可行者;「替否」,廢去不可行者;謂對君主進諫,勸善規過;亦泛指議論國事興革。

北魏〈尒朱紹墓誌〉:「獻可替否,每著於青蒲,順美匡非,屢彰於朝彥。」(5.127)

北魏〈元液墓誌〉:「謨明獻可之策,視五典其必從,允迪替否之宜,顧慎徽而彌設。」(5.136)

北魏〈元延明墓誌〉:「四支六翮,獻可替否。」(5.166)

東魏〈李挺墓誌〉:「切問近對,良資博物,獻可替否,是曰王臣。」(6.086)

77　〔晉〕杜預注,〔唐〕孔穎達等正義:《十三經注疏·春秋左傳正義》(北京市:中華書局,2003年),頁2093。

隋〈孔神通墓誌〉:「獻可替否,正而不忤,晚節辭躬,有懷止足。」(10.069)

唐〈何相墓誌〉:「獻可替否,厝甚有聲。」(11.134)

唐〈李信墓誌〉:「獻可盡規,珥貂斯在。」(12.122)

唐〈成君妻耿慈愛墓誌〉:「尚書獻可,曳珠履於南宮;太尉謨猷,揖銅章於北闕。」(19.057)

唐〈皇甫慎墓誌〉:「密勿之委,以獻可為誠;共理之能,以移革開□。」(23.047)

唐〈崔玄隱墓誌〉:「弼違獻可,抗議雲階,含香握蘭,騰芳星署。」(24.099)

唐〈索思禮墓誌〉:「倉庾丘積,雲龍滿山,以公之考庸則有司為咎,以公之獻可則王臣謇諤。」(25.065)

3 「裂土」、「分茅」、「裂土分茅」,較早來源為《書‧禹貢》[78]「厥貢惟土五色」孔穎達疏引漢蔡邕《獨斷》:「天子大社,以五色土為壇。皇子封為王者,授之大社之土,以所封之方色。苴以白茅,使之歸國以立社,謂之茅社。」

「裂土」,指分封土地。「分茅」、「裂土分茅」,指分封侯位和土地。

北魏〈善乾墓誌〉:「入蕃皇魏,趣舍惟時,錫土分茅,好爵是縻。」(全集132)(延昌元年)

北魏〈元譚墓誌〉:「朝廷以公地重應韓,戚親芃蔣,分星裂土,執玉磐石,封城安縣開國侯。」(5.091)

隋〈□靜墓誌〉:「裂土開疆,稟靈蒼帝。」(9.012)

---

78 〔漢〕孔安國傳,〔唐〕孔穎達等正義:《十三經注疏‧尚書正義》(北京市:中華書局,2003年),頁148。

　　唐〈皇甫誕墓碑〉:「分星裂土,建侯開國。」(11.117)(貞觀十七年)

　　唐〈房玄齡碑〉:「公固辭裂土,詔從其義,尋加太子少師。」(全集235)(永徽三年)

　　唐〈韓仲良碑〉:「裂土剖符,寵命屬於翹楚。」(12.149)(永徽六年)

　　唐〈王君妻姜氏墓誌〉:「披荊贊業,裂壤登庸,衣繡光乎晝游,分茅盛乎異葉。」(15.211)

　　唐〈長孫祥墓誌〉:「並雅量經時,雄姿冠俗,代襲分茅之業,家傳剖竹之榮。」(16.008)

　　唐〈馮操墓誌〉:「三輔分茅,五候建爵,趙獻龍顏,秦權豹略。」(18.072)

　　唐〈孫惠及妻李氏墓誌〉:「分茅啟族,指樹疏源,位隆冠冕,道貴璵璠。」(20.028)

　　唐〈契苾明墓碑〉:「列鼎而光祖禰,分茅以惠子孫。」(21.007)

　　唐〈劉元超墓誌〉:「分茅舊茂,錫圖餘芳。」(21.098)

　　唐〈顏謀道墓誌〉:「分茅剖竹趨禮闈,金章紫綬生光輝。」(21.152)

　　唐〈張景旦墓誌〉:「翦桐懿親,分茅擇輔,賈生既名高河洛,枚叟亦譽重梁園。」(21.153)

　　唐〈張曛墓誌〉:「公嘗念先祖有大功於國,寵被一門,裂土分茅,綸翰盈篋。」(29.085)

　　石刻語料中亦有「列土分茅」,較多見於唐中期以後,因字形有異,茲不列舉。

4 「和光」、「同塵」、「和光同塵」，較早見於《老子》[79]：「和其光，同其塵。」王弼注：「無所特顯，則物無所偏爭也；無所特賤，則物無所偏恥也。」吳澄注：「和，猶平也，掩抑之意；同，謂齊等而與之不異也。鏡受塵者不光，凡光者終必暗，故先自掩其光以同乎彼之塵，不欲其光也，則亦終無暗之時矣。」

「和光」，指隨俗而處，不露鋒芒。「同塵」、「和光同塵」同。

東魏〈王偃墓誌〉：「和光地緯，穆是天經。三山降禮，二象凝神。」（6.099）

唐〈楊曜生墓誌〉：「和光人俗，滌慮玄津，撫此形用，生而必淪。」（22.008）

唐〈宋守一墓誌〉：「策名就列，已展效於勳庸；委質捍城，且同塵於常調。」（23.030）

後周〈妙樂寺真身舍利塔碑〉：「與物無竟，惟道是從，眾居則和光同塵，獨處則謹□□□。」（36.141）

九、聯合意義相同或相近的已有用典形式。

1 「繡衣」，較早見於《漢書・武帝紀》[80]：「泰山、琅邪群盜徐勃等阻山攻城，道路不通。遣直指使者暴勝之等衣繡衣杖斧分部逐捕。刺史郡守以下皆伏誅。」

「繡衣」，指皇帝特派的執法大員。亦借指御史。

2 「驄馬」，較早見於《後漢書・桓典傳》[81]「（桓典）闢司徒袁隗府，舉高第，拜侍御史。是時宦官秉權，典執政無所迴避。常乘驄馬，京師畏憚，為之語曰：『行行且止，避驄馬御史。』」

「驄馬」，指御史。

---

79 陳鼓應：《老子注譯及評介》（北京市：中華書局，2009年），頁272。
80 〔漢〕班固撰，〔唐〕顏師古注：《漢書》（北京市：中華書局，1962年），頁204。
81 〔南朝宋〕范曄：《後漢書》（北京市：中華書局，1965年），頁1258。

北魏〈元昭墓誌〉：「以君策量淵華，委以繡衣之任。」（4.160）

隋〈馬穉墓誌〉：「爰初志學，歷官宰相。驄馬聯鑣，清塵可望。」（9.131）

唐〈趙德含妻杜氏墓誌〉：「父澄，澡身黌館，絢道文林，隋擢為侍御史；披繡衣以指佞，傳驄馬以驅邪。」（15.135）

唐〈鄧森墓誌〉：「神龍三年，除駕部郎中。才解繡衣，復居錦帳。」（20.115）

唐〈張敞墓誌〉：「繡衣採訪，紫誥頻徵，又遷并州陽曲主簿。」（22.034）

唐〈張翔墓誌〉：「粵善殿中，顯德巍巍，始自門蔭，終於繡衣。」（28.002）

唐〈王大劍墓誌〉：「文德既修，武功厥成，爪牙是寄，繡衣其榮，天不假壽，永謝芳名。」（29.049）

唐〈劉思友墓誌〉：「王父綰，皇監察御史裏行；寵加察視，華被繡衣，搢紳攸多，時皆榮觀。」（33.092）

後唐〈孫拙墓誌〉：「四讓繡衣，三臨墨綬。實沃皇情，以蘇黔首。」（36.033）

後人把「繡衣」、「驄馬」聯合構成新的用典形式變體「繡衣驄馬」。這種變體形式至少有兩個來源。

唐〈唐故銀青光祿大夫守司刑大常伯李公（爽）墓誌銘〉：「靈鑒虛玄，風裁夷遠，繡衣驄馬，俱厲鷹鸇之心；渭涘洛濱，共聞蝗雉之譽。」（新出陝西2.042）

3 「虎去」，較早見於《後漢書・宋均傳》[82]：「遷九江太守。郡多虎暴，數為民患，常募設檻穽而猶多傷害。均到，下記屬縣曰：

---

82 〔南朝宋〕范曄：《後漢書》（北京：中華書局，1965年），頁1412。

『夫虎豹在山，黿鼉在水，各有所託……今為民害，咎在殘吏，而勞
勤張捕，非優恤之本也。其務退奸貪，思進忠善，可一去檻穽，除削
課制。』其後傳言虎相與東遊度江。」又《後漢書・儒林傳上・劉
昆》[83]：「先是崤、黽驛道多虎災，行旅不通。昆為政三年，仁化大
行，虎皆負子度河。」

「虎去」，稱頌地方官吏政績卓著，災難不作。

4 「雉馴」，較早見於《後漢書・魯恭傳》[84]：「（魯恭）拜中牟
令。恭專以德化為理，不任刑罰……建初七年，郡國螟傷稼，犬牙緣
界，不入中牟。河南尹袁安聞之，疑其不實，使仁恕掾肥親往廉之。
恭隨行阡陌，俱坐桑下，有雉過，止其傍。傍有童兒，親曰：『兒何
不捕之？』兒言：『雉方將雛。』親瞿然而起，與恭訣曰：『所以來
者，欲察君之政跡耳。今蟲不犯境，此一異也；化及鳥獸，此二異
也；豎子有仁心，此三異也。久留，徒擾賢者耳。』」

「雉馴」，稱頌地方官吏施行仁政，澤及鳥獸。

隋〈韓邕墓誌〉：「珠還虎去，謬關墳典。」（新出河南1.002）
（開皇七年）

隋〈張浚墓誌〉：「施和風如虎去，用德義而珠還，漢之子房，無
以比其樞機；晉之茂先，焉可方其珍重。」（10.153）（大業十二年）

唐〈劉德墓誌〉：「雉馴鸞降，風回蝗徙。歌詠載塗，公之德矣！」
（11.137）

唐〈閻志雄墓誌〉：「贊彼一同，雉馴春陌；匡茲百里，鸞舞畫
堂。」（12.073）

唐〈成循墓誌〉：「空書四字，出宰一同，雉馴桑下，鸞舞甍中。」
（18.089）

---

83 〔南朝宋〕范曄：《後漢書》（北京：中華書局，1965年），頁2550。

84 〔南朝宋〕范曄：《後漢書》（北京：中華書局，1965年），頁874。

唐〈董希令墓誌〉：「入境蝗飛，下車虎去，夙夜懷惕，憂虞汩慮。」（18.114）

唐〈李燁妻鄭珍墓誌〉：「草檄之妙，鳳騰彩翻，制錦之工，雉馴郊園。」（32.171）

後人將「虎去」、「雉馴」聯合在一起，構成新的用典形式變體「虎去雉馴」。

隋〈元智墓誌〉：「虎去雉馴，風和雨順。政號廉平，民稱惠訓。」（10.133）

這裏「虎去雉馴」用例時代雖略早於「雉馴」的用例時代，可能是我們石刻資料搜集不全所致，《漢語典故大辭典》的用例時代較早。

有的用典形式，與多個用典形式聯合構成新的用典形式變體。以「留犢」為例。

5 「留犢」，較早見於《三國志・魏志・常林傳》[85]「林遂稱疾篤」裴松之注引三國魏魚豢《魏略》：「（壽春令時苗）始之官，乘薄車，黃牸牛，布被囊。居官歲餘，牛生一犢。及其去，留其犢，謂主簿曰：『今來時本無此犢，犢是淮南所生有也。』」又《晉書・羊祜傳》[86]：「（鉅平侯羊篇）歷官清慎，有私牛於官舍產犢，及遷而留之。」

「留犢」，喻居官清廉，纖介不取。

北齊〈和紹隆墓誌〉：「君乃楊風入境，布惠下車，寬猛兼施，澆俗大改，折轅將返，留犢言歸。」（新出河南1.429）

隋〈張儉及妻胡氏墓誌〉：「遂使壽春父老，對留犢以哀悲；蜀郡吏民，攀折轅而莫及。」（9.160）

---

85 〔晉〕陳壽撰，〔南朝宋〕裴松之注：《三國志》（北京市：中華書局，1982年），頁660-662。

86 〔唐〕房玄齡、褚遂良等：《晉書》（北京市：中華書局，1974年），頁1024。

唐〈韓承墓誌〉:「清貞道俗,室有懸魚,不苟臨財,去便留犢。」（13.082）

唐〈董希令墓誌〉:「壽春邑里,更聞留犢。」（18.114）

唐〈王公度墓誌〉:「及留犢言歸,驪駒入唱,繦負攀轅者不可稱計,非夫仁明惠愛,孰能與於此乎?」（25.044）

6　「賣刀」,較早見於《漢書・循吏傳・龔遂》[87]:「遂見齊俗奢侈,好末技,不田作,乃躬率以儉約,勸民務農桑……民有帶持刀劍者,使賣劍買牛,賣刀買犢,曰:『何為帶牛佩犢!』」

「賣刀」,指賣掉武器,止息紛爭,重本務農。

石刻語料中「賣刀」、「留犢」聯合構成用典形式變體「賣刀留犢」,用來讚頌為政者清廉為民之德政。

唐〈劉延壽墓誌〉:「令問令望,獸去珠還;惟清惟勉,賣刀留犢。」（13.150）

7　「縣魚」,較早見於《後漢書・羊續傳》[88]:「府丞嘗獻其生魚,續受而懸於庭;丞後又進之,續乃出前所懸者以杜其意。」

「縣魚」,讚美為政者清正廉潔。

石刻語料中「縣魚」、「留犢」聯合構成石刻用典形式變體「留犢縣魚」,稱頌喻居官清廉,纖介不取。

東魏〈蕭正表墓誌〉:「而王秉行逸群,動多異績。潛惠若神,糾奸猶聖。豈直弭獸反風,留犢縣魚而已。」（6.164）

二　石刻用典形式變體的形成原因

我們所搜集的石刻用典形式中,有些是《漢語典故大辭典》已有

87　〔漢〕班固撰,〔唐〕顏師古注:《漢書》（北京市:中華書局,1962年）,頁3640。
88　〔南朝宋〕范曄:《後漢書》（北京:中華書局,1965年）,頁1110。

的，有些是《漢語典故大辭典》沒有的。《漢語典故大辭典》已有的石刻用典形式中也有僅見於石刻語料的，《漢語典故大辭典》沒有的石刻用典形式中也有見於石刻語料之外的其它文獻的。換言之，石刻用典形式變體中有的僅見於石刻語料，有的也見於其它文獻；見於其它文獻的石刻用典形式，有的時代早於石刻語料，有的時代晚於石刻語料。嚴格來說，僅見於石刻語料的用典形式和最早見於石刻語料的用典形式才應當是真正意義上的石刻用典形式，研究石刻用典形式變體的形成原因也應當以這些石刻用典形式為主。當然，要確定每一個石刻語料中的用典形式變體是否僅見於石刻語料或最早見於石刻語料，我們還有很多工作要做，也存在一定的困難。因此，我們這裏實際上是以石刻語料中的用典形式變體為對象來探討石刻用典形式變體的形成原因。

　　石刻用典形式變體的形成原因應該有不少方面，其中有些我們還語焉不詳。因此，這裏僅僅談一些膚淺認識。

　　首先，石刻用典形式變體的形成與用典形式的特點有關。用典形式言簡義豐，能以簡潔的形式表達豐富的意義；不僅如此，用典形式還典雅莊重，委婉含蓄；因此，深受作手喜愛，特別是源於經典典故的用典形式。但經典典故是有限的，多次使用難免有重複之嫌，甚至產生審美疲勞，作手便在用典形式上下功夫，使用多種方式再加工已有用典形式，從而形成用典形式變體。

　　其次，石刻用典形式變體的形成與使用者的綜合素質有關。不同的使用者再加工已有用典形式時，由於綜合素質的不同，再加工後形成的用典形式變體也有區別。有的莊重典雅，有的質樸無華，有的精練含蓄，有的臃腫拖沓，等等。

　　第三，石刻用典形式變體的形成受文體、句式的制約。比如石刻語料中的墓誌銘，在序文中的用典形式變體在字數上可以有更大的空

間，而在銘文中的用典形式變體就受銘文句式的制約，字數要整齊，聲音要和諧。

第四，石刻用典形式變體的形成受研究者的影響。不同的研究者對用典形式變體的理解不同，因而在提取用典形式變體的時候標準不一致，從而形成不同的用典形式。

三　石刻用典形式變體的特點

石刻用典形式變體的特點是多方面的，我們主要思考它在音節、形式、語言風格以及對後世用典形式的影響等方面的特點。

一、音節特點。根據我們的調查，石刻語料中用典形式的音節數從二音節到十一音節都有，沒有單音節。各音節石刻用典形式數及所佔比重見下表。

各音節石刻用典形式數及所佔比重表

音節數	二	三	四	五	六	七	八	九	十	十一
石刻用典語言形式數	2407	182	1463	95	43	10	7	2	5	1
百分比	57.11	4.32	34.71	2.25	1.02	0.24	0.17	0.05	0.12	0.02

可以看出，二音節石刻用典形式最多，有二四〇七個，占總數的百分之五十七點一一；四音節石刻用典形式有一四六三個，占總數的版分之三十四點七一；三音節石刻用典形式有一八二個，占總數的百分之四點三二。七、八、九、十、十一音節石刻用典形式較少，基本在十個以下。

二、石刻用典形式變體在形式上的特點主要表現為多樣性、同義或近義用典形式連用、完整用典形式被分開在前後兩個分句中使用、

用整句話概括典故難以提取用典形式等方面。

　　石刻語料中有很多用典形式變體體現出一種多樣性，這種多樣性與規範性相對，既是用典形式的不穩定性，也是用典者在選取用典形式時因沒有規範可依而表現出的創造性。從相當多的石刻語料用例可以看出，魏晉南北朝隋唐五代時期多數石刻用典形式沒有形成固定形式。如：

　　「桑田屢改」、「海田遞易」、「圓海生桑」、「碧海成田」、「海成田」、「大海成田」、「滄海成田」、「海變桑田」、「桑田變海」、「三見桑田」、「桑田碧海」、「巨海成田」、「海桑」、「桑田海水」、「桑田成海」、「碧海成桑」，較早來源為晉葛洪《神仙傳・王遠》[89]載：麻故與王遠（字方平）飲於蔡經家，自說她「接侍以來，已見東海三為桑田」；又說今蓬萊海水下降，「豈將復為陵陸乎？」王遠歎曰：「聖人皆言海中行復揚塵也。」

　　這個典故的十六個用典形式變體裏有兩個基本元素：「桑田」和「海」。「桑」、「田」有時只取其一，但「海」是必要元素。「桑田屢改」出現較早，由於沒有「海」這一基本元素，除「海田遞易」有模仿痕跡外，不為後人喜愛。

　　東魏〈穆子岩墓誌〉：「斧柯潛壞，桑田屢改，松柏為薪，碑表非固，敬刊幽石，永寶窮泉。」（6.176）

　　唐〈唐故員外散騎侍郎上洛侯郭（敬善）墓誌銘〉：「恐海田遞易，舟壑有遷，紀清風於萬代，刊翠琰乎九泉。」（新出陝西2.032）

　　貞觀以降，「海」、「田」或「海」、「桑」成為用典者選取最多的元素，因為沒有能為大家可接受的規範，幾乎可以形成的組合都出現了。最初是「圓海生桑」，繼之「海成田」系列：「碧海成田」、「海成田」、「大海成田」、「滄海成田」。

89　〔晉〕葛洪：《神仙傳》（北京市：中華書局，1991年），頁11。

唐〈智該法師碑〉：「恐方城盡蕪，圓海生桑。」（全集458）（貞觀十三年）

唐〈劉德墓誌〉：「恐青丘如礪，碧海成田。」（11.137）（貞觀十九年）

唐〈蕭勝墓誌〉：「山可移兮日難繫，海成田兮川而逝。」（12.032）

唐〈樊寬及妻韓氏合葬誌〉：「恐高岸為谷，大海成田，託諸金石，冀無忘焉。」（13.145）

唐〈張對墓誌〉：「恐陵谷遷變，滄海成田，勒石泉扃，傳芳永久。」（15.062）

再後是「海變桑田」、「桑田變海」互相顛倒。

唐〈孫處信墓誌〉：「恐海變桑田，故為銘曰：一代英奇，不終遐壽，何期竹柏，先雕蒲柳。」（15.071）

唐〈趙氏墓誌〉：「恐陵谷□遷，桑田變海，勒此清徽。」（15.091）

「三見桑田」雖新奇，無新意，且偏離主要方向，少了「海」這一基本元素，不見仿傚者。之後「海」、「桑」仍為主流元素，就算必須精簡到兩個字也不例外。「海桑」是這些用典形式變體裏惟一只有兩個字的變體。

唐〈趙氏墓誌〉：「斯須萬代，倏忽千年，一朝分別，三見桑田。」（15.128）

唐〈仁義等造像記〉：「願萬劫千生，無虧供養，桑田碧海，永固歸依。」（16.127）

唐〈呂玄爽墓誌〉：「子思溫等，恐高峰為谷，巨海成田，不識張詹之壟，行迷原氏之阡。」（17.015）

唐〈張君妻邢氏墓誌〉：「哀子慈修等，訴高天而靡及，痛遠日之俄臨，援壟柏以增哀，懷海桑而警慮。」（17.114）

唐〈鄭訢墓誌〉：「同室共沉，桑田海水，敢勒松局，永全蒿里。」（24.026）

燕〈徐懷隱墓誌〉：「恐陵谷之變遷，桑田成海，以旌賢行，勒石傳芳。」（35.174）（燕聖武二年）

唐〈高德墓誌〉：「恐陰陽遞進，陵谷遷移，碧海成桑，莫知疆隴。」（新出河南1.064）（上元二年）

現代漢語裏的「滄海桑田」同樣體現了這一時期的特點，「滄桑巨變」乃又一變體。

再如：漢劉向《列女傳·鄒孟軻母》[90]：「鄒孟軻之母也，號孟母。其舍近墓。孟子之少也，嬉遊為墓間之事，踊躍築埋。孟母曰：『此非吾所以居處子。』乃去。舍市傍，其嬉戲為賈人衒賣之事。孟母又曰：『此非吾所以居處子也。』復徙，舍學宮之傍，其嬉遊乃設俎豆揖讓進退。孟母曰：『真可以居吾子矣。』遂居之。及孟子長，學六藝，卒成大儒之名。」

石刻語料中用此典故，至少形成了十二個用典形式變體：「徙鄰」、「徙宅」、「三徙」、「三遷」、「徙第」、「三遷之訓」、「三徙擇鄰」、「孟裏擇遷」、「孟母求鄰」、「孟母徙宅」、「孟母三徙」、「擇鄰」。

北魏〈于祚妻和丑仁墓誌〉：「克隆智母，誰無令人；志同鸞發，情慕徙鄰。」（5.169）

北齊〈是連公妻邢阿光墓誌〉：「及良人下世，自誓無愆，斷機戒子，徙宅成胤。」（7.110）

北周〈元壽安妃盧蘭墓誌〉：「七德是備，足以事夫；三徙既成，尤能訓子。」（8.200）

90　〔漢〕劉向撰，劉曉東校點：《列女傳》（瀋陽市：遼寧教育出版社，1998年），頁7。

唐〈王岐墓誌〉:「箴規合度,琬琰成姿,卜鄰有□於三遷,作嬪用該於四德。」(17.008)

隋〈田光山妻李氏墓誌〉:「斷機方怒,徙第成忻,神儀蛻景,玉范留聞。」(10.068)

唐〈慕容君妻李氏墓誌〉:「潘輿已遠,荼七日之哀;江轝長違,痛巨三遷之訓。」(18.098)

唐〈杜君妻趙慧墓誌〉:「夫人蕭穆,婉順淑仁,四德居禮,三徙擇鄰。」(18.155)

唐〈韋君妻裴首兒墓誌〉:「鮑門率禮有儀,孟裏擇遷成訓,濟斯美者,允屬夫人乎?」(20.048)

唐〈杜元穎妻崔氏墓誌〉:「共姜誓志,孟母求鄰,德門衰謝,令嗣沉湮。」(24.093)

唐〈薛迅墓誌〉:「孟母徙宅之仁,散姜門之教,雖古之懿範,則何以加焉。」(28.156)

唐〈盧逢時妻李氏墓誌〉:「訓子之義,必先禮教,得孟母三徙之旨,故中第於羲文;勵班氏七篇之誡,故作嬪為令婦。」(33.030)

後梁〈石彥辭墓誌〉:「訓擅擇鄰,戒思勝己,事吳未畢,迫煥放屏帷。」(全集4514)

石刻語料中多有譽美之辭,乃至「詞肥義瘠」,在用典形式方面表現為同義或近義用典形式連用。如「聚螢」、「映雪」。

隋〈盧文機墓誌〉:「篤生之子,令問不已,見仁斯依,聞禮克已,聚螢映雪,觀圖閱史,山之片玉,家之千里。」(9.139)

唐〈沈中黃墓誌〉:「古人有聚螢映雪,緝柳編蒲者,不足以儔矣。」(32.154)

有不少完整用典形式被分開在前後兩個分句中使用。如「藏器待時」。

　　唐〈唐故銀青光祿大夫使持節資州諸軍事守資州刺史兼安夷軍使殿中侍御史柱國平原師府君（弘禮）墓誌銘〉：「公藏器於身，待時而動，非遇知己，不苟且以筮仕矣。」（新出陝西2.323）

　　有時用整句話概括典故某一方面的內容，難以提取用典形式。

　　《漢書·于定國傳》[91]：「始定國父於公，其閭門壞，父老方共治之。於公謂曰：『少高大閭門，令容駟馬高蓋車。我為治獄多陰德，未嘗有所冤，子孫必有興者。』」

　　隋〈淳于儉墓誌〉：「自高門待封，果容駟馬之車；炙無厭，受拜萬乘之主。」（9.047）

　　三、有些石刻用典形式變體在語言風格上比較質樸。

　　1 「淒烏之府」，較早來源為《漢書·朱博傳》[92]：「是時御史府吏舍百餘區井水皆竭；又其府中列柏樹，常有野烏數千棲宿其上，晨去暮來，號曰：『朝夕烏』。」

　　「淒烏之府」，指御史府。「淒」為「棲」之同音訛字。

　　唐〈鄧森墓誌〉：「聖曆二年，改授殿中侍御史。君無虛授，臣不易知，既高避馬之威，屢止淒烏之府；貴戚斂手，權臣側目。」（20.115）

　　「淒烏之府」，依據典故內容，直白言之。後來有「烏署」、「柏署」、「烏府」、「柏府」等更雅一些的用典形式變體。

　　2 「鄧攸之無嗣」，較早來源為《晉書·良吏傳·鄧攸》[93]：「攸棄子之後，妻不復孕。過江，納妾，甚寵之，訊其家屬，說是北人遭亂，憶父母姓名，乃攸之甥。攸素有德行，聞之感恨，遂不復蓄妾，卒以無嗣。時人義而哀之，為之語曰：『天道無知，使鄧伯道無兒。』」

91 〔漢〕班固撰，〔唐〕顏師古注：《漢書》（北京市：中華書局，1962年），頁3046。
92 〔漢〕班固撰，〔唐〕顏師古注：《漢書》（北京市：中華書局，1962年），頁3405。
93 〔唐〕房玄齡、褚遂良等：《晉書》（北京市：中華書局，1974年），頁2340。

「鄧攸之無嗣」,歎惋品行高潔之士無子嗣。

唐〈盧憕墓誌〉:「悲乎!苗而不實,天喪斯文,道將特於百夫,仕不階於一命,類鄧攸之無嗣,方顏生之短折。」(26.053)

唐〈崔素臣墓誌〉:「伯道無兒,竟爽鄧侯之嗣;中郎有女,空傳蔡氏之書。」(新出河南1.161)(景雲二年)

唐〈李敬瑜墓誌〉:「雖伯道無兒,鄧侯絕嗣,感斯碩茂,勒乎清懿。」(21.172)(開元九年)

唐〈盧子鷟墓誌〉:「痛乎回也短命,豈空歎於宣尼;伯道無兒,寧獨傷乎安石。」(30.052)

「鄧攸之無嗣」,依據典故內容,直白言之,是「伯道無兒」質樸風格的變體形式。

四、石刻用典形式變體對後世用典形式有深遠影響,有時可以填補用典形式發展過程中的空白。

「火燎原」、「燎原」,較早來源為《書・盤庚上》[94]:「若火之燎於原,不可向邇。」

「火燎原」,火延燒原野;比喻勢態不可阻擋。「燎原」,火延燒原野;比喻兵禍。

《漢語典故大辭典》僅有「星火燎原」、「星星之火,可以燎原」兩個用典形式,是後出形式。石刻用典形式「燎原」、「火燎原」可補其源流演變軌跡。

北魏〈元暐墓誌〉:「天□悔禍,隆緒興妖,履霜已見,燎原行在。」(5.080)

北齊〈梁子彥墓誌〉:「及侯景反噬,稱兵內侮,遠與西賊潛相結

---

94 〔漢〕孔安國傳,〔唐〕孔穎達等正義:《十三經注疏・尚書正義》(北京市:中華書局,2003年),頁169。

附，遂使戎狄無厭，來□有道。馮陵我城邑，搖盪我邊疆，驅率犬羊，竊據汝潁，燎原不止，終須撲滅。」（8.022）

唐〈昭仁寺碑〉：「屬憂火燎原，稽天方割，飆林無自靜之木，震海豈澄源之水？東戡西剪，南征北怨，旄鉞所次，酣戰茲邦。」（11.031）

唐〈王士林墓誌〉：「此蓋禍非天與，孽是自為，雖結境外之交，不救目前之斃，王師一舉，如火燎原，望風遁逃，不敢守其壁壘。」（28.026）

唐〈張曛墓誌〉：「在昔高宗，外戚擅權，密構神器，滔天之禍，如火燎原。區宇版蕩，上燥下黷，荊棘道路，人思息肩。」（29.085）

中華文化思想叢書 A0100020

魏晉南北朝隋唐五代石刻用典研究　上冊

作　　　者	徐志學
責任編輯	蔡雅如
發 行 人	陳滿銘
總 經 理	梁錦興
總 編 輯	陳滿銘
副總編輯	張晏瑞
編 輯 所	萬卷樓圖書股份有限公司
排　　　版	林曉敏
印　　　刷	百通科技股份有限公司
封面設計	斐類設計工作室

出　　　版　昌明文化有限公司

桃園市龜山區中原街 32 號

電話　(02)23216565

發　　　行　萬卷樓圖書股份有限公司

臺北市羅斯福路二段 41 號 6 樓之 3

電話　(02)23216565

傳真　(02)23218698

電郵　SERVICE@WANJUAN.COM.TW

大陸經銷

廈門外圖臺灣書店有限公司

電郵　JKB188@188.COM

ISBN 978-986-92892-8-3

2016 年 4 月初版

定價：新臺幣 320 元

如何購買本書：

1. 劃撥購書，請透過以下郵政劃撥帳號：

　　帳號：15624015

　　戶名：萬卷樓圖書股份有限公司

2. 轉帳購書，請透過以下帳戶

　　合作金庫銀行　古亭分行

　　戶名：萬卷樓圖書股份有限公司

　　帳號：0877717092596

3. 網路購書，請透過萬卷樓網站

　　網址　WWW.WANJUAN.COM.TW

大量購書，請直接聯繫我們，將有專人為您

服務。客服：(02)23216565　分機 10

如有缺頁、破損或裝訂錯誤，請寄回更換

版權所有·翻印必究

Copyright©2016 by WanJuanLou Books CO., Ltd.

All Right Reserved　　　　　**Printed in Taiwan**

國家圖書館出版品預行編目資料

魏晉南北朝隋唐五代石刻用典研究 / 徐志學

著. -- 初版. -- 桃園市：昌明文化出版；臺北

市：萬卷樓發行, 2016.04

　　冊；　　公分. -- (中華文化思想叢書)

ISBN 978-986-92892-8-3(上冊：平裝).

1.漢語文字學　2.中國文字

802.2　　　　　　　　　　　　105003035

本著作物經廈門墨客知識產權代理有限公司代理，由上海交通大學出版社有限公司授權萬卷樓圖書股份有限公司出版、發行中文繁體字版版權。